YI

一生

SHENG

张德军 著

花山文艺出版社

图书在版编目（CIP）数据

一生 / 张德军著. -- 石家庄 : 花山文艺出版社, 2019.6

ISBN 978-7-5511-4793-4

Ⅰ. ①一… Ⅱ. ①张… Ⅲ. ①长篇小说—中国—当代 Ⅳ. ①I247.5

中国版本图书馆CIP数据核字(2019)第144923号

书　　名： 一生
著　　者： 张德军

责任编辑： 杨丽英
责任校对： 李　伟
封面设计： 邢海燕
美术编辑： 胡彤亮
出版发行： 花山文艺出版社（邮政编码：050061）
（河北省石家庄市友谊北大街 330号）
销售热线： 0311-88643221/29/31/32/26
传　　真： 0311-88643225
印　　刷： 河北盛世彩捷印刷有限公司
经　　销： 新华书店
开　　本： 880mm × 1230mm　1/32
印　　张： 9
字　　数： 240千字
版　　次： 2019年9月第1版
2019年9月第1次印刷
书　　号： ISBN 978-7-5511-4793-4
定　　价： 50.00元

目录

第一章　07: 00

“叮叮叮……”七点的闹钟响个不停。

一只手伸过来，关了闹铃声。

张三揉了揉眼睛，从床上爬起来，伸了个懒腰，穿着衣服。

今天是工作日，要在八点半之前赶到公司，七点起床正合适，这是多年养成的作息习惯。窗外朝阳升起，给这座城市披上了一层红纱，显得格外美丽。刺激着张三那颗沉寂多年的旅行之心。公司假期不少，可这些年从来没有外出走走，每天要么在公司要么在家中。年少时，那么渴望走四方，现在呢？虽说责任和压力加大，也不能说旅行的激情消退了。只是，目前状况下，去了外面世界，也很难找到自己希望看到的东西。如果看不到希望的东西，能看到希望也是好的。

怎么看呢？这是个难题。

张三穿好衣服，来到卫生间，洗漱起来。

在洗漱台前，张三看着镜子中的自己，突然觉得陌生起来。

通过折射来认识自己，可以更好地反思自己。有时候，即使把某个问题想得非常透彻了，也需要别人来认同，好像通过别人的交互就会更深入似的，不，也并不是更深入，而是更丰富。如果对这种折射做过多的干扰，那对比反思就很微弱了，但如果不干扰呢？那很可能一生都无法获得那种令自己信服的理念。就是说，既需要折射来对比，将事物看得更清，又要对折射作适当控制或选择，将事物看得更广，而这种控制或选择又是那么微妙。

真和假的区分似乎没有意义，都是存在的一种形式，既然我们不了解存在，就分不出真和假。在这个世界看来，镜中的自己是像，可是他也有可能存在过的方式和镜前的我相同。既然真假无法区别，那怎么区别镜前的我和镜中的我？只有一种区别方式，那就是我的意识。我的意识是唯一且只能意识到自己，至于镜中的我，是不是在某个空间或时间有意识及意识到什么，我无法知道，这就是两者的区别，并且这种区别只对我成立，对他者又没意义了。

镜中的事物是镜前的事物的反射，两者看起来是相同的。可体验呢？就难说了。也许，镜中世界体验会完全不同，是镜前世界的补充。只有两者都体验后，人生才会圆满。镜前的世界已经体验，也应该去往镜中的世界了。

怎么去呢？这是个难题。

洗漱完毕，匆匆吃完早餐，准时七点四十，张三出门乘坐地铁上班。

第二章　08: 00

来到公司标志性的金字塔办公大楼，乘电梯到十八层，进入办公室，语音打开办公桌上显示屏，浏览了一下公司新闻及工作动态。八点半，每天的视频会议开始了。

视频会议一般由首席执行官主持，要求所有管理干部参加，作为公司档案室主任，张三自然也不例外。会议的内容都是对重大事情的通报及公司战略方针的阐述。

因委员会在公司的地位越来越重要，首席执行官通常以四个委员会的职能为重点开展讲话。这一次，首席执行官在视频会议上说：“要居安思危，寻找有价值的商业伙伴和资源，探索新的商业领域和打造新的商业模式；加强信息化的建设，通过信息化来提升生产力；要发挥宣传作用，让我们的产品和服务不断扩张，理念深入人心；同时，坚持以价值为导向，提升公司价值，让每个员工充分实现自己的价值。”

视频会议结束后，张三联系新来的四名实习生，准备在今天开场座谈会。前段时间，他在公司人力资源数据库中查阅了新来大学生的简历，对其中三男一女比较满意。女实习生姓辛，会计学专业。男实习生中，一个姓苗，信息技术专业；一个姓孔，广告学专业；一个姓时，公共关系管理专业。他们都是爱好广泛，善于学习的优秀生。

上周他就和人力资源部的主管商量好了，座谈会安排在今天早上九点钟举行。看看时间差不多了，他朝着会议室走去。会议室就在这层楼，他很快就到了。门是关着的，门上雕刻着一只手的图案。会议室设计富有个性，名称也比较特别，叫“一把手”会议室。

这样的会议室整幢大楼里有十来个，由于设计简洁精致，别具一格，最重要的是私密性很好，没有安装监控设施，非常受欢迎，张三在一个月前申请才排上今天的号。

当张三走到门前时，会议室的门开了，实习生们朝着会议室走来。其中小时刚来公司就认识了，其他三人还是第一次见面。

小时说：“张主任，我们来开会了。”指着旁边的人给张三做了介绍。

张三说：“欢迎欢迎，很高兴能把你们请来开次会，今天的会议很特别，讨论的东西很广，这可能会占用你们一天时间，你们要做好思想准备，请跟我进会议室吧。”

小孔惊呼：“要一天？我们主管说你召开的会议都是很简短的。我以为最多一个小时呢。”

张三说：“那要看是什么会议了，今天这个会议嘛，花一天时间，其实并不长。”

小辛问：“会议特殊在哪呢？”

张三说：“我也不知道，开完才知道。”

小孔说：“我很讨厌开会，听你这么说，我对这次会议有些兴趣了。”

进入会议室，灯光及温湿度控制系统自动开启。会议室很小，只有十几平方米，呈椭圆形，正中间的会议桌是特别设计的手掌形，桌子旁边分散排列着五把椅子，椅子的后背是手指形状，桌椅组合起来像极了一只半握着的手。

小辛坐在了小指位，小苗坐在了无名指位，小时坐在了中指位，小孔坐在了食指位，空着正对门的拇指位，张三给每人倒杯茶后，坐了下来。

墙上的钟显示正好九点。

第三章　09: 00

张三说：“我们今天开的是很随意的座谈会。你们来公司一个多月了，对于公司给你们的感受，或者发现公司存在的问题及改进的建议都可以畅所欲言。希望通过这次经验和观念的交流，让我们都能有所收获。”

小时说：“你们是第一次见到张主任，我和张主任打过几次交道了，我感觉他就像和我们一样刚出校门的学子，喜欢聆听别人的想法，对不同的观点具有包容性，大家不要有什么拘束。”

张三指着胸前的工作牌说：“张三这个名字听着亲切自然，你们叫我张三就行了。好了，你们可以先谈谈对公司的认识。”

小孔说：“我觉得这家公司非常特别，它的建筑形式是罕见的金字塔式，并且里面的层级划分也是严格按照金字塔形式的，级别高的在上面办公，级别低的在下面办公，每个人的待遇也主要是由所处的层级决定。并且，这里办公室不是按部门来划分，而是按层级，比如某个部门的员工若是级别不同，就可能不在一个办公室，而是和其他部门级别相同的员工分到一个办公室。总之，层级就是最大的规矩。”

张三说：“公司将层级制度发挥到了极致，可能令人有些反感。不过，好在晋升渠道是公开透明的。有的人可能不适宜做管理，但只要努力，就有机会晋升级别，有普通员工的级别比管理者还高。在总部这里，最低级别是36级，最高级别是1级。”

小辛说：“刚才来的时候我们就遇到一个级别特别高的普通员工。”

张三说：“他就是公司大名鼎鼎的燕十三，在这个公司工作三十多年，升到十三级，是很不容易的，因为级别越高，晋升越难。在普通员工中，他的级别是最高的。他喜欢别人叫他燕十三，真名很少有人知道。”

“那你岂不更厉害，你是张三，是不是到三级了？”小孔说。

张三笑着说：“张三是我的真名，不是荣誉称号。三级是不可能的，就连各委员会的头头最高也只有五级，这已是公司目前正常晋升所能到的最高级别，只有空降的首席执行官才是一级。”

“首席执行官是个什么样的人？他怎么和其他领导的级别相差这么大?”小辛问。

“我只知道他是个很神秘的人，其他的我也不清楚。他来公司三年，我只在屏幕上见过他的直播或录像，从没见过他本人。”张三回答。

小辛有些不相信，说：“在办公室你见不到他，可在他来办公室的途中难道没碰见过他吗?”

张三说：“他都是开车从公司比较偏僻的后门进来，那里通向地下车库，地下车库有他专用的电梯，车开进电梯直达他的办公室。”

小辛问：“他为什么要这么做呢?”

小孔说："估计是得病了，得了自闭症。"

张三说："在我工作的十年间，这里换过三个首席执行官，第一个常去职能部门指导工作，但总是一副不苟言笑的表情，从来没有员工在公司见他笑过。"

小孔说："他是不是面瘫呢？"

张三说："不是，接受视频采访或在外面出席活动，他就爱笑。"

张三接着说："第二个虽然不像现在的首席执行官刻意避免和其他员工进出公司，但公司的人也没见过他的真面目，因为他在公司总是戴着帽子，帽檐压得还挺低，让人看不清他的脸庞。至于现在的首席执行官，估计除了董事会秘书，公司没人见过他。"

小辛惊呼："天哪！他们怎么都这样呢？"

"我也不太清楚，可能是想保持神秘，增强威严感吧。"张三说。

见大家不作声了，小苗就说："说说我对公司的认识吧，我来公司最大的感受就是标准化，配合严密的监控让人不敢越雷池半步。"

张三说："公司的信息化无处不在，级别越低，受到的监控越严。计算机随时对监控对象的行为进行智能化分析，不但能了解他们的工作态度，还能了解他们的心理特征。监控的结果计入考核，和工资及晋升挂钩。"

小孔说："这家公司简直就是把社会上普遍存在但又不好意思明说的东西做到了极致，比如刚才说到的层级制度，层级决定一切。现在说到的监控，监控说明一切。"

小时说："感觉我们都成了精神病人，每天的行为都在被分析被考核，最后被量化。"

张三说："信息化的监控是为了计算，计算机系统每天都在计算分析最细小的经济活动，再将这些基础数据归集，计算每个项目每个部门每个人的价值。公司对交易活动都进行实时跟踪记录，将其量化，可以从多个维度随时计算公司产生的价值，不仅可以计算分析过去，还能预测将要发生的交易所产生的价值而为决策提供支持。”

小孔说：“这是公司价值委员会的职责吧。”

张三说：“嗯，既然说到委员会，就向你们简单介绍一下吧。公司有四个委员会，它们的地位很特殊，既做决策也负责执行，是公司最高执行机构，管辖各个职能部门。先说招商委员会，在投资部基础上成立，起初目的是引进外部优质资源，包括人才、技术和资金，后来发展到探索新的商业模式和规则，甚至还在研究商业本质；生产力委员会主要是改进生产、办公和信息设备，提升生产效率；宣传委员会在原来的营销及企划部门的基础上进行整合，先是对产品和服务，后来对公司各方面进行积极宣传；价值委员会在原来的人力资源部基础上成立。以前公司提得较多的是经济效益，现在用价值来取代了，它包含的范围更广。价值委员会充分挖掘各种资源的经济价值，特别是人员。要把他们放在最适合的岗位输出最大价值。各委员会的范围和职能与时俱进，不断延伸和调整。”

“怎样才能进入委员会呢?”小苗问。

张三说：“你们都是经过严格的校园招聘进入公司，以你们的水平，转正不是问题。要进委员会，就得下番功夫了，委员会的选拔录用是优中选优。在下月举行的转正定级考试中，前一百道题都是客观题，每题一分，得到60分就可以转正了，级别一般定在32到34级；最后一道主观题是选做题，想加入委员会就要做此题。考生先在试卷上标注选择加入的委员会，再对此委员会谈谈自己的看法，文体、字数不限，但必须有自己的思想。主观题由各委员会的主任初评后，再交由首席执行官审定，由首席执行官决定是否合格。如果进入委员会，级别一般定在25级到30级，以后的发展前途会比较大。”

“委员会录取比例是多少?”小苗问。

“这个我不清楚，因为不知道每次测试做主观题的考生有多少，只知道每年进入委员会的实习生不到五人。”

“啊，这么大的公司才这点人进委员会，这也太难了。”小辛说。

“我看好你们，你们很优秀，都有希望。我们可以来模拟一下，说说你们想进入哪个委员会，大家针对自己选择的委员会先去进行一番了解，然后我们再聚在这里围绕各委员会进行讨论，集思广益，将各个委员会认识得更全面更深刻，这样对下个月的测试会有很大帮助。”

实习生们听到这个提议，都来了精神。小时选择了招商委员会，小苗选择了生产力委员会，小孔选择了宣传委员会，小辛选择的是价值委员会。

张三说：“委员会的总部在三十楼，你们先去感受一下。公司有一个很重要也很有意思的项目模拟系统，实习生进不了，你们去委员会可以进行演练。通过这个系统，公司每年产生的项目有上万个，最终实施的项目有近千个，这些项目包罗万象，千奇百怪，让人惊叹商业还能这么进行。”

小苗说：“公司不是有固定的产品线吗？怎么还能额外完成这么多的项目?”

“以公司的资源本不可能实现，绝大部分都是和其他单位合作完成。有的项目只提供一个思路，剩下的全部交由合作方去实施。”

小辛惊叹道：“每年会有上万个项目吗？真不可思议，这个系统太强大了，它是如何运作的呢?”

“系统经过不断升级改造，变得有趣又简单，吸引更多的人投入进来，博采众长。模拟先是从招商委员会开始，包括下属公司甚至一些合作单位的人都可以向招商委员会提出项目建议，招商委员会选出有商业前景的项目，配套相关资源，发给生产力委员会，由生产力委员会寻找合适的技术方案，在系统中设计模拟出相关产品或服务，再发送给宣传委员会，宣传委员会在网上针对客户发起调查，确定产品或服务的价格并预测其销量，最后，将所有的数据都传给价值委员会，价值委员会根据投入的资源及产出的效益来计算项目及项目参与人员产生的价值。对达到预期价值的项目，经领导批准后，各委员会将系统中的项目再进一步细化并说明，然后传给各职能部门，由职能部门负责项目的实施，委员会提供咨询或指导意见。”

“我在这个公司有十年了，由于职责关系，几乎每年都会和新来的大学生进行座谈交流。以前的交流，感觉像一道固定的程序，谈的都是些套话、废话、皮毛，我都有些厌倦了。对这次的座谈会我充满期待，特意把交流场所安排在这个比较私密的会议室，让大家畅所欲言。你们都是我从大批实习生中精心选择的，希望你们一会儿在委员会总部有新的发现，在那里的项目系统做点有创意的东西。好了，刚才我把公司的大致情况给你们说了，接下来的会议就看你们在委员会的表现了。”

实习生们听张三说得那么慎重，一个个都更加来劲了，小孔问：“我们在委员会见习多久?”

张三说：“为了不影响后面的讨论，你们在委员会见习的时间不能太长，两个小时后，也就是十一点半，大家务必准时在这里集合，继续交流讨论。”

实习生们都去了委员会总部，只留下张三一个人在会议室。

第四章　10: 00

张三手指朝桌上点了几下，显示一个二十寸左右的屏幕，经过身份识别认证，张三进入公司网络，处理几封邮件后，就和实习生们联系上了。他们都已进入系统做项目，其中小辛的项目完成了。

小辛对张三说：“我在系统里看到一个界面，那是一个数字化的世界，里面提出了一个问题，就是当个人的价值都被量化后，世界的价值又是多少？我脑海里突然冒出来四个字：微不足道。我对系统中分裂的动画展开了联想。动画是一个球一分为二,一个在左边，一个在右边，左边的不再分裂，右边的球再继续一分为二,一个进入左边区域不再分裂，留在右边的继续分裂……这样一直分下去，直到在计算机里进行不下去为止，最后右边区域就只有一个非常非常小的颗粒。看着这些体积不等的球，我仿佛看到了一个个世界，心想，如果这是一个个世界，应该确立什么样的规则呢？那上面会住着哪些人？会发生什么事情？我以最后分裂出的世界为视角进行了一些解读，在项目中，穿插了标题为'末代分歧者'的叙述。"

张三点开小辛完成的项目，只听到轰的一声，就像宇宙初始大爆炸一样，一个个泡泡像小辛刚才描述的那样分裂，分裂到最后，屏幕右方剩下一颗最小的颗粒，将它放大后，颗粒呈现出星球模样，上面居住着许多人，其中就有一名末代分歧者。

末代分歧者是他经过一系列思考后给自己的头衔，因为他觉得他不同于这个世界上的其他人。这个世界上，人们信奉优胜劣汰，适者生存。竞争相当残酷。特别是土地，为此爆发过不少战争，生灵涂炭。人们都在追求一个数字，数字越大，就意味着能得到更好的产品和享受更好的服务，更重要的是，数字越大，在这个世界上拥有的领土就越辽阔，地位也就越高，活得也越是有滋有味。

末代分歧者开始也觉得数字是很重要的，毕竟他要活着，基本的生存要靠那个数字，尽管不需要很大，可也让他在人生的一个很长时期为此疲于奔命。看着那些数字庞大的人不可一世，甚至还欺负剥削像他这样数字微小的人，他对那个数字越来越抵触。这不，最近他就说过：数字不过是团团迷雾，它使我们远离了生命真谛。

他喜欢思考，特别是思考一些别人想不到的怪问题，比如，人为什么这么弱小，相比已发现的百亿光年计量的宇宙，人真是太小了，度量单位竟然是厘米。当他把这个问题和别人探讨时，别人要不是看他一副精瘦的样子，还以为他是吃饱了撑的。有的人被他说得不耐烦了，回答他：“这有什么好奇怪，这个世界上还有那么多哺乳动物，有的比人大，有的比人小，大也大不了多少，小也小不了多少，人长这样的个子，不是很正常吗?”

他说：“人和动物是有很大区别的，你怎么可以把人和动物相比呢?人的大脑是这个宇宙中最复杂的器官了，可人的身躯和宇宙相比太渺小了，小得可以忽略不计，这太奇怪了。还有，人不只是小，而且弱，你看，几米高掉下来，非死即伤。”

“这是万有引力造成的。”一名学者说道。

“我当然知道万有引力，我的意思是，万有引力是宇宙中非常弱的力，可它竟然能对我们造成如此大的影响，这不是进一步说明我们更弱吗？我们有着宇宙最复杂的器官，身体却这么弱，你们不觉得奇怪吗?”

别人都摇了摇头，说：“我们只觉得你很奇怪。”

尽管别人对他的问题不关注，可他越想越带劲，越想就越觉得不正常。还有，人特别容易生病，许多病都能造成死亡，即使不得病，人的寿命也只有区区的几十年，真是太短暂了。人居然不能适应太空环境，真是太不可思议了，要知道，整个宇宙，像太空那样的低温环境是最普通也最常见的环境了。

对于别人的观点，他也在反思。人在这个星球比起其他动物来，并不显得小，在这个世界的比例显得很合适，这也是长期以来人们并没有发现有什么不对劲的原因。若再进一步考虑，那就是我们居住的这个星球太小了。经过一段时间的思索，他得出结论：人类太弱小，是因为这个世界太小了。为什么会这样呢？他想了好久都没想出来原因。

一次梦中，他置身于一个影院，影院里坐满了人，每人额头上显示一个数字，数字大的坐在中间的位置，数字小的坐在两边。影院没放电影，大家就那么坐着。由于他没有数字，他被保安请了出去。离开影院来到大街上，发现别人都有数字，数字也是最简单最有效的规则，按数字大小来分配利益就不会错了。由于他的额头始终不显示数字，他被视为不受欢迎的人，他逃离到荒郊野外，受到几次动物的袭击，仿佛连它们也敌视他。他被视为异类，他在这个世界无立足之地，好像整个世界都在驱逐他……

从梦中醒来，他回味着梦境，仿佛窥探了些什么，有种豁然开朗的感觉。

一个秋高气爽的清晨，他被几个身手矫健，身穿制服的人带走了。当然，他们对他都是很客气的，不然以他的脾气，他是不会跟他们走的。他们把他带到一个富丽堂皇的宫殿里，说是他们的主人亲自宴请他。

他是聪明人，很快就明白宫殿主人为什么要见他。前些天他对外宣称：存在更大更好的世界，我们的世界只是个挑剩的零头，而且更大更好的世界只属于一个人。

宫殿的主人是个小老头，他的领土大得一眼望不到边，不过眼界哪比得上心界，土地这样能创造巨大数字的稀缺资源，谁也不会嫌多。再说原来的数字已经分配完毕，新创数字的速度太慢，令他很着急，要是有机会弄到额外的大片领土，那是绝不能错过的。

初次见面，小老头很热情，握着末代分歧者的手久久不放，称赞他是最深刻的思想家，自己就喜欢跟这样的人做朋友。

在宫殿私密宴会上，喝了几杯酒后，小老头转入正题："你说存在更大的世界，还只住了一个人，我们怎么去那里呢?"

末代分歧者说："我以前提出了一些问题，别人的回答都令我不满意，现在我自己洞察出一套理论，可以解答那些问题，存在更大的世界，是我理论的一部分。"

小老头两眼发光，笑着说："我也听说过那些问题，虽然没引起别人的重视，但我一直很关注，只是我觉得那些问题是存在性的问题，不可能找到答案，研究它只是白费力，现在听你说找到了答案，我很兴奋，我洗耳恭听。”

“我这理论还没完整对人说过，今天告诉你，希望你利用你的影响力向外宣传一下，让众人醒悟。”

“只要你说得有道理，宣传的事我一定尽力。”

“既然你知道我以前提出的人太弱小这样的问题，那我就不再多说了，我就直接说造成这的原因吧。你知道人的身体是如何长大的吗?”

“是细胞分裂，一个分裂成两个，两个分裂成四个，大概就是这样吧。”

末代分歧者点头说：“其实世界也是分裂的，不过和细胞分裂有点不同，细胞分裂使人越长越大，世界分裂使人越变越小，小的话自然也就弱了。”

看到末代分歧者一副欲言又止的样子，仿佛是在组织语言把他的理论完美地阐述出来。小老头有些等不及了，问道：“那世界为什么会分裂呢?”

“因为有分歧者，就是像我这样的人。你刚才说我是思想家，其实不太准确，我算得上是分歧者。分歧者和其他人不同，其他人都在追求数字，因此可以用数字将他们归为一类；分歧者追求的是文化，而文化是无法比较的，就是任意两个分歧者，也不能将他们归为一类。一旦世界有了分歧者，就出现了两个类别，导致分裂。因为这两个类别是不方便居住在一起的，于是世界就一分为二,一半给分歧者，原来的人，就是可以用数字量化的人就留得另一半，但又不能让原来的人觉得世界变小了，于是原来的世界上的一切都变小一半，这就是人越来越小的原因。”

小老头说：“一个分歧者就分得了世界的另一半，是不是太不公平了?”

末代分歧者摇摇头，说：“这是按类别分配的，其实人如果只是一串数字，那就太微不足道了，按道理应该分配更小的世界。”

这话小老头就不爱听了，他用怪怪的眼神看了末代分歧者很久，最后蹦出一句话：“你不是分歧者吗？怎么没单独为你分裂出一个世界呢？”

末代分裂者叹了口气，说：“谁叫我是末代分歧者呢？宇宙不是无限大的，宇宙间的一切当然也不可能是无限小的，所以不能无限地分裂下去。我们现在的星球，或者说我们这样的人，已经是最小的了。你如果站在宇宙的角度来看，即使是已发现的宇宙，都会觉得我们的星球小得可怜，小得谁都看不见，这也解释了为什么我们在宇宙中是孤独的。宇宙这么大，许多人都相信存在外星人，我们的力量太弱无法寻找到外星人，可为什么外星人也找不到我们呢？那是因为外星人看不见我们，越是强大的外星人身体也越大，特别是早期的分歧者，他们有能力在宇宙中到处穿梭，却难以发现太小的我们。”

小老头大失所望，说：“你的理论有些匪夷所思，也无法证明，很难让我相信。”

末代分歧者沉默了一会儿，说：“你不相信我也没办法，只要你帮我宣传，会有人相信的，就像宗教信仰，也不能证明，可那么多人相信。”

“没人会把这套理论当作信仰，人们为什么会有信仰？不就是图个实际的利益或不实际的安慰吗？可你的理论，你的理论就像是把人打了一耳光，还这样说，‘比起接下来的遭遇，这一耳光简直是恩赐’。这样的理论别人怎么可能去信仰呢？”

“真理就是这样的，当你发现它时，已经晚了。它警示人们：别盲从，否则，千方百计追求的东西，最后虽然得到了，其实微不足道，正确的价值追求才能获得真正的幸福。”

小老头叹了口气，说：“你这理论没什么用呀，不过为了遵守诺言，我仍会帮你宣传，只是不会表示自己接受这个理论。”

末代分歧者顿了顿，说：“那好吧。只要它是真理，终究会受到大众的认同。”

在小老头的帮助下，他的理论很快就传开了，起初，人们对理论的态度褒贬不一，有人说他是先知，有人说他是疯子。

渐渐地，知道的人越来越多，不过相信的人却越来越少了，小老头说得没错，这个理论唯一的用处就是使人渺小，让人绝望，谁又会相信它呢？关注这套理论的人可能就是因为它比较有趣吧。

因为他的理论，末代分歧者受到一些达官贵人召见，不过都是以期盼而始，以失望而终。

就连不可一世的将军也很客气地邀请过末代分歧者，向他咨询他的理论。起初他对末代分歧者的理论一知半解，听说分歧者能拥有一个世界后，他也想成为一名分歧者。但经过仔细探讨，他明白，即使成为分歧者，也只能是末代分歧者，世界已经小得不能再分下去了。

将军说：“也就是说，成为分歧者，能得到一个世界，成为末代分歧者，就什么也得不到，而我们就是分裂的最后一代了?”

“是的。”

将军将了他一军，“既然什么好处都捞不到，那你为什么要成为末代分歧者呢?”

没错，末代分歧者是最悲惨的分歧者，他窥见了真理，却无法证明，批判性真理得不到大众的认同；他是分歧者，却不像前代分歧者那么强大并拥有自己的世界，他不得不和那些目光短浅而且骄傲自大的家伙共同蜗居于一个微小的星球，还要经常忍受他们的嘲笑。

白天，当他看到这个世界上的人们，觉得荒谬无比；夜晚，当他看着苍穹满天繁星时，心中悲痛莫名，怜悯之心油然而生，直至泪流满面。

在屏幕上看完小辛的项目，张三称赞道：“这个头开得挺有意思，这让我非常期待接下来的讨论。”

第五章　11: 00

十一点半，实习生们都回来了，他们兴高采烈，议论纷纷，看来他们在委员会的经历很有趣。

张三指着桌上的盒饭说："我安排了午餐，大家先吃饭吧。"

吃完盒饭，收拾完毕后，实习生们开始介绍自己在委员会的经历。

小辛说："我们四个人在委员会演练了项目系统，这个系统真是太棒了，极富创意，便于将人的奇思妙想快速高效地转化为产品或服务来创造价值。这个系统是什么时候上线的?"

张三说："三年前上线的，去年底进行了大规模的升级，在丰富功能提升性能的同时，更多的是增加娱乐性，吸引大量的人参与到项目中来，使人们在轻松的氛围下激发创意和灵感。"

"不错，我们在里面像是玩了一场意义深远的游戏，这场游戏由我们主宰，我们选择或设置人物、场景和对话。"小孔说。

张三说："在你们把委员会的项目分享之前，我想问一下，你们选择的主题是什么？刚才说过，转正定级考试中有论述题，你们想进委员会，就要证明你们对委员会的了解比其他人深刻或全面，你们最好是围绕一个中心来展开叙述或说明。"

小时说："以前的招商委员会关注资源的配置，现在变化很大，我觉得从规则方面去着手更合适，我在委员会里的项目也是以规则为主题。"

小苗说："在生产力委员会的项目中，我选取的主题是人与物的关系。"

小孔说："我着眼于宣传，并延伸到人与人的关系。"

小辛说："我是以价值为主题。"

张三说："你们选择的主题和我预料的差不多，小辛的项目已经介绍过了，现在请你们其他人介绍自己的项目，你们谁先来?"

实习生们看着小时，小时说："那我就说吧。在招商委员会接待室的屏幕前，我被项目模拟系统中的一个界面所吸引。那是一个标有'11'的盒子，根据里面的元素，再进行一些改造，我最后创建的也是一个盒子。你们看。"

大家看着桌面，上面显示出小时的项目。

他是名律师，可终其一生，他就帮别人打了一场半途而废的官司。自他打过那次官司后，就坚决不打官司了。虽然他熟记几乎所有的法典，可尴尬的是，他不知道怎么打官司。不过大家还是叫他律师，毕竟他对法理很精通。

第一次也是最后一次官司的诉讼过程是这样的：当他准备好诉讼资料，正要为代理人起诉时，官司已经结束了，说是案件被撤销了。案件撤销的原因，他只知道并不属于法律明文规定可撤销情形，他搞不懂为什么还是撤销了，他查了好久，也查不出撤销的真正原因。他知道，第十一条规则又出现了。

本来，法律都是有板有眼，规则明确，可是，第十一条规则居然也在这里存在，甚至相辅相成。可想而知，选择法律作为职业对他来说真是无比讽刺。因为，在成年人中，全世界好像就他一人不懂也无法理解第十一条规则。

在以前的成长过程中，他进了所学校，要在十天内学习十条很重要的规则。那里的教学方式很特别，结合各种各样的表达方式，寓教于乐，给他留下了很深刻的印象。

第一天，说是要真诚。老师挂上一幅画，是一只眼睛的特写，里面折射出的世界是如此简单。

第二天，说是要善良。老师拿来一座雕塑，是一双手的特写，左手用力托着，右手轻轻抚摸着。

第三天，说是要勤劳。老师播放了一段动画，是一对对迎着光芒前进的足迹，足迹里长出禾苗。

第四天，说是要博爱。老师组织大家跳起舞来，舞蹈表现的是，一颗冰冻的心在从世界边缘拉到世界中央后，充满活力地跳动着。

第五天，说是要勇敢。老师让大家体验了一款虚拟现实游戏。游戏中的主角与凶猛巨兽搏斗，将其杀死，为民除害，被民众视为英雄。主角谎称巨兽是自己驯养的，愤怒的民众将他拉下神坛，羞辱他，于是，世上无英雄。

第六天，说是要谦逊。老师让他们看了篇小说。小说讲的是，外星人已经进化到非实体态，人类进步太慢，找不到他们。不过外星人以另一种形式来到人类中，看，世界上谦逊的人都是外星人的化身。因为外星人觉得他们取得如此进步是因为他们总保持谦逊，而人类恰恰没有，于是就给人类带来这种品质，希望人类获得。可即使近在眼前，人类也始终难以和外星人交流。多年以后，历经数不清的劫难，人类终于出现了第一个谦逊的人，他就是这篇小说的作者，他写下这篇小说，是想让第二个第三个甚至更多谦逊的人出现。

第七天，说是要节俭。老师介绍了几个宇宙学公式，使他们觉得，宇宙就像个最会勤俭持家的母亲，以非常巧妙的方式运行着。

第八天，说是要宽容。老师组织大家排练戏剧，戏剧冲突不断，无休无止，愈演愈烈，最后，凭着宽容，才结束这场噩梦般的戏剧。

第九天，说是要求知。老师带他们来到大自然，让他们体验了许多美丽景象并认识了不少现象背后的奇妙规律。

第十天，说是要慎独。老师向他们描绘了一个没有规则的世界。

十天后，出了校门，感觉整个人豁然开朗，脱胎换骨。没多久，他偶然发现一个人病了，可奇怪的是，那人就是不承认，在外人面前总是装着好得不得了的样子。他追着问那人，为什么不去治病？那人被他纠缠得没办法，只得实说，这种病会受到歧视和嘲笑，甚至会被遗弃，所以绝不能承认。后来，他发现许多人都有那样的病，这种病也许不能根治，不过不要紧，坦诚可以使病情不再恶化。可大家都是既不承认，也不治疗。因世人对这种病的态度，使他终于明白，原来世上还有第十一条规则，它的影响力更大。大家对第十一条规则讳莫如深，像是不好意思似的，要么不说，要么就笑着说：你懂的！

可他确实不懂，而别人都以为他装不懂。小时候，他所想的世界是没有规则的，长大点后，这才发现规则不可或缺。可他仍然不理解为什么会有第十一条规则，他不知道那是什么。虽然第十一条规则无处不在，可是对于他，去搞懂它又是如此艰难。看到世上不少人因为把握好第十一条规则，如鱼得水，沾沾自喜，他悲痛不已，仿佛看到他们拖着沉重的枷锁跳舞。他能做什么？他能改变这些吗？一个人可以改变这个世界吗？不能说绝对不能。如果一个人因为承受痛苦而激发潜力改变了这个世界，人们不应该赞叹他的力量有多大，而应该体会他的痛苦有多深。

规则的建立，打开了文明的大门。可第十一条规则的蔓延，让文明沦为一场笑话，人的尊严和威信只是一套装饰，世界的发展和进步只是一场幻觉。有时候，他仰望星空，看着天上的星星遵守着最简单的自然规律，井然有序地运转，心中无比静谧，可一想到地上的人们，他就悲痛不已。

他下定决心，要消灭第十一条规则，将这个世界改变得适合所有人。也就是说，即使一个人永远长不大，也可以很好地去适应并融入这个世界，不需要八面玲珑，世故圆滑，绵里藏针，笑里藏刀。

别人都认为他异想天开，第十一条规则的存在，就是因为人的本性，而即使是神，也改变不了人的本性。他又凭什么去消灭它呢？他凭的就是痛苦。他觉得如果一个人比神承受的痛苦还要多，那他的能力就可能比神还大。

他本是名律师，可那个世界硬是把他逼成了超越时代的科学家，居然能够创造出消灭第十一条规则的东西。临终前，他将设计方案放在一个盒子内，等待技术可行的那一天，有人造出盒子里的东西，去影响世界上所有的人，把第十一条规则彻底消除。

第六章　12: 00

小时的项目演示完，大家的心情有些沉痛。接下来就是完成律师的遗愿，造出盒子里的东西，这该轮到小苗了。他说：“我在项目中的任务是找到盒子然后生产出里面的东西，起到一个承上启下的作用，内容比较简单，大家在屏幕上看我的演示吧。”

这是一座与世隔绝的小岛。岛上的人有着独特的风俗习惯，不与外人交流。这里地势险恶，也在一定程度上加剧了这种隔绝。随着科技的发展，文化的渗透，这里也渐渐变得开放起来，居然允许部分外来人员来此参观旅游。

这天，小岛上前前后后来了两个中年男子，先来的自称工程师，后来的自称经济师。在一个看似偶然的场景下，他们碰面了，经济师首先打招呼，两人就聊了起来。

聊了没几句，就聊到了此行的目的。工程师很直率，坦诚是来寻找律师的那个盒子。经济师也没隐瞒，也说是为了那个盒子。虽然盒子只有一个，但经济师认为他们对盒子的利用不同，合作的话是可以双赢的，而合作的基础就是坦诚。

工程师说：“我对什么名望、影响力，甚至社会规则都不感兴趣，我来寻找那个盒子，只是想造出盒子里的东西。我喜欢搞发明创造，特别是这种据说技术要求非常高的制造，我就更来劲了。至于造出的东西会带来什么社会效果，我就不关心了。”

经济师说：“这是个可以改变世界的机会。你没想到去改变世界，让别人都来尊敬甚至崇拜你吗?”

工程师摇摇头说：“我不需要这些，别人对我是否尊敬并不重要，我才不会蠢到为虚名而活呢。要不是我刻意避免这些，以我的才智，早就闻名于世了。”

经济师想想也是。他是坐船来到岛上的，而工程师是乘坐光能飞行器飞到岛上的，这种飞行器他以前从未听说过。工程师说是他制造的，这是可信的。能制造这种飞行器的人居然会默默无闻，那就是看破虚名了。于是就对工程师这种淡泊恬静的胸怀大为敬佩。

经济师说：“人最可贵的是被需要、被依赖，这样才能体会到自己的价值，人很渺小，需要互相依靠得到安慰，我很乐意给人们带来这种安慰。至于金钱，我也会想方设法去追求，毕竟所有人都需要。不过它对我来说只是手段，不是目的。”

工程师问：“根据律师的记载，如果造出了盒子里的东西，就可以消灭世界上第十一条规则了，你说说，这将给世界带来哪些改变?”

经济师说：“我是从商业方面考虑这个问题的，商业在这个世界上的影响力太大了。看看我们的商业环境，虚虚实实，真真假假，有规则又不能尽信规则。如果真的能消灭第十一条规则，经济交易将会变得很透明，商业效率会大大提高。我们发明了很多技术想减少交易成本，却不能将成本真正降下去，或者短暂的下降后又升了起来，因为技术有两面性，可能被正面使用也可能被反面使用，如果消灭了第十一条规则，就能真正降低交易成本了。”

工程师说："你说的这些我都不是很清楚。我所处的环境，就没有第十一条规则，我跟物打交道，自然规律都是简单明确的。"

"律师将盒子隐藏在这个岛上是富有远见的。据他生前所说，他知道怎么做出盒子里的东西，可遗憾的是他做不出来，因为这对技术的要求非常高，在他那个时代无法实现，只有等待技术的进步。而随着技术的进步，文明的发展，这个极其封闭的岛才会逐渐开放，我们才可以进来寻找盒子。"经济师说。

两人来到一个洞里，找到了盒子，打开一看，里面只有一张纸。经济师赶紧凑上去看，工程师没有独享，把那张纸向经济师眼光处移了移。纸上记着一些元素以及浓度比例，并写明了制作方法。

经济师还没看完，工程师将手上的戒指一按，喷出一团火将纸化为灰烬。

经济师想要阻止已来不及，只好唉声叹气。

工程师笑着说："事关重大，不能泄露出去，阅后即焚。"

经济师说："那也要等记熟了再销毁呀。"

工程师拍着自己的大脑袋说："我已经记住了，你和我同时看的，不会没记住吧。"

经济师说："我看都没看完。"

工程师说："那就不能怪我了。其实就算你记住了，你也造不出来，照这上面的描述，原料虽不难采集，可工艺条件相当复杂苛刻。这个世上，除了我之外，恐怕没人能造得出来。"

工程师又说："我不得不佩服律师了，这种工艺条件那时根本达不到，不可能去试验，他怎么知道将一些元素这样操作后就可以生产出可以消灭第十一条规则的产品呢？"

两人离开小岛后，听说西北处有宝藏，工程师急着往那赶。

当两人找到宝藏时，已经迟了。里面值钱的东西已经被拿得干干净净，留下一座被破坏殆尽的废墟。

工程师看得傻了眼，脸色苍白，双腿发软，倒在地上，号啕大哭。

经济师想不到他会那么难过，说："你怎么啦？来晚了没取到宝藏也不至于这样啊？"

"这是我的宝库啊！"工程师尖叫起来，喃喃道，"完了，完了，什么都没有了。"他躺在地上，一动不动，望着天空，流着眼泪。

经济师劝慰了几句，发现一点效果都没有，就不再劝了。

宝库很大，像一座宏伟的宫殿，虽然在地下，但是经过精心的设计，通风、透光和地上没什么区别。

过了一会儿，看到工程师情绪稳定了些，经济师问道："这真是你的宝库？你怎么开始没认出来呢？"

工程师说："它本来不在这里的，在几百里外的地下，由于地壳运动，竟然被移到这里并暴露在外了，这下完了，都让人给盗走了。"

说完又用手抹着眼泪。

"你居然有这么多财宝！太令人震惊了，你也太令我意外了。你又不出名，没什么影响力，怎么弄到这么多好东西的？"

"这里的贵金属和宝石是我在世界各地勘探采集再加工而成的。"

"最让我意外的是你居然过着隐居的生活，你都不懂得风光的吗？"

"我只喜欢有价值的物品，不喜欢跟人打交道。看吧，人多么坏，把我辛苦大半生积累的好东西都盗走了。"

经济师说："别再难过了，财宝乃身外之物，失去了可以再赚回来，你放心，我会帮你的。"

工程师端详着经济师，从怀里掏出一块屏幕，点了几下，屏幕上出现一个人的介绍，工程师问道："你是他吗？"

经济师点了点头。

工程师说："原来你是老板。你身价很高呀，你能帮我把失去的东西都收购回来吗?”

经济师说:“上面的信息不准确,我是老板,可我实际的财富不到那上面介绍的百分之一,怎么可以和你失去的东西相比呢?”

“你没那么多财富,为什么新闻会这么报道呢?歪曲事实你不气愤吗?”

“当然不气愤,反而很兴奋,身价高大家都很给我面子,都抬举我,许多人都尊敬我甚至崇拜我,这种感觉是物欲的满足不能相比的。倒是你这么富有却没人知道,没有享受到这种乐趣,实在是太可惜了。”

工程师说:“我只对有价值的物品感兴趣,物才是实实在在的,你说的那些都是虚无缥缈的。只有抚摸着那些宝石贵金属,我才会开心。物没心眼,遵守明确的规律,而我又对这些规律掌握得比别人深。要是被别人知道我有这么多宝贝,那就都跑来动歪心思了。”

经济师说:“你可以把这些东西存在银行金库,非常保险,不用担心被盗或被抢。”

工程师摇着头说:“那我不就不能随时看到它们摸到它们了吗?那样的话,我心里会很难过的。”

工程师又说:“你真的没新闻报道的那么有钱吗?”

“当然,我不会骗你的,我还需要你帮我呢。再说,你那些东西现在都涨价厉害,我即使有新闻上面介绍的财富,也不能全部买回来。”

工程师很失望,向来睿智的眼神也变得呆滞无光。

经济师想了想,说:“别难过,只要我们合作,就可以帮你把所有的东西都买回来。我有公司。”

“什么是公司?”

“公司是赚钱的组织,赚到了钱,你想买什么就买什么。”

“怎么合作?”

“我提供人力物力财力,你提供技术,赚到的钱帮你收购你失去的东西，你要帮我把盒子里的东西造出来给我。通过刚才的交流可以看出，我们追求的东西完全不同，所以才应该合作，这样我们不会有利益冲突，合作会很愉快的。公司赚的钱可以都给你，实际上钱多钱少我无所谓，只要让世界上的人认为我有影响力就行了。”

工程师说：“那行，不过我有一个条件，一定要想办法把我隐藏起来，等赚到钱把我失去的东西收购回来后，一定要秘密运到一个我指定的地方，我将在那里隐居。”

“这没问题，很高兴跟你这样的人合作。”经济师笑着说。

工程师脸有忧色，想了想，说：“我还是不放心，收购回来的财宝再怎么秘密运送，也会被人知道，总有被暴露的危险。”

“你会开大卡车吗？到时就让你一个人把财宝运到你想去的地方，这就行了吧。”

“没开过，我可以造机器人开卡车，可我还是觉得这样不保险。”

“你是不相信我吗？你这么聪明，就算我搞鬼，你也能发现。”

“不是这样的。我是觉得，这个世界人太多了，即使我找到了隐藏之所，也可能被人发现。就像这次吧，谁会想到一场灾难暴露了我所有的财宝而让人全部抢走呢？对这个世界我是失望透了。”

“你想得那么远，我就跟不上了，我没办法了。”

“我有办法，只不过需要你提供帮助。”

“我当然会帮你，快说说你的办法。”

当时夜幕低垂，工程师指着天上的一颗星，说：“看到没有，那是一颗离我们比较近的行星，上面没有空气也没有水源，昼夜温差大，不适合生物生存，荒芜一片。不过我有办法在上面生存。只要我去了那里，我的一生就安稳了，即使世界上的人都知道上面有财宝，也只能干瞪眼。除了我之外，没人能去那里。当然，要把我的财宝带去，就要建造一艘巨大的飞船。我知道怎么造飞船飞到那里，但我没那么多资源，这需要你帮助。

飞船上不仅要装上我所有的财宝，还要带上我的工具。有了工具，才能在恶劣的环境中开辟舒适的住所。到了那里，我就不用躲躲藏藏了，我可以在上面造宫殿，造花园，造机器人，反正喜欢什么就造什么。"

经济师又震惊了，说："你的思维真是天马行空，我越来越感兴趣了，一定会全力帮助。不过，我们要先把盒子里的东西造出来，再造飞船。"

工程师这才从伤痛中恢复过来，两人手挽手，笑着向目标前进。

在老板办公室里，老板的助理来了。自从工程师来了后，他一直协助工程师工作。他来向老板汇报工程师的工作进展情况。原来要制造的东西是一种高度浓缩的药物，通过作用于人的大脑，可以改造大脑的某些功能。工程师说他以前将精力都放在物上，对大脑研究太少，现在要加强这方面的研究，可能进展会比预计的要慢。

汇报完毕后，助理并没有像往常那样离开，他从包里拿出一份文件对老板说："工程师听说发表论文获得的稿酬可以买3克贵金属，他叫我把他的这篇论文拿去发表。"

老板没转身，说："这种事就不要请示了，按他的吩咐做吧。"

助理露出为难的表情，说："这篇论文有问题，里面说大脑无时无刻不在产生能量，通常情况下，这种能量很微弱，这是因为我们对大脑的利用不到百分之一，如果大脑能得到更大程度的开发，虽然人会变得很聪明，可是却有风险，那就是产生的能量太大，导致大脑受损甚至死亡，不过就是世界上最聪明的人，大脑也不能开发到那个程度。因此，一般情况下，能量强大到使大脑受损的情况不会发生，不过人如果受到重大刺激，也可能使能量增强。从理论上来说，脑电波的能量可以强大得如同一枚炸弹，只是要引爆它，却不可能，要么就是我们还远不够聪明，要么就是我们遇不到那么大的刺激。这些理论简直就是天方夜谭，没有机构会刊登的。"

老板说："那你就花钱找家机构把这篇论文登出来，再去市场买3克贵金属给工程师送去。总之，不要破坏他的心情，影响他的工作。”

三个月后，盒子里的东西造出来了，公司全体人员都很兴奋。选了一个好日子，老板在公司大楼前召开发布会，公司各位高管在台上入座，台下则是邀请的嘉宾及媒体记者。

老板在台上发言：“这种产品将会影响每个人，可大幅度减轻人们的工作和生活压力，让大家过得轻松愉快。随着这个产品的推出，公司市值会像火箭一样飙升。”

这个时代，信息传播极其迅速，股市非常敏感，随着发布会的进行，大楼屏幕上表示市值波动的绿线一路上涨。

大家都欢呼起来。

但是台下有记者怀疑产品的影响力，不断提出质疑。可老板对产品又不细说，只是泛泛而谈。显然对老板这种外交式的发言有些不满了，有记者甚至说公司的市值就是个泡沫，是吹出来的。

坐在台上靠边位置的工程师紧张起来。

突然，大屏幕上的市值一泻千里，一条红线狂跌到底。

这种大起大落让大家惊呆了，仿佛置身梦境。

老板很淡定，叫人赶紧去查查怎么回事。

台下的观众议论纷纷。

工程师突然从台上跌跌撞撞倒下来，望着屏幕上跌到底的红线，脸色煞白，目光呆滞，浑身发抖。

看到工程师这么痛苦，老板心里很不是滋味，正要走过去把他扶起来，安慰安慰他。

还没走到跟前，只听见“砰”的一声，工程师脑袋着地。众人不知道怎么回事，都吓呆了。现场经过短暂的安静后，又混乱起来。

有人指着大屏幕喊道：“快看，市值又升起来了。”

果然，红线变成绿线，比起刚才，又往上升了十几个百分点。

一名信息部员工满头大汗地跑来，说："老板，刚才系统出了故障，我们立即进行抢修，现在恢复正常了。"

老板呆了，回过神后，难过地说："我们伟大的工程师死得太冤枉了。"

第七章　13: 00

最后就是小孔的项目了，他选择的是宣传委员会，项目最为复杂，在其他三人的帮助下才得以完成。

项目围绕着学校展开，比起世界其他地方或其他机构，学校很特别，像黑白世界里的一抹彩虹。它位于中心城市东边的一片森林中，这里环境优美，气候宜人。各种花草散发着不同的芳香，一排排低层建筑错落有致，散布在森林里仿佛世外桃源。这里的教学方式和内容，和其他类似传授知识或技能的机构迥然有别。事实上，其他传授知识技能的地方都不叫学校了，都叫培训班，那里教人如何快速适应商业社会或在商业社会取得大众期望的成功。因此，说起学校，并不需要特指，因为现在全世界就只有这所机构称作学校了。

学校还有一个奇怪的地方，那就是没有人知道学校的来历，尽管学校的历史不算悠久。更不可思议的是，学校还取消了校长主任等职务，只保留了学生和老师两种称谓，并且除了称谓不同，没有其他区别，学生可以是老师，老师也可以是学生。而且现在连老师和学生都不区分了，来这里求学的，始终都是学生。至于原来的老师，有的年纪大退休了，有的受聘去外面求发展了，现在学校只剩下一个老师了。常有外部机构邀请这里的人去交流，学校都是派学生去参加，这也是给他们一个历练的机会。去了外面，比较注重级别，若只说是学生，别人听着不满意，就算是学生，也有优劣之别吧，是尖子生还是一般生呢？于是，为了避免外人对此问题的纠缠，同时也是入乡随俗吧，学校对外出交流的学生划分了级别，目前已有的级别依次是一精、二达、三好、四清、五优、六妙、七慧、八贤、九全。每个学生在被派出活动之前，都不知道自己的级别，只有外派的那一刻，学校才会确定。对于级别的晋升，也没什么规定，有的人晋升很容易，有的人晋升很困难，有学生研究了好久，也没研究出什么规律。

这所学校的招生，没有严格的门槛，任何人都可以提出申请，经过学校一系列考评，认为适合这里的教学模式，就会收录。只要对知识文化真正感兴趣，一般都会顺利进入这所学校。由于这里的教育自由宽松，学习的内容都是兴趣使然，而非学以致用，因此来这里求学的人经济条件都比较宽裕。是的，没经济基础，实在消费不起自由这种宝贵资源。

老师在这里工作很长时间了，他非常热爱自己的工作，极受学生的尊敬和爱戴。可是这些天他心神不宁，情绪非常低落，望着这片美丽的森林，这群朝气蓬勃、勇于探索的莘莘学子，居然也会流泪。

在找到律师遗留下的盒子后，工程师造出了盒子里的东西，一年前由公司发布，据说近期会投入使用，这将使世界发生天翻地覆的变化，即使深处世外桃源的学校，也免不了会受到影响。

老师心事重重也许是因为这方面的原因吧。

这天一大早，一名西装革履的青年人来到学校，自称是公司老板派来的代表，受命邀请学校两人明天去公司执行一项任务。除了文化交流，学校从不搭理外边的事情，更别说听命于人去办事了。可是来人拿出学校土地的产权证，说公司已经取得这片土地的产权，如果学校不配合或者任务失败，公司就会强制收购这所学校，在这里成立新的研究基地。

涉及学校存亡，只好答应去执行任务了。在询问是什么任务时，代表说他也不知道，等明天到了公司，老板才会宣布。

学校众人经过商量，一致推选九全学生和最受尊敬的老师去执行任务。

对于结果，大家都很期待。九全学生简直就是学神，年纪轻轻就到了九级，也是学校目前唯一的九级，非常有希望迈向最高级十级，至于十级是什么称呼，那只有等人到了十级才会知道。可是几年过去了，九全学生就是迈不过去，是他没进步吗？并不是。学无止境，他又是那么有灵性，每天都能获得进步。至于要怎样才能升到十级？没有明确的标准，都是学生们议论纷纷。有的说是因为九全学生年龄还较小；有的说没有条件就是最高的条件，不可能有人升到第十级，第十级是留给神的；有的说要升到最高级，需要经历一次非常黑暗的历练，这种历练的机会，可遇不可求。而现在，不正是九全学生的历练机会吗？如果他能成功，会不会是学校有史以来升到最高级的第一人呢？

走的那天，学生戴着一顶帽子，帽子有摄像并实时回传信息的功能，可以让全校人员在学术大厅中央的大屏幕上实时观看行动过程。这次的任务关系重大，如果成功，学校这种教学模式就可以继续下去，如果失败，学校就会被迫终止。以他们两人的力量，要去世界上最强大的公司执行任务，成功的机会相当渺茫，这很可能是他们最后一堂课了。

就算是失败了，在这最后一堂课里，相信执行任务的老师和学生也会给他们留下精彩而又深远的教育。

老师和学生在众人的期待中，乘着简易飞行器去公司了。

众人送别他们后，回到学术大厅看着屏幕上发生的一切。

望着屏幕上两人飞行的画面，三好学生的思绪飘向远方。十年前，他刚来学校的那天，老师问了他一个问题：在这里，你想学些什么？

他说他想知道如何选择自己的人生道路。

当他第一次外出交流时，学校按惯例给他一张小木牌，作为对外的身份，牌上的等级是三好，他有些意外，没想到自己可以直接到达第三级。在他交流回来时，老师问他：“三好学生，三好是什么意思？”

他说：“三好就是你好，我好，他好。”

老师听了很高兴，继续问道：“那什么是好？”

他说：“我不知道。”看到老师对这个回答不满意，又说，“不懂就是好。”

这个回答他觉得有些敷衍，不过老师没说什么。

不到十分钟，老师、学生两人到达目的地，降落在公司东门前的广场上。

广场很大，占地千亩，环绕在公司四周。洁白如玉的石材上点缀着绿色的草丛。广场中央是一个占地近万平方米的花坛，花坛里的花草经过特别的种植和修剪，组成公司名字和标识。

广场上非常热闹，人山人海，估计有几十万人，在公司警卫的安排下，人群根据行业或阶层排列成方队，井然有序。

刚从飞行器出来，就遇到老板代表，简单寒暄后，他带着老师、学生，通过大门严格的安检程序，来到公司院内。院内是五幢高楼，玻璃幕墙在阳光的照耀下显得金碧辉煌。外面的四幢高楼全是立方体结构，呈东南西北四个方位分布，连成一体，围绕着中间的高楼。中间的高楼为筒体结构，直入云霄，一枝独秀。

代表向他们介绍：“外面的四栋大楼都是办公大楼，功能各不相同。东边大楼用于招商，南边大楼用于生产，西边大楼用于评估，北边大楼用于宣传。”

学生说：“中间大楼真气派，有一百多层吧，也是办公大楼吗？”

代表说：“这个不好说，说是也不是，说不是也是。开始定位办公，可是自从工程师逝世后，老板把他葬在大楼地下室，现在那幢大楼，除了老板或经老板允许外，没人能进去，大楼里有些什么或在干些什么，我们都不知道。”

学生说：“我猜里面什么也没有，只是一座纪念塔，纪念工程师而已。”

除了他们之外，公司院内聚集了不少人。这些人，有的是被邀请来的，他们随后都被带往公司大楼；有的是来看热闹的，因有一定地位被允许进入公司院内。

代表说：“相信你们也知道，工程师造出了律师遗留下的盒子里的产品，可以消除世界上第十一条规则。对于是否使用，老板一直犹豫不决，今天下午六点是最后期限，如果老板还是无法做出决定按下发射按钮的话，那么产品就会自动销毁。发射按钮控制器在中央大楼顶层，老板今天会在那等待合适的人来共同商量这件决定全人类命运的事。公司邀请来的人都被带到了东南西北四幢大楼。在楼里，大家各凭智慧和机遇，自己找路去往中央大楼顶层。如果你们之中有人能在今天下午六点前到老板那，就可以取得学校土地产权。”

代表带着他们进入运输通道，去往东边大楼，边走边说：“为了这次活动，我们准备了很久。大楼内窗户和窗帘都处于关闭状态，灯光都是智能控制。”

楼内运输通道在十三层停了下来，出来是一个房间，墙上的指示牌显示为“东-13-A”。

代表说：“在这五幢楼里，装有许多运输通道，不仅可以上升下降，还可以平行移动，在各幢楼层到处穿梭。运输通道的启动和运行完全由公司控制，如果有运输通道向你们敞开，就可以进去。由于四幢大楼第十四层及以上连着中间的大楼，你们要去老板那，先要往上至少再登一层，经过空中走廊进入中间的大楼，然后再上升去顶层。”

“我想这一层不是那么好登的。”学生说。

“对别人也许如此，对于你们，我想并不困难。在A室这里，往逆时针方向走就是去往那一层楼的道路，如果登不上去，可以往顺时针方向走，去其他三幢大楼试试。”代表说完，向他们挥挥手，离开了。

这里有许多屏障，布置得如同一座小小的迷宫。两人沿着逆时针方向往前走，墙壁上一幅幅动态视频忽隐忽现，随着两人的脚步向前延伸，吸引了他们的注意。

到达分岔口，前面有三条路，应该走哪条呢？或者说应该选择视频中的哪条故事线呢？老师让学生拿主意，学生选择的是最左边的路，那里的故事是关于一个人很有意思的一次旅途。虽然看不清路的状况，不过走着走着，两人有了上升的感觉。

视频中，出现一个被山脉环绕的小山村，村里小河边，青年男子对小女孩说：“妹妹，我决定了，要去外面的世界，那里有很多资源，方便我干一番大事。”

小女孩忧虑地说：“可父老乡亲都不看好呀，他们说，外面的世界很复杂，能活着就不错了，干大事是不可能的。”

“你怎么认为的呢?”

“我当然对你有信心了，你是最聪明的人。”

听妹妹这么说，立志干大事的有为青年满怀信心地踏上了通向外面的道路。

怎么干大事呢？外面的世界，人们为了争夺资源，战争不断，只要有勇有谋，是可以干一番大事的。可凭着武力杀出一条血路，即使成事了，总令人心惊胆战。有为青年是个聪明人，当然不会这么蛮干。

有为青年找了一些部落的大小首领，说有办法让他们不去杀得头破血流，也能捞到好处。也许是外来和尚好念经，也许是大家饱受战乱之苦，首领们同意给他机会。

看到人们都像野兽一样在外面或山洞露宿，有为青年从怀中掏出一张房子结构图，说这正是大家需要的，要大家按照图的指示做这样的房子。

果然，一看到图，许多人都被这精美的结构吸引了，如果把它做出来，住在这里多好啊，就不用受风吹雨打之苦了。许多人开始做这样的房子，有的甚至还将之改进得更牢固更精巧。

“看，现在大家都在建房子，不会发生战乱了。”在地洞里，有为青年对一群首领说。

“世界是和平了，可是，我们没捞到好处呀，这没什么用啊。”首领们说。

“他们都在盖房子，你们就去拿他们的财物。”

“他们会让我们拿吗?”首领们面面相觑。

还真是奇怪。首领们爬出地洞，去拿别人财物时，那些人只顾着做房子，财物由着他们随便拿。

当首领们揣着财物兴高采烈回到地洞时，对有为青年佩服得五体投地。除了首领们外，还来了不少人，他们本来也在做房子，可发现了首领们拿别人的财物，于是就想加入进来分一杯羹。

对此，有为青年很生气，将额外的人都赶出了地洞，说，天下哪有那么好的事?

首领们有些担忧，那些被赶走的人会不会告发他们?或者让那些做房子的人小心防范自己的财物呢?

有为青年说，没事，他们说什么也没用。

果然，人们都沉迷于做房子，被赶走的人说什么都没人听。于是，被赶走的人也不再说什么了，而是像首领们那样，也去拿别人的财物。

奇怪的是，首领们拿财物没事，他们一碰，别人就抓住他们，把他们关在外面废弃的房子，也就是小黑屋里。

“因为他们以前都做过房子，所以拿别人财物容易被发现。这也是我叫你们不要去做房子的原因，只要不做房子，就不会被关进房子。我让你们住在地洞下，就是想让你们远离那些房子。不是什么人都可以加入我们，只有那些拿别人财物，别人发现不了的，才是我们的人。”有为青年向疑惑不解的首领们解释道。

首领们更加崇拜他了。

外面的房子越做越多，也越做越漂亮，特别是一座高塔，吸引了有为青年的注意，它气势磅礴，美观牢固，让人心生敬仰。

“好一座高塔，像是专门为您做的，您应该在上面，接受我们的崇拜。”首领们对有为青年说。

“哎呀，我何德何能，怎么能像神那样去让世人崇拜呢？你们这么说，我恨不得地上有道缝，让我钻进去躲躲。”有为青年捂着脸说。

话虽如此，但有为青年觉得只有独登高塔，望尽天涯路，才算是真正干了大事。而这一天，终于要来了。

众人将塔装饰一番后，选了一个好日子，恭迎有为青年登上塔的顶端，接受大家的膜拜。

有为青年坐在塔顶，看着底下欢呼的人群，激动不已。

“妈妈，那座塔怎么没有底座？”

小孩子说完，果然，轰的一声，金碧辉煌的高塔瞬间倒塌，有为青年掉下来，回到了老家。

从家乡向外望去，外面的世界已经变回原来的样子，所有的房子都不存在了，曾经的繁华只是一道道幻象。出门一趟，有为青年的变化挺大，大得让家乡的人都不认得他了，他感到很孤独。

沿着视频一路走来，走了那么久，老师和学生两人居然又回到原来位置。是再选一条路还是去其他楼试试呢？两人决定去其他楼，于是向着顺时针方向走，没几步就发现了敞开的运输通道，两人进去，很快就被送到南−13−A室。

第八章　14: 00

和先前一样，这里也有许多屏障，布置得如同一座小小的迷宫。两人沿着逆时针方向往前走，视频里居然又出现了前段视频中的有为青年。

他又要去外面的世界干大事，虽然外面的世界现在变得比家乡还要落后，可外面的世界存在许多资源，利用这些资源，有为青年相信可以让外面的世界变得更美好。

这一次，有为青年在外面世界制造出各种各样的东西，并使交易畅通无阻，高效快捷。通过提升生产力和改善交易渠道，大家拥有的产品种类和数量显著增长。当然，他更是收获不菲。为了保存胜利果实，他再三斟酌，决定隐居。他在荒山野岭盖了座城堡，独自一人住了进去，并告诫别人千万别来打扰他。大家都很不舍，可考虑到他为世界做出如此大的贡献，也只好遵从他的意愿了。

虽然大家作了保证，可有为青年还是不放心，他觉得，那些人迟早会找来，如果不能帮助他们，那他在外面干的那些事只是泡沫。在城堡的日子，他造出一套冶炼设备。设备很强大，采集到含有贵金属的矿石后，很快就能得到高纯度的贵金属。由于是自动化操作，他不需要做什么，总是在旁边看着贵金属流出来。看着看着，他不满意了，速度有点慢。他暂停了设备，想对其改进。

在机器内部，一些有弹性的弦的振动决定了生产速度。他将振动调快了一些，可生产速度并没有提升。原来，有的弦位移太大，扰乱了其他规则振动的弦。没办法，他只好将位移太大的弦拉紧固定住。可这样产生的张力就大了，再要让其振动就非常困难，加大作用力后，也只是轻微振动，折腾好久，都没有使生产速度提高，他急得满头大汗。突然，传来一阵嘣嘣嘣的声音，许多弦都断了，机器也轰然倒塌。他大惊，他知道，他的麻烦来了。

果然，答应不来打扰他的人都来了，都是如今世上有头有脸的人物。其中一人开门见山地说："您创造了许多机器，给这个世界带来了许多产品，并让这些产品高效流通，我们都认为这非常了不起。可是，在一次生产力例会上，有人质疑您给这个世界带来的贡献。没错，生产力提高了，每人获得的产品增加了，可满意度呢？在经过一个上升后停滞不前了。"

另一个人接着说道："经过调查分析，生产力只提升了人的欲望，并没有提升人的满意度。有人出主意，像这样的生产和交易方式无法提升大家的满意度，就需要另想办法了。可以调整交易规则，使物资越多的人越容易获取物资，让资源集中在少数人手中，让大多数人有个盼头。"

又一人说道："不过，又一次的生产力分析例会上，通过统计分析，发现在上次交易规则调整后，总体满意度开始有了增加，但很快又下跌到原来水平。有人总结道，满意度可以用产出和欲望来衡量，仅凭生产力增长带来的产品，并不能超过欲望的增长，无论制定什么交易规则，都无济于事。"

有为青年很紧张，难过地说："叫你们不要来，你们偏要来，你们是白来一趟了，也害苦了我。这个问题我解决不了，这不属于生产力方面的问题。"

"是的，您说得很对，仅靠生产力或交易规则是解决不了这个问题的，生产力创造的产出有限，难以填满人的欲望。我们现在找到办法了，想请您出山。"

"有办法吗？什么办法？"有为青年觉得不可思议，吃惊地望着他们。

"只有神，才能创造无限产出。不仅被当作神崇拜的人会获得最大的满意度，且崇拜的人也能获得安慰，使满意度提升。让资源更多地集中于某人身上，拉开他和大家的距离，让他成为神，是解决问题的关键。”

大家站成一排，笑呵呵地对有为青年说：“要不，我们就让世人把您当作神来崇拜吧。”

说完这句，有为青年的脚下就出现一道地缝，他掉了进去，又跌回老家。

走了那么久，老师和学生两人居然又回到原来位置，是另选一条路再走一遍还是去其他楼试试呢？两人顺着时针方向走，没几步就发现了敞开的运输通道，两人进去，运输通道带着他们去往西边大楼。

三好学生转过视线，看着窗外的校园，再次想起“什么是好”的问题。每次老师遇到三好学生，都会问那个问题，可每次回答都令老师不满意。三好学生问过老师，这个问题有什么意义呢？就算有了满意的答案，可世界就会变成那样吗？可老师说会的，因为世界必须要变成那样，关键是要搞清楚什么是好。学生问老师，您有现成的答案吗？老师说没有。学生就问，那如何判断我的答案是否正确或合适呢？老师只说了两个字：启示！

一番思绪后，三好学生继续看着学术大厅中央的视频。

老师和学生来到了西-13-A室，像前面两幢楼那样，西-13-A室也有许多屏障，布置得如同一座小小的迷宫。两人沿着逆时针方向往前走，在走廊通道的一段段视频中，看到了未来。

在未来世界，科技取得巨大突破，能源取之不尽，生产线已经完全实现自动化，世界发生了翻天覆地的变化。前不久，当意识和数字间的转换成功后，意味着永生也来临了。人类从没像现在这样感到安全和激动。当然，遗憾也有，那就是孤独。关于外星文明的书籍电影及想象不计其数，可这么多年过去了，居然没有发现外星文明。

以前年代，出于安全考虑，有人警告，不要和外星人联系。可现在科技进步如此之大，这些忧虑就不存在了。就算遇到邪恶且更加强大的外星人，也不用担心，因为人类能将意识数字化储存在量子空间，保证自己活着是绝对没问题的。可奇怪的是，人类的足迹范围已能延伸到整个可视化宇宙了，却没发现外星人的踪影。

难道宇宙就只有人类这唯一的文明？就在越来越多的人接受这个不知是高兴还是悲伤的结论时，外星人却显现踪迹了。

这天，在人类文明的诞生地，地球赤道上空，雨过天晴后，出现了一道道彩虹。这本是正常的自然现象，可彩虹居然排列成一句话：想找我吗？那就去伽马星吧，必须是编号为TSEWV45664的那个人单独前来我才出现。

确认不是人类的恶作剧后，整个世界都沸腾了。编号为TSEWV45664的人成为全人类的焦点，他的一切信息很快就被公之于众。

周大昌简直莫名其妙，他不知道外星人为什么指名要见他，且只见他。全世界有几千亿人，无论按身高、长相、学识、财富还是名望排名，他都排不到前一千亿。

从他出生到现在的每个事件都被研究解读后，大家也觉得他是一个极其普通的人，外星人可能就是随机选择吧。

伽马星位于宇宙中心，附近存在巨大黑洞。外星人难道是在黑洞？所以至今没找到他们。在已知宇宙中，人类唯一还未涉足的就是黑洞了。伽马星离地球有几百亿光年，对于现在的人类，这不是问题，利用量子传输，可以瞬间到达。

周大昌来到伽马星时，并没看到外星人。他服从上级指令，耐心等待。他觉得自己很幸运，赶上了科技爆炸的好时代，特别是打破了意识和数字的界限，使得现在的人类可以永生。

他已经活了近千年，年久的记忆本来有些模糊。可一个人处在这个荒凉寂静的星球，以前一些记忆变得清晰起来。他想起了很久以前和妹妹玩过的一款虚拟现实游戏。

游戏中，他处于一个山村，有两次机会去外面干大事。第一次，他创立了第十一条规则，起初无往不利，可最后自食恶果，两手空空回到起点。第二次，他发明出能快速制造出各种产品的机器，并建立了高效的交换渠道，可没辉煌多久，在人们发现他做的这一切都是在玩虚的，并没有提高大家的满意度后，他再次两手空空回到了起点。两次任务，因为回到原点，得分为零，游戏中的人物就此被删除。

游戏名叫《干大事》，可他在游戏中两次都功败垂成，最终没干成大事。现实中，他是个很普通的人，也没干成大事。可这次如果见到外星人，那是大事吗？当然。全世界那么多人，找了外星人那么多年，都没见到外星人，而现在外星人只见他一个人，这将使他名垂青史。

他其实很想知道第二次游戏后外面世界的样子，可人物被删除了，他无法再进入那里的世界，即使重新建立账号也无济于事。

可他随后想到，既然妹妹曾和他一起玩这个游戏，可以用她的账号呀。后来他就用妹妹的账号进了游戏，奇怪的是，他发现妹妹停留在家乡的小山村，已经看不到外面的世界了。妹妹说，在你的人物被删除时，我看到外面的世界也同时消失了呀。

啊！那一刻，他如同回光返照，明白了一切。

人类孤独是因为走错了方向，在错误的方向越行越远，已进入死胡同。世界末日很快就要来临，一切都会毁灭，像磁盘一样被格式化。然后又重新开始，生命诞生，文明出现，朝着错误的方向前进，即使科技再强大，也注定逃不过被格式化的宿命。

他仿佛看到这样一幅情景：人类在做了一件件令外星人觉得无比荒谬的事后还扬扬自得，令周围的外星人吃惊不已。

果然，如他所料，世界末日真正来临，虚无笼罩而来，整个空间突然变得一无所有。最后那一刻，周大昌看到了外星人——一个回眸的身影，发出一声叹息。看起来他们似乎也在这个宇宙，可又不在这个世界，这个世界的变化未给他们造成任何影响。

视频看完了，两人居然又回到原来位置。是重新再走一遍还是去其他楼试试呢？两人顺着时针方向走，没几步就发现了敞开的运输通道，两人走进去，很快来到北-13-A室。

里面有三人，两男一女，青年男子西装革履，另一名中年男子身着保安制服，女子是被邀请的嘉宾。

青年男子迎上前去，说："欢迎来到公司的宣传大楼，我是公司的宣传员，这幢大楼的负责人。"

"我们刚才看到的三段视频是谁制作的?"学生问。

"不知道。周大昌将启示传到了这个世界，受此影响的有几百年前的末代分歧者，有立志要消灭第十一条规则的律师，还有无所不能的工程师。这也许能解释他们为什么有超越时代的见解及能力。"宣传员说。

顿了一下，宣传员接着说："当然，视频的制作者也获得了启示，现在越来越多的人相信视频是真实的记录，这也让全世界陷入忧虑。"

"末代分歧者启示我们走错了方向，令这个世界变得微不足道；律师启示虚伪使文明和进步成为虚幻，并且要解决这个问题；可工程师呢？他简直就是反面教材啊，他很聪明，但他的物欲给这个世界留下了笑柄。"女嘉宾说。

"这不影响他启示的价值，有时候，反面宣传比正面宣传更深入人心。"宣传员说。

"刚才的视频将问题揭露了出来，但没提到如何去解决那些问题。当然，律师发明的产品已经被制造出来，可以消灭第十一条规则，这远远不够，只是个开始，重要的是接下来如何做。可是，大众都想得很简单，认为既然律师和工程师都获得了启示，将他们发明创造的产品投入使用，消灭第十一条规则，就能打破被格式化的宿命。"老师说。

“发明第十一条规则本是少数人为了自己的利益行使的方便，可当大家都知道后，反而给世界造成了不便，可悲的是，我们明知它有害却无法消灭，只有去建立一个个新的第十一条规则让世界更加复杂，现在终于出现了可以消灭第十一条规则的产品，大家都期待今天老板按下发射按钮。”女嘉宾说。

“我听说，产品是一种药丸，发射到大气中，生成一种永久性的气态分子，作用于人的大脑后，会使人的思维变得简单，像机器人那样。难道人们愿意自己变成那样吗?”学生说。

“这就需要公司去宣传了，现在看来，宣传效果不错。不敢说所有的人，但绝大多数人愿意这样消灭第十一条规则。”宣传员说。

“可现在出现了这三段视频，至少会给人带来一些反思。”学生说。

“嗯，这三段视频影响特别大，我们会利用这种影响。”宣传员说。

“我觉得这三段视频和公司的目标背道而驰。”学生说。

“内容不重要，公司成立宣传部门，就是要将任何内容宣传得符合公司的目标。公司有过很多经典的宣传，将梳子卖给和尚，将袈裟卖给女人，将房子卖给死人，将坟墓卖给有为青年等都不在话下。如果安乐死合法的话，我们甚至可以将死亡卖给最幸福的人。总之，只要目标是明确的，内容是什么都无所谓。”宣传员激动地说。

“好，那我们就来讨论公司宣传目标。说到底，目标就是老板的意志和人格吧。”学生说。

“是的，因为有公司才有一切，而老板代表着公司，是公司的灵魂。因此，我们认为，这世界除了老板，就再也没什么了。”宣传员指着挂在墙壁上的宣传画像说。

“即使有什么，凭你们的宣传，最终都是对老板的崇拜。”学生说。

“没错。前面也说了，内容不重要。”宣传员说。

学生走到一个玻璃缸前，指着里面的金鱼，说：

“通过宣传，你们都存在且只存在一个信念，那就是除了老板，世上就再也没有什么了。”

“嗯，其实，这正是宣传的最高境界。”

“可这个信念，正是老板给你们灌输的，至少是受老板影响的。”

宣传员突然呆住了，脸上先是铁青，继而煞白。

“内容是不重要，可现在的问题是，连形式也没有了，宣传只会陷入虚无主义啊。”女嘉宾拍着手笑着说。

宣传员还是一言不发，身子一软，瘫倒在地，保安赶紧将他扶起来。

这时，挂在玻璃墙上的宣传图片都掉下来，阳光照射进来，视野开阔了许多。老师和学生不用像以前那样在昏暗中摸索了，通向上层去往中央大楼的路一目了然。两人赶往十四层，经过空中走廊进入中央大楼。

在中央大楼十四层大厅里，聚集了很多人，大部分都是受邀而来的嘉宾。大厅中，东南西面墙上的大屏幕重复播放着三段视频，正是老师学生刚才在东南西三幢楼里看到的视频。许多人沉浸其中，无比悲伤。气氛异常压抑。

见此情景，学生联系工作人员，打开自己的电子邮箱，下载了一段视频在北边的大屏幕上播放。

在一片空白中，渐渐出现一颗颗黑色的粒子，粒子排列组合成一个人的模样，手舞足蹈做出各种各样的动作，最后蹲着半身，低头沉思。经过反思，在他面前出现一个影像，两个影像相互交流分享，很快人物变得丰满起来，不过两人的交流很难达成一致，因为缺乏度的把握，在认清这点后，两人之间产生了第三者。三人形成最小且稳固的交流单元，按照正反合的模式，思想文化呈爆炸式增长，三人已经成为真正的人。随后，空白处开始长出各种花儿和小草，许多小动物四处出没，视野开阔起来，到处都是三人一组的单元，相互之间的交流，织成一片无与伦比的巨网，网中的文字、绘画、雕塑等各种文化艺术形式覆盖了世界，世界在丰富的同时也越来越大，最后，在激昂的交响曲中，所有的一切融合成整个人类文明。

“这是什么?”看完视频，有人问道。

“学校宣传片。”学生说。

“我们有救了，学校就是希望!”人群中有人喊道。众人欢欣鼓舞。

“以前的世界逃不过被毁灭的命运是因为能被量化而显得微不足道，学校就不一样了。”

“看吧，在刚才播放视频中，展现出另一个世界——文化世界，在那个世界，反思消除了第十一条规则，资源以分享为主而非交换，价值表现于文字等多种方式，而非数字。这正是我们需要的世界。”

“数字，是造成世界被格式化的原因，我们要从商业转型到文化。”有人大声喊道。

那一刻，大家都豁然开朗，老师和学生受到了最热烈的拥护。特别是老师，学校的存在，他功不可没，现在的问题是，能让学校中的情景在整个世界遍地开花吗？大家似乎都不担心这点，认为只要愿意改变就是可以改变的。

众人欢呼起来，簇拥着将老师和学生两人抬了起来。混乱中，学生头上的帽子掉了下来，摔在地上，出了毛病。学校学术大厅中央屏幕上一片空白，再也看不到公司里发生的事了。

学校里的学生都很开心，任务取得超过预期的成功，让大众都认识到了学校的重要性。今后，学校影响力将越来越大，甚至会取代公司，让世界发生真正变化。

三好学生却高兴不起来，他走出教室，回想着刚才在屏幕上看到的事情经过，突然想到了一个很重要但大家都忽视了的问题。如果说那些视频的情景是真实发生过的，所有的一切都被格式化了，那周大昌的启示是如何传到现在的世界而影响末代分歧者等人呢？

他问身边一名学生，那名学生想了想，说，我不知道是如何传来的，只知道已经传来了，这就像一个存在性的问题，只知道已经存在却无法搞清为什么会存在，存在性的问题无法处理，因此没人关注周大昌的启示是如何传来的。

三好学生却不这么认为，这个问题应该是有答案的，感觉比“什么是好”这个问题要简单点，对于“什么是好”这个问题，他头都想大了，也没找到一个让自己和老师满意的答案。对了，既然正面无法解决，那为什么不换种思路，从侧面去解决呢？解决了周大昌的启示如何传回来的问题，不就解决了“什么是好”的问题吗？至少，可以对“什么是好”这个问题的答案产生印证。

一会儿，从公司那里传来轰的一声，隐隐约约听到外面人群的欢呼声。药丸发射了！学生们顿时很惊慌，不知道会发生什么变故。这下完了，人类将进入新的世界——一个缺少创造，安于现状的世界。虽然简单却显乏味，人变得像机器，那样还称得上是人吗？也许这是外面世界绝大部分人的期望，可是这所学校的人们，无不悲哀，感觉就像末世降临。

夜幕袭来，一架飞行器停在学校操场上，是老师和学生回来了。两人神情漠然，显得很疲惫。众人围上去，纷纷询问事情的经过。两人默不作声，老师把安装了记录仪的帽子摘下来，交给旁边的学生。

学生们拿着帽子，回到教室，将帽子中的信息导出来投放到屏幕上，接着刚才停顿处观看事情的经过。

在热烈的掌声中，老板代表走来，说要带一个人上去见老板，老师让学生去。

学生随着代表向北走到头，代表打开运输通道，让学生自己去老板那儿。

学生上到顶层，在中央大厅的门前，站着刚才在宣传大楼见过的中年保安。

保安说："我来公司就在门卫处当保安，到现在已经当了二十多年。一开始当保安时，我经常给客户指路，将他们带到公司相关部门开展商务。最开始公司规模较小，客户去的地方也就两三处，其实我指不指路都没关系，就算我不指路，客户抱着开展商务的目的，迟早也会找到公司相关部门。事实上后来我也不指路了，因为公司影响越来越大，似乎每个人都知道公司了，人们有许多方式开展商务，比如现在流行的网络，他们都不用来公司了。你说，这是他们选择多了还是选择少了？以前我可以给他们指路，现在已经指不过来了，可以说他们选择多了吧。可是从另一方面看，以前需要我指，现在不用我指，他们的选择是不是又变少了呢？或者可以说，选择多与选择少其实就是一回事呢？"

看学生迟疑不答，保安挥挥手，就此离去。他这一挥手，仿佛将门也挥走了。一块块镜子围成一个迷宫，比先前的迷宫复杂多了。学生找了半天，都找不到通向大厅的门，只能看到镜中的自己。而这时，距离药丸发射的时间已经不远了。

五点五十五分，学生看到光滑的墙壁上开了一扇门，老师站在门前，招呼他进去。进入大厅，视野开阔起来，四周和房顶都是透明的玻璃。中央有一台形状怪异的控制器，中间密封的玻璃器皿中，有两颗拳头大的药丸，一颗红色，一颗蓝色。老师站在控制器旁边，盯着药丸发呆。

看到学生来了，老师指着计时器说："还有五分钟，五分钟如果不做出选择的话，两颗药丸将同时落入发射器，一起射向大气中。"

"怎么有两颗药丸呢？分别起什么作用？"学生问道。

"当初工程师因为地下宝库受地壳运动暴露出来被人将财物全部取走，大受刺激，心神紊乱，记忆也受到影响，在制造药丸时有一种元素不能确定是什么，只好利用两种可能的元素分别做出了两种药丸。红色药丸可以抑制大脑中的创造欲和复杂处理能力，人的思维会简单许多，规则都会很直接明了，就是平时交流的语言也不会有双关，总之，一就是一，二就是二。蓝色药丸可以抑制人的物欲，升华为创造，让人去追求文化，沉醉于那种高峰体验，实现自我。两种药丸虽然对人的影响不同，却都能消灭世界上第十一条规则。红色药丸让人无力建立第十一条规则，蓝色药丸让人不屑于建立第十一条规则。无论哪颗药丸起作用，都会让人与人之间的交流变得坦诚起来。工程师将两种药丸都置入这台控制器中，把选择的任务交给了我。”

“那为什么还不选择呢？”

“这种选择看起来简单，可当你懂得越多，就越难做出选择。经过这一年的考虑，我也不知道应该如何选择，这只是问题中的一环，现在事情变得越来越复杂，所以就邀请大家来这里，希望获得一些启发。”

“如果不选择会怎样？”

“时间一到，两颗药丸同时落入发射器，那样的话，效果就会中和，对人不会造成任何影响。律师的遗愿无法实现，工程师和公司的努力也白费了。”

“每个晚上，我站在这里，看着眼前的按钮，不知道如何选择。如果是老板，我应该发射红色药丸，如果无法打破宿命，还不如让人心安理得去接受宿命，商业的极致就是全面机器化，包括人，红色药丸有这样的功效，它会使世界彻底商业化；如果是老师，我应该发射蓝色药丸，那时，学校就会四处生根开花，也许，会诞生出一个文化世界。可作为一个人，我该如何选择呢？离发射只有三十秒了。”

学生说：“发射蓝色药丸。”

老师把手指放在控制器按钮上，可还是没有按下去，看着计时器上的倒计时变成零，两颗药丸同时落入发射器中，混合后射向天空。

广场上的人群都欢呼起来，每个人都为世界将要发生的巨变而兴奋不已。在他们心中，只要消除第十一条规则，世界就不会格式化了。

老师打开天窗，停在阳台边的飞行器飞进来。老师说：“这里的事情结束了，我们回学校吧。”

学生们在大屏幕上看完事情的经过，都沉默起来。三好学生却感到很欣慰，虽然他还不知道什么是好，但觉得对启示是如何传回来的这个问题的突破更近了，新的希望正在萌芽，绽放之时，必将发出无穷力量。一会儿，大家陆陆续续从教室出来。夜空星光闪烁，阵阵凉风袭来。大家注视着操场上的老师，许久，终于有人忍不住，大声质问老师：“为什么不发射蓝色药丸?”

老师对身边的事不闻不问，他蜷缩在角落，望着星空，泪流满面。

项目演示完了。张三说：“通过这个项目，可以看出你们对各委员会认识比较深刻，还将这种认识延伸到整个世界。你们富于创新，勇于批判，委员会正需要你们这样的人才，下个月的转正定级测试你们很有希望进入自己意向的委员会。”

小时说：“这次会议真有意思，我们在商业项目系统中完成了一个反商业的项目。在批判了商业世界后，展现出一个美好的文化世界。可是我们无法到达，我们会在商业世界循环，不管生产力如何发展。”

小辛说：“是啊，商业世界虽有文化存在，但因为这种循环，始终会被商业压制，要想打破这种循环，除非发生奇迹。”

小孔说：“也不一定，我觉得这种循环只是内部循环，如果受到外部力量影响，也许就能改变了。”

小辛说：“外部力量？我们谈的不就是整个世界吗？还有什么外部力量呢？就算有外部力量，那也算是发生了奇迹。”

张三说：“如何定义奇迹呢?”

小孔说：“奇迹就是违背常理的事。”

张三说：“这说得太宽泛了。再说，微观世界有许多违背常理的现象，但没人把它称为奇迹。未知或无法解释的现象也称不上奇迹。”

小孔说：“是啊，虽然奇迹这个词语用得很多，但若严格来说的话，我们这个世界不存在奇迹。因为能发生的事就不是奇迹。”

小辛说：“那我们就只能在商业世界循环，无法进入文化世界了。”

张三说：“在最后合作完成的项目中，你们构造了东南西北四幢大楼，功能定位和公司的四个委员会的职能相吻合，不仅如此，还在四幢楼的中间构造了更高的中央大楼，在里面展现了文化世界。对于这样的构思，我很好奇，你们是如何想到去这样构思的?”

小孔说：“上午我们去委员会总部时，看到四个委员会的办公室呈四个方位排列，中间空出了一个很大的场所，我们在系统中的项目借鉴了这点。”

张三说：“那可真巧。你们知道中间为什么空出来吗？就是为公司第五个委员会预留的，而这个委员会的名字，就是文化委员会。”

实习生们惊呆了，问道：“文化委员会是干什么的呢?”

张三说：“现在还不清楚，只知道公司对文化委员会非常重视，由首席执行官亲自担任文化委员会主任。三个月前，首席执行官和我进行过视频通话，还开启了罕见的双向模式，说是要在公司成立文化委员会，要我写份报告，详述这个委员会的职能及规划。可自从那次后，首席执行官就没问这方面的事了，我又见不到他，向他发过邮件，没有回复。报告快完成了，我不知道如何是好。”

“真是太令人意外了。”小孔说。

“你们能在系统中进行到这一步，才叫人意外呢。”张三说。

“其实，很大一部分我们是利用系统中已有的元素进行选择修改，创造的内容不多，不然，不可能在这么短的时间完成这个项目。”小时说。

“关于公司成立文化委员会的事还是秘密，因为你们在系统中展现了文化世界，所以我就说出来了，也该到此为止了。还是继续谈论刚才的项目吧。”张三说。

“可是从刚才的项目来看，文化世界也存在无法解决的根本问题。让人不知道什么是好。”小苗说。

“对，文化世界之所以令我们向往，是因为它是一个多元化的世界，会让人有更多选择，这显得更合理。文化有一个很重要的属性，那就是反思，通过反思，我们发现，文化世界也存在无法解决的根本问题。提倡的价值也容易导致信仰甚至崇拜，不知道什么是好。”小时说。

“说了这么多，我们到底要提倡怎样的价值观呢？只有确定了价值观，才知道好不好。可价值观的确定又会压缩人的选择空间，违背自然，不能算好。这就是个死胡同了。”小孔说。

“从目前来看，我们也只能展望出这两种世界了。可这两种世界存在的问题让我们怀疑它的美好性。我们要怎么办呢？”小辛说。

张三指着会议桌说：“你们看这会议桌，形状似一把手，我们坐在手指头，讨论分析了很多问题，批判了商业世界，展现出文化世界，总算把脉络理清了，可是这远远不够，我们还没有找到想要的答案，以这个思路分析下去，总会陷入循环或矛盾，所以我觉得我们应该另辟蹊径了。手指最后连的是什么？”

“心！”实习生们异口同声。

第九章　15: 00

“我们不知道什么是美好的世界，因为一谈到好，就会陷入刚才谈到的矛盾。我们换种思路，不去谈美好。而能不能想象一个世界，不存在先前两个世界的问题呢？”张三说。

“这是个难题，因为多样化的选择和单一的选择没实质上的区别，除非世界提供的机会是无限的，否则都可以视作一种强迫，进而出现刚才宣传项目中的问题。比如传媒报道，看似很中立，没有表达自己的观点，完全是客观地叙述一些事情，可如果是有目的地进行选择报道，即使客观，其实也是在灌输主观价值。”小时说。

“说得没错，选择性的叙述就是在议论、在指引，还是一种不动声色、比较高明的引导。”小孔说。

“可是无限的选择不存在，我们又陷入困境了。”小时说。

“前进遇到困难，就是方向出了问题，那我们就往回走。我们可以想象人在婴幼儿时的样子。他们那时候不懂这个世界的规则，没有价值观，他们有什么？或者说最自然纯粹的人有什么特点?”张三说。

“意识!”小辛说。

“准确来说是体验，并且追求的是舒适体验。人最自然的本性有两点，一是自己追求快乐的体验，二是怜悯别人的痛苦。回溯到本源，可以看作是一个体验的世界啊。”张三说。

“对啊，无限的选择虽不存在，但同样的选择给每个人的体验是独一无二的，聚焦于体验，就解决了无限选择的问题。”小时说。

“不仅如此，人都追求快乐的体验。这里的快乐和刚才说的好不同，我们不用去追究什么是快乐，每个人的体验都是独一无二的，即使描述得再精确，别人也体验不到。就是说，聚集于体验后，也解决了好的问题。同时，也彻底颠覆了商业世界和文化世界，不仅如此，刚才讨论所得出的见解和意见，除了带给人体验，并没有其他价值，也不需要去赋予价值。”小辛说。

“聚焦于交换有了商业世界，聚焦于分享有了文化世界，聚焦于体验，会存在体验世界吗？体验的世界没有规则，人与物的关系也不确定，人与人之间没有依赖和崇拜，没有价值，几乎要去否定所有的道理。”小孔说。

“不仅道理，就是概念也要被否定，比如主观方面的概念：自由、善恶、价值，甚至一些客观概念也无关紧要了，毕竟我们不能真正去了解它，只是因为某个目的而去利用这些概念或者理论。”小时说。

“我们要小心，为什么要否定这一切，如果只是因为无法解决问题而去否定问题，说问题本来就不存在，这种处理方式是不是也存在问题呢?”小苗说。

“嗯，你这种质疑非常关键。看起来我们刚才确实是这么做的，不过，如果否定问题或者规则甚至概念对我们并没有影响，还会使我们更快乐，那否定它们又有何不可呢？我们现在的难题是对体验的世界认识不深。不像其他两个世界可以展望。我们只知道体验世界以人的体验为唯一目的，其他东西也不是非要去否定，而是不必强求或执着。当然，人都是追求快乐体验，如果体验世界存在，那里的人应该都是快乐的，这是我们知道的，至于体验世界存在的条件和体验世界的样子，我们就不清楚了。”小时说。

“嗯，那些规则概念，说否定也许不太准确，而是像空气一样，让人感觉不到存在了。除非是因为体验，否则没有关注的必要。只有体验是我们的本性，其他规则，甚至文化知识都可有可无。”张三说。

“体验的世界会是什么样的，我们说不出来的，商业世界存在文化世界的影子，在商业世界我们可以展望文化世界。在商业世界和文化世界里，虽然人无时无刻不在体验，可一个纯粹以体验为导向的世界还是无法想象，也许只能是想象。”小孔说。

“如果没有规则，只有体验，那会不会乱套呢？人都是追求快乐体验的，如果世界上的人都不受限制去追求快乐体验，那不是有了冲突吗？这样的世界怎么维系呢?”小苗说。

“体验的世界，大家追求的快乐只要相一致，在自己得到快乐体验的同时，总避免不了给别人带来痛苦的体验。不过，人的本性虽然追求快乐体验，但人的本性中也存在怜悯，在追求快乐时，若是发现会给人造成痛苦，会觉得不忍心。”小时说。

“一是自己想得到快乐体验，二是不忍心看到别人痛苦。人的这两种本性，我觉得可以保证体验世界的稳定，体验世界的存在就不会是偶然或想象了。”小辛说。

“不过这两种本性差距太大，很难维持平衡。因为人在追求自己快乐时往往不择手段，而且把这种拼搏看成是理所当然。即使存在帮助别人的行为，许多也不是出于怜悯，而是为了其他目的。怜悯心很脆弱也很微弱，特别是在自己的利益受到损害时。”小苗说。

“从商业世界来看，确实如此，不过，这也许是商业世界价值单一造成的。体验世界是怎样，就不好说了。也许体验世界人更敏感，怜悯心更强，两种本性没有差距。”小时说。

小孔说：“是的，体验世界是否存在，就看怜悯是否强大到和自私相匹配。”

小辛说：“本来我不相信体验世界存在，难以想象一个没有规则的世界会乱成什么样子，即使再高级强大的文明也应该存在规则吧。但经过刚才的项目介绍和讨论分析，我仿佛受到一种启示，那就是体验世界存在，甚至可以说是必须存在，是最自然的存在。它不但打破规则，还打破概念，当然也包括想象和现实的概念。”

小孔说：“这就好比，一个人在海滩边拾到一块罕见的石头，别人都很羡慕，愿意用自己宝贵的东西交换，他受到别人的重视或追捧，他很高兴，他的价值得以体现；或者他把那块石头雕刻成一件艺术品，和别人交流创作经验，有的人关注他用什么技术把这么坚硬的石头打开，有的人认为他将这石头雕刻出来的艺术品栩栩如生美不胜收，在别人的赞叹中，他的价值得以体现，他很欣慰；或者，他心血来潮，抄起石头向着大海甩过去，看着海面上泛起的一阵阵涟漪乐不可支。那么罕见的石头就这样被他扔了。然后呢，没有然后，体验的世界就是这样的，没有思考，也就没有逻辑，想一出就是一出，不需要考虑价值。第一种情形说的是商业世界，实质就是交换，将物量化；第二种情形说的是文化世界，切开坚硬的石头代表知识，雕塑代表艺术，将物美化；第三种情形说的是体验世界，和物的关系不确定。”

小辛说：“我不知道体验世界多美好。不过，即使在这样的商业世界，如果大家多去体验，而不是思考解读，相信生命中会获得更多乐趣。比如，我妈妈和我不是同一个年代的人，观念想法存在代沟，常常争吵，我们之间相互沟通过，可没什么效果，因为我们总想拿自己的观念去影响对方，让对方认同。现在想来，这实在没必要，如果我们多去体验世界，少去解读认同，就不会有这些无谓的争执了，关系也不会那么僵了。”

忽然，实习生们都看着张三，笑了起来。

张三很纳闷，问道：“怎么了？”

小孔对张三说：“刚才你让我们介绍了自己的项目，你在这里工作这么久，应该有非常精彩的项目，你能不能向我们介绍一下你的项目呢？”

其他人纷纷附和。

张三看了下时间，距离下班时间还很长，说：“项目没有做过，我就和你们分享个故事吧。故事有点长，讲完差不多下班了。”

张三走到角落饮水机处，加了杯水，回到座位，讲起故事来。

一簇鲜花迎面飞来，在空中排成一个小女孩的模样，向我伸手打过招呼后，散开来舞成一行字：随着花儿到潜谷履行我们最后的约定！

我知道是蜂在召唤我，最后的约定终于等来，我欢快地跟着那簇花儿向潜谷飞去。

在我的世界，现在的我又无所不能了，因受那个世界影响而出现的障碍都已经对我不再发生作用，我仿佛是绕了一圈后又回到了从前。蜂说的地点是潜谷，可是对这个地方我居然一无所知。它属于我的世界吗？如果不属于，那我能去那里吗？如果属于，可我为什么又不知道呢？不管怎么说，那里肯定是个很特别的地方，要不然，蜂怎么会把最后约定的地点选在那里呢？

怀着这些疑问，我跟随着飞舞的鲜花到了潜谷门口。门口坐着一位发须皆白的老人，深邃的瞳孔仿佛装下了世间万象。

老人向我招招手，说：“你是来赴约的吧，里面有个人在等着你。”

我点点头，就要进去。

老人伸手一拦，说：“等等，里面的世界并不能完全受你控制。进了潜谷，你不会像在外面那样无所不能。而且，在里面你越是珍惜的东西就越是容易失去，所以你最好把最重要的东西放我这里保存，等你出来时再带走。”

最重要的东西？在我的一生中，最重要的东西是什么呢？在潜谷门口，我陷入了回忆。

小时候，当我想要自己喜欢的东西时，都不能如愿，因为家里没钱。于是，我将自己喜欢的东西一个个都创造出来，让它们都在我伸手可及之处，且不会给我任何限制。当然，这一切都发生在我的世界。

在那个世界，经常可以听到我和爷爷这样的对话。

“我喜欢，我想要。”

“可我们没钱呀！”

“东西做出来不就是给人用的吗？为什么还要用钱买呢？这对没钱的人是多么不公平呀。”

我的世界可不是这样的。那个世界为什么要和我的世界存在那么大的差别呢？那个世界有许多不合理或不方便，为何没人去改变它呢？越来越多的怀疑，导致我的身虽在那个世界，心却留在了我的世界。

我用疑惑的眼光看着爷爷。

爷爷沉默了一会儿，这看似简单的问题要说得让我明白倒是不容易，就说：“你长大了就明白了。”

我想了想，说："明不明白其实不重要，重要的是能不能改变它，如果只是明白却不去改变或者无法改变，那明白又有什么用呢？明白只会增加无奈。"

爷爷意味深长地说："也许等你明白了，就觉得应该如此，不需要改变哩。"

我不相信，我确定，即使我明白了，我也会觉得不合理。在我的世界，根本就不存在钱，因为它既不能吃又不能穿更不好玩。那里有一片想多大就有多大的森林，可以容纳所有为钱烦恼的人。树上长着各种好吃的好玩的东西，比如蛋糕、巧克力、冰激凌、遥控飞机、各种机器人等，想要什么就摘回去。

对比之下，我明白，原来那个世界存在这么严重的问题。许多人都发现了这点，不过他们不在乎。有的还认为，有问题不要紧，我们甚至需要问题，只要这些问题是可以解决的，因为在解决的过程中，人会获得快乐。

我的世界是不需要通过解决问题来获得快乐的，因为我的世界压根就没问题，只有快乐。

中秋节，没有月饼吃，只能看着天上的月亮发呆。我忽然问了爷爷一个奇怪的问题："如果没人注意，月亮也会在天空发光吗？"

"当然。"

"既然没人注意，那我们怎么知道它还在发光呢？"

"这是规律，万事万物的运行和发展都有规律。当我们发现了现象背后的规律，即使没有观察，也能知道现象是怎样的。"

"如果规律错了呢？也许正确的规律是可以推断出月亮在没人注意时就不发光甚至不存在，因为没必要呀。"

"那样的规律太奇怪了，没人相信的。"爷爷说。

可是我相信。我很不理解那个世界人们所说的规律，反正在我的世界，只要没人注意，准确说是没人欣赏，月亮就可以休息了，没必要工作个不停。

唉，那个世界太多规矩规律，让人感到很束缚很压抑，和我的世界简直有天壤之别。可那个世界为什么会存在呢？我的意思是，为什么不能只存在一个像我的世界那么美好的世界，让大家都快乐呢？

一个夏天的傍晚，村里突然热闹起来，家家户户搬着板凳往村前打谷场走去，原来有人组织在那里放电影。

那时候，村里没有电视机，能看场电影，是那个世界给我少有的美好体验之一。

在电影快结束时，屏幕上出现一个人弹着一个三角形状的大柜子，手指敲击在键盘上发出清脆悦耳的声音。我问道："这是什么？好看好玩又好听，我好想要。"

村里的王老师笑着说："这是钢琴，它很贵的，别说是你家，就是整个村的人加起来，也买不起。"

又要用钱买，本来很愉快的心情又黯淡起来，那个世界还是令人伤心。

好在我拥有我的世界，钢琴在我的世界就像空气在那个世界一样，呼吸的工夫就有了，那个世界的钢琴我还不稀罕呢。因为我的世界里的钢琴，那个世界即使把所有人的钱加起来也买不到。

在一棵大树上，开着美丽的花朵，88根五颜六色的树枝呈圆形排列，树枝上绕着纤细的藤条垂下来伸到我面前，每根树枝上都停着一只小鸟，它们能发出不同音高的叫声，当我弹藤条，小鸟感应到振动就发出钢琴般的叫声，当我踩着树干时叫声就延长一会儿。

我坐在树下，弹着藤条，听着小鸟的叫声，片片花瓣落下，置身于一个无限美好的世界。

开始只是钢琴声，后来，树枝或花朵都能发出各种乐器的声音，在微风的吹拂下，森林里合奏着欢快的曲儿。

总之，我的世界能发出那个世界所有乐器的声音，不同的是，那个世界的乐声是吹奏或弹拨或打击器材发出的，而我的世界就不局限于此了，可以是器材，可以是花朵，可以是小虫，可以是人……总之，万事万物都可以发出美妙动听的声音，只要我想。

那个世界，没有电视机可以看，没有游戏机可以玩，这都没关系，只要我愿意，我的世界随时上映着以我为中心的精彩战斗。

这一次，我又横扫一切，将对手逼得毫无招架还手之力。对手说，不行，你怎么不按规矩呢？那谁还打得过你。

哈哈，我的世界我做主，只要我开心，有什么不可以。

我身披战甲，手持宝剑，在千军万马中横冲直撞，无人能挡，纷纷遭殃。后来，所有的对手会集起来，形成一个亿万丈的钢铁巨人，宝剑连毫毛都砍不动了。我扔掉宝剑，屈着双腿，紧握双拳，一个和钢铁巨人差不多大的战甲机器人将我包围其中。我操控着战甲机器人和钢铁巨人搏斗，一声声震天巨响将力量诠释得淋漓尽致。徒手搏击几招，不相上下。我飞进草丛中，拾起一朵蒲公英，放在口边轻轻一吹，花絮飘到巨人身上。很快，钢铁巨人身上现出一道道裂痕。是种子的力量！钢铁巨人就此倒下，各种花草在其身上生长蔓延，形成一处别具一格的生态园林。对手虽然被我杀死，却不会感觉疼痛，而且死亡只是暂时的，战斗一结束，我就会让他们复活，我们继续玩一些轻松休闲的游戏。我的世界，不会面临两难的选择，可以让矛盾的事物共存甚至融洽。

在我年少的时候，我的世界很简单，主要由大地、星辰、森林、湖水、花草、光线、人群、动物、精灵组成。这些事物都有神奇的功效，只要我想得到。它们以巧妙的方式相互搭配，遍布各处，形成一片片乐园。

比如在这片森林乐园里，有清澈的湖水，不仅能洗去尘土或疲劳，还能洗去疾病和丑陋，让那里的人、动物或精灵永葆健康美丽。那里有花有草，有的生长在空中，有的环绕着森林。森林形似一座巨大的鸟巢，悬浮在空中。树上长着各种各样的小房子，都很精致美观。房子旁边的树枝上结满各种好吃好玩的东西。人们在树上如履平地，到处穿梭飞翔，不用担心掉下去或者撞到树枝，我的世界没有疼痛。

只要想到的东西，树上都可以长出来，不过为了避免浪费，一般只有真正需要的东西才会长出来。那怎么知道是不是真的需要呢？这就要去问花仙子了。

看到树上那朵凹凸有致如同少女身材的白花了吗？花仙子就住在里面，如果需要什么，就对着那朵花说出来，还要说出需要的理由。如果你有了一个玩具，就不能再要相同的玩具了，浪费是不对的。在你熟睡的时候，你的房子旁边就会偷偷长出你所需要的东西。

如果实在想要某个东西，却又说不出理由，愿望也并非就不能实现。

比如，有一次，一个小孩对着花仙子说，他要一个弹弓，花仙子问他，为什么呀？他回答不上来，急得哭起来了。可是，当他回头时，身后就长出弹弓了。这次愿望实现得真快，小孩又破涕为笑了。小孩拿起弹弓打向飞鸟，被打中的鸟儿落下来。我的世界是这样设置的，因为那里不会有疼痛和死亡，被弹弓打中的鸟儿会产生这样一种念头，就是下来休息一会儿依偎在大地的怀抱，这样，小孩和鸟儿都会得到乐趣。嗯，这只是暂时的设置，以后说不定又会有其他设置，比如让被弹弓打下的鸟儿附在小孩身上，相互之间体验对方的乐趣……

怎么说呢，我的世界可能会有一些规矩，但又不是那么确定，有时候也不会按照规矩办事。是啊，只要让里面一直充满着欢乐，谁会去管什么规矩或规律呢？

到了读书年龄，迎接我的将是一场全新体验，我满怀期待。当我挎上书包兴高采烈来到学校时，同学们看我的眼光怪怪的，我听到他们在背后议论，说我是丑八怪。我既羞愧又难过。

我的世界，有一个芳香四溢的湖泊，湖水清澈见底，怎么都不会脏，只要去里面洗个澡，就会变得美丽起来；我的世界，阳光五彩缤纷且暖洋洋，躺在草地上晒晒阳光，身体和心情舒展开来，也会变得美丽。

或者也可以这样，我的世界，外貌不是天生的，而是由心来决定，只要开心，就很美丽，只要伤心，就像枯萎的花朵。而我的世界里，大家都是开心的，因此也就不会有丑陋了。

……

总之，我的世界有许多方式解决外貌丑陋的问题，消除我在这方面的烦恼，可是，那个世界里，我却是那么无助，那么孤立。

美术课上，看到别的同学都在画画，自己不会，笨拙的手画得好难看，为什么不听使唤？为什么就不能像我的世界那样随心所欲呢？那个世界真是让我无语了。我又进入我的世界，那里，我有一支笔，能在空中画各种美丽的景色直至万物，画出来的东西都是立体的，完成之后就会真正出现在我的世界，所画即所得。

语文课上，第一次的作文题目是“难忘的一天”，我写得挺顺畅，一口气写了八百多字交给老师。几天后，老师对我说，辛苦了，这篇作文是班上写得最长的，值得鼓励，可是写得不真实，人怎么会有这样的经历呢？只有真实的东西才会引起人的共鸣。写作可以在真实的基础上进行一些修辞或加工，但也不能太离谱了，不然就成胡思乱想或胡言乱语了。

我写的是我在我的世界经历的一天，我觉得很有趣很美妙啊，为什么老师总要以那个世界的眼光来看待呢？是我和别人处在不同的世界吗？

我对老师说，我写的是我的世界的经历，这个世界的经历远远不及我的世界里的经历难忘。

老师说，你的世界只是你的想象，是不真实的，怎么能和现实世界相比呢？

我没说什么，其实我也不知道什么是真什么是假。

自然课上，老师给我们讲解大自然的规律。简洁的规律居然让大自然如此美妙，真的很神奇。

老师问我们，有兴趣认识自然吗?

我不知道，如果那使我开心的话，我就去探索，如果使我乏味，那就不去研究这些了，留着让有兴趣的人做吧。

我感觉我的世界就是场游戏，它唯一的目的就是使我快乐。我就经常这样沉浸在我的世界，安排着这里的一切，使它越来越美好，让我一直开心快乐。

我的世界本来会一直如此，随心所欲，直到我遇见了蜂。

这一次，我刚刚毫无悬念又一次赢得了一场对抗机器人的战斗，我高兴得像风一样在我的世界遨游。这时在我面前出现了一个和我差不多大的小女孩，她有一对蜜蜂般的翅膀，体形也和蜜蜂差不多。

她怒瞪着双眼，挥舞着双拳，俯身向我冲来。我随手一拳，她就跌倒在地，疼得翻滚。

我连忙说："我不是故意的，我刚进行过一场战斗，提升的力量还没消除，别担心，我马上让你恢复原状。"

可她还是疼痛难忍。

怎么回事呢?我已经让她复原了呀。我有些不知所措。

"哎呀，好像更疼了，你怎么还没让我好呢?"

我急得满头大汗。

"原来你根本就不想让我好，只想看把戏。"

"不是的，我不知道出了什么问题。"

"你站那么远有什么用呢?快过来看看我还有没有救啊。"

我闪现在她身边，查看她的伤势。

突然，她背后伸出一根刺，向我扎来，不过软绵绵的，像马尾草挠痒痒，把我逗笑了。

小女孩火冒三丈，一飞冲天，双手叉腰，盛气凌人地瞪着我。

“你究竟是谁?”我问道。

“一场意识领域内交织闪现反思重构冲突对抗新生的检验员。”

“说人话。”

“蜂。”

“嗯，这才像样，名副其实，长得就像只蜜蜂，还带着刺。你可真会演戏。”

“刚才那一拳虽没让我受伤，但让我很疼，我会记住的。”

“你想怎样?”

“报仇。”

“你能奈何得了我吗?”

“现在不能，以后的事，谁都不知道，我总会等到机会打败你。”

会有那个机会吗？我会变弱吗？在我的世界，我难道不一直都是万能的吗？谁又能打败我呢？

可在我的世界，她的出现我怎么会不知道呢？并且她也不受我控制，我的世界还有我不知道或不能控制的事物，这令我很害怕。是不是我的世界出现了毁灭性的病毒呢？就像人虽受大脑控制，但若身体有了病毒，大脑有时并不知道。

“你唯一的机会就是忘掉仇恨，我们做个好朋友。”

“哈哈哈，在这里，你不是无所不能的吗？你都不能让我放弃仇恨，就说明我们是天生的对头了，别怕，做我的对头比做我的朋友有趣多了。”

说完，蜂拍拍翅膀飞走了。

第十章　16: 00

那个世界真是多灾多难，不仅发生在别人身上，还发生在我最亲的人身上，令我伤心欲绝。在我念小学时，一场意外的火灾夺去了爷爷奶奶的生命。

对于爷爷奶奶的惨死，村里的人无不悲痛，都叹上天不长眼，怎么让好人有这样的遭遇。

我当然更难过了，不过我的想法和别人不同，我怀疑，那个世界是不是不存在上天呢？或者根本就不存在好与坏。

我的世界就简单多了，没有好坏善恶之分，没有灾难和痛苦，只有欢乐。虽然爷爷奶奶不在那个世界了，可是我会让他们在我的世界幸福生活。我的世界里，虽然也有火，但只会给人温暖或光明，绝不会把人烫伤，那是一道美丽绚烂的风景；人和物都没有重量或者只有一丁点重量，既不会摔伤也不会被砸伤。总之我的世界什么灾难和事故都没有。爷爷奶奶住在一个风景迷人，四处环水的小岛上，要是想出去了，不用撑船渡过湖面，两人可以化作比翼鸟到处翱翔。不过，在那个世界里，爷爷奶奶相处久了也会争吵，这是我不想见到的。怎么办呢？可以让他们住的岛屿是活动的，根据他们的吵架频率让两人不定时分分合合。可是，设定多长的时间间隔呢？在那个世界，他们的争吵好像并没有规律，有时可以恩爱相处好长时间，有时又很快相互埋怨。算了，把这个问题交给湖水吧，一旦他们要吵架了，水流就会将小岛冲成两半，让他们分开来，各自静一静。当想念对方了，湖水涌动，将小岛连接起来。可是还有问题，在他们分开来的时候，爷爷的衣服谁去修补呢？奶奶的头发谁去梳理呢？

唉，我真笨，既然我在我的世界无所不能，搞那么复杂干吗，让他们在我的世界恩恩爱爱永不吵架不就行了吗？干吗非要让那个世界的现象影响我的世界呢？

总之，那个世界令我伤心的事情绝不会在我的世界里出现。那个世界发生的不幸和悲伤都会在我的世界得到安慰和补偿。那个世界越是残酷，我的世界就越是美好。我觉得，我的世界才是真实的世界，那个世界是虚幻的。毕竟我的世界和我融为一体，那个世界只不过给我提供了一些素材，它和一幅画没啥区别。

后来发现用真假划分两个世界不合适，什么是真？什么是假？深究起来还真不好确定。可以确定的是，我的世界和我的关系更紧密，而那个世界，我觉得自己并不在其中。

那个世界，现象由本质或规律决定。而我的世界，现象决定本质，无论我的世界那些现象多么神奇，总会有一套规律去匹配，只是我不知道那套规律罢了，我也没兴趣知道。再说，在我的世界没被穷尽还可以变化前，谁也不知道这些现象背后的规律是什么样的。

在读高中时，一次放完学，怀着焦虑躁郁的心情，我来到一个布置得井井有条的房间。房间角落站着一个木偶人，他说："这是你的房间，是解除忧愁烦恼的好地方，看到房间中跳动的粒子了吗？你握着它，可以拉出一根根线条，没什么问题是线条解决不了的，一根解决不了，就用两根，两根解决不了，就用三根。在这里，你想用多少根就用多少根。"

我试了试，果然，这些线条真是神奇，编织了一会儿，我的心情平复起来。我沉浸在编织的过程中，忘记了先前的烦恼。

可是，好景不长，我听到别人的嘲笑声，说我编织的结构简直就是儿戏。我惶恐不安，用求助的眼光看着角落的木偶人。木偶人将我编织的线条抽出一根连到房间的墙壁上。顿时，墙壁变得透明起来，我看到周围叠加了许许多多的房间，里面的人们都在用线条编织着一个个空间。他们编织出的结构整齐有序，哪像我这么杂乱无章。难怪他们要笑我了。

看到他们都注视着我的房间，我感觉自己就像没穿衣服就跑去上学，羞愧难当。我立马学着他们编织的结构，修改我的空间。果然，他们不笑我也不再注意我了，我心中踏实了很多。开始，在我看不到其他房间情况时，我感觉这些线条很难编织，这样织也行，那样织也未尝不可，总是举棋不定。可现在学着他们的结构，编织起来就非常简单了，我的双手像织布机，很快就编织出一个占据半个房间的空间。这下，他们又开始注意我了，只是这次，都羡慕并称赞起来，纷纷向我讨教编织的诀窍。我很开心，早这样不就好了吗?

结构完成后，就开始给这些空间着色了。这次，我没有贸然行动，先看别人着色后，再给自己编织的空间着上大众化的颜色。

不知从何处冲进来一只长相狰狞，凶猛无比的怪兽。大家都慌了神，本能地钻进自己用线条编织的空间。果然，这招很管用。怪兽对线条编织的空间不予理睬，只对人攻击。少数人因为没编织空间或编织的空间不规范，导致无处可躲，都葬身在怪兽的口中。在将所有暴露在外的人吃掉后，一些奇形怪状或颜色另类的空间引起了怪兽的注意，它开始对那些空间进行撕咬。还好，我用线条编织的空间并不起眼，不会吸引怪兽的注意，并且结构非常稳固，躲在里面很安全。

等怪兽走后，我从线条中钻出来，穿过一个个整齐有序的房间，来到一棵大树下，那是我第一次见到蜂的地方。她正在那，像在等我。

看我来了，她招呼也不打，向我发动攻击。她背后的针不再是软绵绵的，变得锋利坚硬，向我刺来。我创造了一个个屏障，居然都抵挡不了。我只有飞身避开她的攻击，可许多不知从何而来的线条将我弹下，移动受到限制，我被刺得浑身是伤，痛彻心扉。

蜂突然停止攻击，笑道：“好了，我是个爱面子的人，你打过我，我当然要奉还；我也是大度的人，只随便扎了你几下，远没有上次你给我的那一拳严重恶劣，就不跟你计较了，我们扯平了。”说完，哼着儿歌飞走了。

我呆立许久，我在乎的不是身体的疼痛，而是力量的失去。

来到儿时建造的乐园，看到那些线条竟然延伸到这里，我非常难过。

“你怎么啦？伤痕累累，被人打了吧。”树上的小孩对我说。

很快，我身边聚集了很多人，一个个都吃惊地看着我。其中一个人说：“这怎么可能？你在这里无所不能，谁打得了你呢？”

“以前是，现在不是了。”小精灵跳过来说。

“怎么会呢？他现在长大了，壮实多了，应该更强大呀？”

“谁说越大越强大呀？八十岁老娘倒绷孩儿可不是说着玩的。”

“谁说他被打了？看问题这么肤浅的吗？依我看，他是被骗了。”

“这些线条是怎么回事？让我们很烦，我们都拿它没办法，你快让它消失吧。”

“对，线条真要命，消灭一切线条，快乐属于我们。”

显然，这些线条都是从那个房间伸出来的，是我亲手编织的，我原以为影响范围只限于那个房间，没想到竟然充斥于我的世界每一个角落。

无论如何，我要消除这些线条，可怎么消除呢？我用了很多办法都无效，许多人帮我也无济于事。

后来，我明白，我必须再次回到那房间，从源头上去解决这个问题。一路上，看着这一根根交叉的线条，突然感觉自己变得如此难看。

当大家都在笑，知道可以笑了，于是就笑了；当大家都在抱怨，知道可以抱怨了，于是就抱怨了……

这有什么不对吗？别人给我的是一种压力，那种压力阻碍了其他选择或者让我放弃了其他的选择。我本有一粒明珠，却使它化为尘埃。

无论多少荒谬的事，总可以找到一套解释得通的说辞，无论这套说法又是多么荒谬，总会有办法让人相信。

那个世界还真是高明，即使我的世界那么强大，可我还是不知不觉被它征服，变成了我曾讨厌的人，过着我曾认为很无聊的生活。

如果就这样度过一生，是不是违背了我们那独一无二的本性呢？焦虑和恐慌如同这些线条般纠缠着我，让我深深地认识到以前的生活是多么荒谬。

深思之中，我再次来到房间前。这次，我可以看到那些房间的全貌，它们一个个排列成蜂巢形状，看起来非常规整，可又是那么复杂。

不破不立，冲进原来的房间，我拼命去拉扯那些线条，将它们扯得乱七八糟，可就是无法消除。角落的木偶人摇头说："没用的，过河拆桥，哪有那么好的事？"

"什么过河拆桥？是你们乘人之危。"

"这些线条不是你拉出来编织的吗？其他人又影响不了。"

"就算是吧，可我现在要把它毁了，让它们都消失。"

"你这样是毁不了的，只有去蜂巢最深处才行。"

我拉着木偶人往外走，说："快带我去。"

木偶人挣脱开来，说："每个房间都可通到蜂巢最深处，没必要去其他地方。"

说着，用力朝墙壁打出一拳，将墙壁打开一个大洞，"去蜂巢最深处，可以说最简单也可以说最难，你沿着这个洞一直朝前走，就会直达那里，不过，你要小心，稍不注意，就会坠落。"

站在洞前，我想了会儿，走入洞中。洞里一片寂静黑暗，仿佛和外界失去了一切联系，正适合将心中纷杂万千的思绪理清。

走了没几步，我坠落下来，进入一个新的房间，里面有不少人，他们都在编织线条，有的将编织好的线条放置在展台上，大家展开讨论。那些线条越看越熟悉，仿佛将我内心的想法编织了出来。我也加入他们，进行讨论。终于，经过一番番讨论后，我否定了那些线条的结构，陷入短暂的空虚后，想起自己真正的目的。于是，我让木偶人用拳头在墙壁上打一个洞，又进入洞中，向前走去。

一会儿，我又坠落下来，进入一个新的房间。那里没什么人，里面的线条显得整齐又不失新意，将我的思想完美展现出来，看起来比较舒适，我有些沉浸其中。这时，来了许多人，对房间里的线条很感兴趣，并学着编织起来，起初我很激动，因为他们都很快乐。可是回想以前的经历，我又很难过，特别是看到越来越多的线条变得一致，更是难以忍受。我打乱了所有的线条，然后让木偶人用拳头在墙壁上打一个洞，又进入洞中。

……

在蜂巢最深处，只有蜂一个人。她俯卧在一朵洁白的花中，双手托着腮帮，翅膀轻轻振动，发出悦耳的声音，小嘴将眼前的花瓣吹得到处舞动，然后组成一朵朵形状各异的花朵。

见我来了，她跳到我面前，拉着我的手，说："一路辛苦了，为了找我，你也是拼了，躲在这里都让你找到了。我说过，上次扎你，是因为你先打的我，已经扯平了，你为什么纠缠不休呢？"

"这里有许多线条伸到我的世界，我听说来这里就可以消除那些线条。"

"听说都不靠谱，这不，你被骗了，你看，那些线条还在。"蜂伸手一指，所有的房间都变得透明起来，可以看到，线条仍然伸向无穷远处。

"如果真的还在，我是不可能来这里的，我已经明白了。"

蜂盯着我一脸正经的表情，笑了起来，先是浅笑，然后大笑，最后捧着脸弯着腰笑。突然"哎呀"一声，倒了下去。

"你怎么了？"我伸手去扶她。

"你还记不记得你打过我一拳，我旧病复发了。"蜂狡黠一笑。

我刚把蜂扶起来，只听轰隆隆声音，蜂巢突然倒塌，落下的碎片也慢慢融化。

“唉，我的巢穴都被你一锅端了，这次是你赢了，不过我们还没完。”

“你都这样了，还能把我怎样呢?”

蜂瞟了我一眼，“你不知道的事情多着呢，你等着瞧吧。不过，这里确实不行了，我要换个地方，再次向你复仇，那将是我们最后的战斗，那时，不是你死就是我亡!”

说完，蜂就不见了。

我们一直有这么一个误区，以为越是人多赞同的观点，就越是强而有力。可若观点不是独一无二的，终会令人伤心。

观点怎么可能是独一无二的呢?

这样看来，那个世界就像我的世界一样，应该而且也只应该是体验的，要去做更多的解读是徒劳的，也是无意义的。

其实，从存在那刻起，人就和那个世界发生各种关系，甚至可以称得上是战斗吧，只不过显得很温和，不仔细反思审视还看不出来，不知不觉中总是那个世界获得了胜利。

是啊，那个世界的人，有谁能逃脱它的束缚，不受它奴役呢?

有的人，仿佛是那个世界的宠儿，他们天资优秀，在成长的道路上受到众星捧月般的爱护，一生过得如意美满，但归根结底，还是受那个世界主宰。

有的人，仿佛是那个世界的弃儿，他们有的悲观厌世，隐藏自己，看起来看淡一切，其实早已败下阵来。有的坚强不屈，顽强拼搏，终于有了美好的结局，加深了心中的信念，认为天道酬勤，可还是走向了被那个世界安排的执念。

有的人，能很快地适应那个世界的各项规则，在那个世界混得如鱼得水，一帆风顺，扬扬得意，其实早已着了那个世界的道儿。

有的人，和那个世界格格不入，对那个世界的规则如此反感，对那个世界咒骂不已，这种态度显然表示已败下阵来。

有的人，发现那个世界如此丑陋，一心想着去改变，可要么没能力郁郁寡欢，要么在有能力时，已经受到那个世界吹捧，又不愿意改变了。看吧，又胜利了，那个世界偷着乐呢。

有的人，喜欢思考，以为把那个世界看透了，装着糊涂，却还是被那个世界所牵绊。

有的人，把世界一切都看空，可是只要那个世界给他带来某些固定的想法甚至一点执着，就无不为那个世界所统治，即使一次次去反思，也于事无补，只是变换着方式被那个世界奴役。

……

总之，快乐的人，悲伤的人，成功的人，失败的人，聪明的人，愚蠢的人，融入的人，逃离的人，善良的人，邪恶的人，不管对那个世界的看法如何，不管在那个世界如何行动，不管抱着什么样的世界观、价值观、人生观，不管是顺从适应那个世界还是反抗批判那个世界，无不受那个世界影响。尽管很多时候自己并没有察觉。

本来，我也是失败者，可是在我的世界经过洗礼，再次聚焦于体验后，我又变得不可战胜了。那个世界若要令我屈服，只有摧毁我的世界。可是，既然我的体验是独一无二的，我的世界当然不会再存在异物，想摧毁是不可能的。

不错，和别人一样，那个世界对我会产生各种影响，坏的影响我没有去逃避，好的影响我也没有去迎合。在那个世界中的所见所闻不会再让我去做价值判断，有的只是一种感觉。没有对错，没有善恶，没有好坏，因此也就没有心结。但这又不是看透世情，反而活跃无比，因为感觉无限。所谓的看穿并跳出红尘，那只不过是自欺欺人罢了。谁又能看穿那个世界呢？看空一切不是承认有一切吗？

这种既在又不在的模糊状态，使那个世界的各种规则对我没什么影响，至少不会给我的世界带来影响了。对于那个世界来说，我就是一个无法定义的异类。我既没有逃避那个世界，也没有融入那个世界，对那个世界不是漠不关心的失望，也不是有所求的期望，在这种情形下，那个世界对我无可奈何了。我的世界不但越来越美好，也越来越稳固。

我也不是要将我的世界和那个世界对立起来，我已经没有概念，不知道对立是什么意思了。这样的我，以一种很美妙的方式活着，活出了真正的独一无二。这很重要，这表示已经消除了概念，这样就不会存在规则和矛盾了，因为独一无二是无法归类无法确立规则无法加以限制的。这时的我，无时无刻不在活着，生命也没有丝毫浪费。

蜂巢消失了，那些线条仍然保留在我的世界，不过变得又细又柔。现在，我可以用它编织成一个个美丽的图案装饰我的世界，或者，我也可以拨动这些线，让美妙的旋律回荡在我的世界……

一番漫长的思绪，让我更加坚定先前的想法。无疑，对我来说，我的世界是最重要的。我的世界只属于我自己，和我融为一体了，要说我会失去它，怎么想都不可能，它就是我的灵魂啊。

“我最重要的东西不会失去的，没必要寄存了。”我坚定地对老者说。

“你知道里面是什么地方吗?”

“不知道，我似乎从没来过这里。”

“里面可能会出现很多世界，把你的世界淹没了啊。”老者叹息一声，摇了摇头，打开潜谷的门，让我进去了。

我不相信，我的世界是最美好的世界，凭这点，即使混杂再多世界，我也能区分出来。如果那个世界对我无可奈何，那些世界也应该如此。

我进去后，第一眼就看到了蜂。

她说：“在外面，你又变得无所不能了，在这里，你的能力会受到限制。”

她说得没错，在这里，我并不能随心所欲，就连飞也显得有些吃力，时能时不能。

“还有，这里格局更大，有许多东西在外面是遇不到的，这里的战斗会更加精彩。”

可是这个地方也属于我的世界，它看起来很小，为什么说这里的范围更大呢？

她在空中起舞，划出一道道五彩缤纷的色彩。这些色彩编织成一幅幅流动的画，描绘出我的一生，从认识到解读，再到反思，最后到体验的一生。

蜂的起舞，带动气流将我托在空中，随着她舞动起来，完全沉浸于我一生的体验之中……

蜂笑着说：“反思的最终目的就是不再反思。这样才能完全摆脱那个世界的束缚和影响，活出最真实最独一无二的自己。你的世界，我没有存在的必要了。”说完，蜂化作一阵风，就此消失无踪。

突然，许许多多的世界向我袭来，无所不有，无所不包。那个世界已经奈何不了我，但如果是许许多多的世界甚至所有的世界呢？

可我深怀一个信念：我的世界是最美好的世界，那些丑恶恐怖的东西不可能出现在我的世界，它们和我的世界没有半点关系。

果然，那些梦魇般的世界一个个消逝而去。

这时，美好的世界向我展现，那里的文明高度发达，能随心所欲创造自己想要的东西，就像我在我的世界中的那样。在那些世界中，居然有和我一模一样的世界，无论我的世界如何变化，总有世界和它相同，在这种情形下，我的世界越来越难区分了，我想起了潜谷口老人的提示。

极致之后终会平淡。这时，展现在我面前的是一个个普通世界了。有一个世界，那里的动物长得都很可爱，不过它们的生存环境越来越恶劣，食物越来越少，自然灾害越来越多，一个个萎靡不振，看起来怪可怜的。我记了下来，继续观察。终于，我发现一片适合这些动物的乐土，我把它们全部带到了那个世界。新的世界，动物们一个个来了精神，欢快地蹦蹦跳跳，自由飞翔。好了，它们终于不会让我感到可怜了。我很欣慰，再去观察世界里的人。一旦他们过得不快乐，就会像刚才那些动物那样，被我带到一个更好的世界，使他们快乐起来。

可是人和动物们有很大区别，情况也比较复杂。有个世界，那里的人全部衣食无忧，可是在人与人之间相互比较后，有的人又显得可怜了。这个世界还是不美好，再看看其他的世界吧。

我带着他们去往一个个看起来很美好的世界，可没多久我又感觉他们还是会碰到令我难过的事，让我觉得怜悯，心隐隐作痛。

也是，因为我不可能有他们的体验，也就不知道他们是不是真的快乐，即使他们说，这样就行了，但我能相信他们的语言吗？我的意思并不是说他们在说谎，而是说语言不能清楚传达他的体验，甚至连神态也不能。因此，无论他们怎么说，或他们的神情是什么，他们的体验我是无法体验的，正因为如此，我才会无止境地对他们表示怜悯，觉得哪个世界都会让他们受到伤害。

突然，一个世界呈现在我面前，让我心情无比舒畅，这个世界真是太完美了，只要进入这个世界，永远不会有悲伤。这个世界又是那么熟悉，啊，这不就是我的世界吗？

我的世界几乎有无数的可能，虽然每个可能都会在其他世界中存在，不过，我现在感觉到，这些世界和我的世界还是有区别的。区别就是我觉得我的世界才是最美好的，虽然其他世界看起来很美，可我总觉得那里有令我不满意之处，会令我担忧，担忧那里会发生令我伤心的情景。生活在那里的人，总会让我感觉到怜悯。

看来只有把那些不顺心的人带到我的世界，我才会安心，因为我对我的世界是最清楚的，那里也是最快乐的。凭着这点，就算我的世界被再多再美好的世界淹没，我也总能找到我的世界。

越来越多的人被我带到了我的世界，他们在那里快乐地生活着，永远不会令我伤心了。

最后，我来到了潜谷深处，感觉一片空明，除了一块两米左右的石碑，那里一无所有，但似乎又包容所有世界。石碑上刻着一幅中年男子的画，他的眼睛极其有神，容纳了一切。从他的眼睛里，我体验到了永恒，如果说人存在于世界的话，那这里称得上是世界之源了。我感觉所有世界都像是从这双眼睛里投射出来的。

这时，画中的男子离开石碑，向我走来，身材随着走动逐渐变大，在和我差不多大时，停止下来，说："如果一个人以无数种方式体验过所有的世界，那他会怎样?"

"你是谁?"

"我们是神思者，是唯一的文明，我所说的唯一文明是指没有被证实为模拟的文明。因为其他世界或文明都只是我们的模拟。我们也是最原始的存在，我们掌握了世界的一切奥秘，除了存在。"

"既然你们也不知道存在，那你们又怎么知道你们掌握了除存在之外的所有奥秘呢?"

"因为我们好久没有任何新的发现了，不管是科学知识、艺术表达还是所能想到的东西，都做不到丝毫的新意了。就连新的体验也没有了，对于你们来说，这段时间是无限永恒的，因此可以认为我们掌握了世界的一切奥秘。这么说其实不准确，只是为了让你容易理解。在你们看来，我们是永生的，可是在把所有一切无数次体验后，已得不到任何新的体验，其实已死。对于我们来说，生与死没区别，想象与现实也没区别，一切都已经没有任何意义。体验过一切后，感觉什么都没有什么了，没有价值，没有概念，没有欢乐，没有痛苦，只有死寂。可以创造一切的人，在本源世界，形同于物。不得已，我们只有创造其他世界，去那里获得新的体验。你们其实和我们都是一体，包括你们在内的其他世界都是为了使我们获得新的体验而存在。”

“那些世界是你们模拟出来的还是创造出来的?”

“对于穷尽所有奥秘的人来说，模拟和创造没什么分别。”

“那我们的世界都是假的吗?”

“这个问题我没法回答。只能说你们的世界是我们建立的，至于什么是真什么是假，这是一个存在性的问题，我们也不知道。除了本源世界，已知的所有世界都是由我们创造的，但是本源世界为什么会存在？我们也不知道。它属于存在方面的终极问题，问这样的问题其实是没有意义的。我们只能去探究存在的状态，不可能知道存在本身。”

“既然你们创造了这一个个世界，那对于我们来说，你们就是神了。”

神思者摇摇头，“你们是我们的另一种形式，你们的存在是帮我们获得新的体验，没有你们，我们其实已死。如果说我们创造你们而成为神的话，你们让我们获得新的体验感觉还活着，同样也是神。”

“你们的世界还有同伴吗?”

“在本源世界，概念和区分都没意义，你可以这么认为，我即是我们。”

我说：“既然你们创造世界是为了获得体验，那为什么世界上还会有那么多痛苦的体验？为什么不能让人一直获得快乐体验？追求快乐体验就是人的本性啊!”

神思者说：“像我们这种人，穷尽了世界的一切，为了获得新的体验，甚至去创造低级世界，参与其中，我们只想着有新的体验，至于这些体验是欢乐还是痛苦，已经不重要了。当然，还有一个原因，那就是我们不能让世界上的人都获得快乐体验。”

我很奇怪：“你们不是知道了世界上所有的奥秘吗？怎么不能让世界上的人都获得快乐体验呢？世界不都是你们创造的吗?”

“我们也觉得奇怪。我们能创造各种世界，有的世界美好得你想都想不到，却不能让世界里的人都快乐。也许这归根结底属于存在方面的问题，因为只有存在方面的问题我们无能为力。既然没办法让每个人都有着快乐的体验，我们也就没那么执着了，就像是一场游戏，只要有新的体验就行。”

我想了想，说：“既然想象和现实，真和假的区分已经没有意义，而在我的世界，所有人都很快乐，为什么你说不存在一个让所有人都获得快乐体验的世界呢?”

神思者说：“先别急着下定论。”

果然，要来的终究会来。

我的世界，又一次出现了我不能控制的情况。神思者也在里面。他受困于存在，显得很苦恼，像其他伤心的人那样，被我带进了我的世界。可我的世界并不能使他快乐起来。因为我的世界也解决不了存在问题。是啊，就连永远存在，体验一切的神思者，都对存在这样的问题很绝望，我又能怎么办呢？沉痛的感觉压得我透不过气来。本来，我的世界我想怎样就怎样，至于中间的过程我不用考虑，事实上也确实如此，因为神思者体验过一切，所有的问题都已被解决。我的世界无论多么美好多么神奇，必定是存在的。这说的是状态。可存在本身呢？它是一个令我们共同绝望的问题。我的世界，那个使我快乐的世界，那个和我密不可分的世界，因为这个问题的存在，已经不再完美。里面的人，包括我，也因为存在的问题，悲伤起来。既然我的世界不再完美，它和其他世界也就越来越难以区分。终于，它混杂在其他世界中，我再也找不到了。对于我来说，它已经不存在了。

在潜谷最深处，我又一次站在石碑前，和石碑中的神思者相对而立。最终，我们都困于存在。失去了我的世界，我凝固成一尊石像，神思者则闭上了眼睛。

故事讲完，实习生们都没作声，会议室静默了一会儿。

张三看了看时间，起身说道："好了，时候不早了，今天的座谈会就到这里吧，你们回去收拾一下也该下班了。"

大家起身往门口走。

出了会议室，小苗说："我本来不喜欢开会的，可今天的这个会议带给我无与伦比的体验，让我终生难忘。"

小辛转过头，说："我们刚才说的体验世界，也许应该叫爱的世界。我现在真正明白文化世界。开始我认为文化世界很美好，虽然有一些问题无法解决，但不影响它的美好，可现在看来，那些问题不解决，文化世界终将是一个令人伤心的世界。"

小孔说："是啊，和文化世界比起来，商业世界充斥有形枷锁，和体验世界比起来，文化世界充斥无形枷锁。"

等其他人走了，小时拿着手机跑过来对张三说："你不是很想找首席执行官谈谈成立文化委员会的事吗？我现在对这件事也比较关心。"

"可是首席执行官不是想见就能见到的。"

小时神秘一笑，说："现在可以去见他了，刚才董事会秘书给我回电话，把首席执行官门禁系统随机生成的二维码发我手机了，我们现在就去他办公室吧。"

张三很吃惊，"真想不到首席执行官会见你，你认识我们首席执行官吗？"

小时笑笑："我不认识，我父亲认识他，我父亲帮我约他和我们见一面，他同意了。"

由于公共电梯不能直达最高层，张三和小时先乘坐电梯来到30层，然后走楼梯来到33层的首席执行官办公室门前，金属大门紧闭，小时用手机在门前扫了一下，门就开了。

里面是一个大厅，摆放着各种健身器材。专用电梯里停着一辆小车，是首席执行官的专用车。

穿过大厅，进入唯一的通道。通道两旁分别是音乐室、书画室、舞蹈室、影像室。迎着通道走到头，来到首席执行官办公室门前，张三敲了敲门，里面传来一声：进来。

张三推开门，一阵臭气扑面而来，首席执行官倒在办公桌上，桌上撒满了药丸。

张三和小时大惊，急忙上前察看，只见首席执行官全身散发着尸臭，手上捏着救心丸的药瓶。

旁边的人工智能模仿首席执行官的声音，问道："是时领导介绍来的吧，有什么事需要我帮助吗?"

张三赶紧通知董事会秘书，很快，董事会秘书带着各委员会主任上来了。

第十一章 17: 00

见到首席执行官死去多时，大家都很吃惊。本想第一时间联系他的家人，可大家对他的家庭情况一无所知，他的个人档案也不在公司，只有先向上级领导报告。

张三看了看时间，想起晚上的宴会，就下楼了。小时也跟着出来，说："这就走了吗?"

"那里有领导们主持大局，他们会调取监控了解事情经过。我现在要去参加一个重要的宴会，早就和别人约好了，迟到会被罚的。"张三说。

张三问小时："你父亲是什么身份？居然可以让你去见首席执行官。"

小时迟疑了一下，说："我父亲的身份，公司里就首席执行官知道，现在他不在了，我也不想多说了。"

张三没再多问。两人走出办公大楼，小时转过身，指着大楼说："早晨我来到这幢楼的大门前，就觉得这幢楼像座坟墓，虽然金字塔的设计让很多人赞叹，认为它将商业诠释得淋漓尽致。"

"计划成立文化委员会的首席执行官，本来有可能给这里带来一些新气象，可惜因病逝世，这里真成坟墓了。"

小时问张三："你去哪个地方参加宴会?"

"北湖路口。"

"我开车路过那，我带你一程吧。"

"那好吧，我真怕迟到了。"

"你在这里等一下，我去车库把车开过来。"

张三在院内旁边等小时。后面生活区是职工宿舍楼，人群熙熙攘攘。

公司大院里有几幢职工宿舍楼，部分职工住在里面，经常见到小孩在院里玩耍。现在，几个小孩在东区的场地玩皮球。

两名男子推着自行车，一前一后正要出公司院门。后面的高个子向前面的男子打招呼："李哥，出去啊?"

前面的男子说："是啊，今天真累，想找个地方好好放松一下，你也出去的吗？去哪玩?"

高个子说："还能去哪？公园呗。附近的公园开放了，这些天非常热闹，许多人都在里面唱歌跳舞，去了肯定会碰到公司同事。一些在公司不苟言笑的领导受到气氛感染，也在那里唱啊跳啊，可有趣了。这几天还在举行舞林大会，公司有人报名了，今天是资格赛，正好去给他们加油。"

"是吗？那我也要去看看。"

两人骑着自行车，正准备去。

突然，一个皮球飞过来，正好掉落在高个子车前的篮子里。

"叔叔，那是我的球。"一个小孩跑过来。

"扔得真准，可以去打篮球了。"高个子把球还给小孩，小孩抱着球欢快地跑去东边的场地。

小时的车在张三旁边停下来，张三上了车。

小时说："今天的会议让我学到了很多东西。以前我一直拿不定主意，是继续读书深造还是出来工作，经过今天的会议，我总算定下心了。我打算去读历史系研究生，以后说不定就在学校任教的，这虽然偏离了家人的期望，不过他们会尊重我的选择。"

"自己的选择能得到家人的支持，这挺好的。"

"希望我们能保持联系，你是一个好老师，很想多听你的指教，哦，不对，是相互之间多多分享各自的体验。"

"嗯，指教不敢当，体验可以分享。"

十几分钟后，到达北湖路口，张三下了车，和小时挥手告别后，走进路口边的酒店。

酒宴还有十分钟开始，人都到齐了，共有十一人。他们是在网上一个论坛认识的，自称"竹林十一友"。因为相互之间聊得来，就从线上聊到了线下，每隔一段时间抽空聚一次，十一个人轮流做东。

他们的关系有些奇怪，他们可以说是熟悉的陌生人，也可以说是陌生的熟悉人。说熟悉是因为每个人的性格和思想相互之间都很了解，说他们陌生是因为他们相互之间没有透露身份，也不知道各自工作和家庭情况，就连名字也不知道，只以姓氏称呼。

十一人姓氏各不相同。按年龄排序是这样的：赵老、周老、郑老、沈老、刘老、韩老、吴老、孙老、秦老、孔老、张三。其他人都在五十岁以上了，张三刚过三十岁，因此不称张老。

就因为相互之间不知道工作和职务情况，也就没有那些什么总什么长的称呼。其实也没规定不让说工作甚至职务，但大家似乎有了默契，不管是在论坛还是酒席间，都避免谈工作，避免透露身份。这样挺好，纯粹是在思想文化上产生交流，不会有任何利益上的瓜葛或世俗方面的偏见。

这样的交流无障碍，再加上每个人文化水平相差不大，能畅所欲言，他们谈天说地，谈古论今，针砭时弊，其乐无穷。

这次是刘老做东，主持酒会。他带来两箱好酒，共八瓶，拆开后摆在桌上，说："平时我都舍不得拿出来，今天务必要让大家尽兴，让我们这样的聚会越办越好。"

"大家想想，以前的聚会，你一言我一语，杂乱无章说了很多，可是没留下什么印象。为了把聚会办好，我建议，大家好好想一想，讲一件一生中对自己触动比较大的事吧，既可以讲发生在自己身上的事，也可以讲自己看到或者听到甚至想到的事。"沈老说。

"这样也好，我感觉以前的酒会，虽然很热闹很尽兴，但总觉得没啥值得特别留念的场景，酒席上说的话很快就忘记了。现在这个提议，相信会让这次酒会上的交流变得很有趣，就像刘老拿来的酒一样，令人回味无穷。"赵老说。

"好吧，咱们约法三章，一是不讲罚酒七杯，二是讲完后超过半数人不满意罚酒五杯。"刘老说。

大家纷纷赞同。

"那谁先来呢?"有人问道。

"当然是刘老，他主持酒会。"

刘老说："主持酒会是因为轮到我了没办法，我文化水平很浅薄，这个头确实不好开，我建议由赵老先来吧。"

赵老没推托，说："正好前几天作了篇文章，我就抛个砖吧，我说完后，你们就从我的左边开始轮流说起。"

"好，我们大家一起敬赵老一杯。"刘老说。

第十二章　18: 00

失　忆

赵　老

这是一个关于迷失的故事，故事的结尾是小哈拉在祭祀的大殿宣读完誓词后就任新一届族长。

萨哈拉最近几天有种不好的预感，他没想到自己指定新的族长会遭到那么多人反对。他目前还是族长，在陀螺族有着极高的权威，那些人的反对不会起多大作用，可要是闹到元老院那里去，万一元老院否决了他指定接班人的决定，那后果就严重了。当族长几十年，元老院从没否决过他的决定。在任期间，他带领陀螺族取得了辉煌进步，特别是走出去的使命上。就因为他干得好，陀螺族的人希望他继续干下去，毕竟他现在才四十多岁。因此许多人都反对他退位指定新的族长，反对的人已经联名抗议到元老院了，若是元老院否决他的决定，那他将不能去圣殿观摩先贤留下的启示录。这是一个莫大的荣誉，只有贤明睿智并且没被元老院否决过的族长才能获得，萨哈拉还没听说过有哪届族长能获得这个荣誉。他倒不是特别在乎这个荣誉，而是真的想在启示录上获得启示。据说内心的困惑，都可以在启示录上获得解答。

元老院经过一致商议，没有否决他的决定。他很高兴，这些天总带着小哈拉在族里到处转，给他讲解族里的事情。他还是发现有些人，对他过早退位表示不满，对小哈拉显得有些敌视。

萨哈拉很清楚地记得，在他十六岁那年，老族长带着他在祭祀的大殿宣读完誓词后，宣布他为新的族长。在陀螺族，族长权威很大，对选择族长的继任人极其慎重，他不明白老族长为什么会选他，除了一双深邃忧郁的眼睛，他觉得自己和族里其他孩子并没什么不同。

陀螺族是一个与世隔绝的地方，那里四面环崖，里面的人出不去，外面也没人来，仿佛被这个世界遗忘。外面的世界在他们的想象中，是很美好的，深深吸引着他们，他们千方百计想要走出去，可是由于技术落后，难以逾越那险恶宽阔的深崖。不过他们从没放弃。他们一方面研究桥梁隧道技术，一方面培养人的毅力和协作能力。对于他们来说，这是一项艰巨的工程，需要相当多的人投入进去，如何对这些人进行有效的管理，也是挑战。而萨哈拉也是经过不断碰壁反思，才算是摸清了门路，看到了希望。

在萨哈拉年幼时，看到邻居家果园里水果成熟，就想摘来吃，被老族长制止了。萨哈拉很不理解，说水果不就是让人吃的吗？为什么不让我吃呢？老族长说，不是你想的那样，现实有规则，不能随便拿别人的东西。当他大点时，看到田地经常遭受水灾，他到处考察弄明白了原因。他兴奋跑去告诉众人，只要大家齐心协力将河道加宽，就能免受水灾。可大家都无动于衷，萨哈拉很不理解，说这是为大家好，为什么就不听呢？老族长说，不是你想的那样的，现实很复杂，直来直去解决不了问题。在萨哈拉青年时，遇到一个孤苦无依的老人，老人遭到子女们的遗弃。萨哈拉说，真是岂有此理！带着老人找到子女，向他们说了许多道理。可子女们都不愿意收留，劝萨哈拉不要多管闲事。萨哈拉转了一圈回来，说是老族长的意思，子女们就将老人带回家。老族长听说萨哈拉假借他的权威，并不生气，还摸着萨哈拉的头笑着说，好了，终于上路了，可以当族长了。

初任族长，为了实现走出去的目标，他带领号召大家努力钻研桥梁隧道技术，可收效甚微，许多人都不是很理解，当一次重大事故导致十几人丧生后，大家有了畏惧感，就更加排斥了。他回到祭祀的大殿，看着带领族人走出去的誓词，突然觉得陌生起来，他仿佛明白了什么。他下令暂停对外连通工程，将精力放在基础教育上，通过教育，让这些与世隔绝的村民变得开明包容。果然，这些年倾注在教育上的心血没白费。族还是原来的族，可族民的素质及眼界都有着明显提升。他知道，族民走出去的日子不远了。只要选好族长，好好教导他，将自己的经验和心得传授给他，族民们就会走得更远更好。而小哈拉正是满意人选，现在大家也不反对了。

对于事情如此顺利，他又有些不安，可这些不安，他又说不出来，他感觉只有去圣殿看了启示录才会明白。

终于，他盼来了去圣殿的日子。在一个阳光明媚的早晨，元老们把萨哈拉带到一座山腰，打开了通向圣殿的大门。

通道设计得就像螺旋结构，圆环状向下延伸。里面有许多反光的镜子，安装得颇为巧妙，将外面的光线反射进来，照亮里面的通道。

走了几圈后，来到了圣殿。果然，一座石碑竖立在中央，看起来很陈旧，上面刻着这样的启示：

人其实很容易迷失，毕竟人很渺小，很难看清事物的真面目。特别在没有外来参照物的情况下，更是如此，所以我是如此希望带领族人走出去。

在我青少年时，就分不清真实与幻象。那时以为别人也都是这样想的，世界是很简单的。经过不断碰壁，我才明白，最真实的东西其实已成幻象。

中年时，手段与目的又让我困惑。在就任族长宣读誓词时，第一条就是带领族里的人走出去，即使献出生命也在所不惜。可仔细想想，为什么要走出去呢？这誓词是谁提出来的呢？他的目的又是什么呢？这么多年没走出去是因为我们智慧不够吗？还是我们执着于手段，忘记了目的？或者把目的当成了手段？

我是族长，我的使命是带领村里摆脱愚昧，接受新事物。承担的责任和背负的压力使我看到的和想到的比其他族民要远，思考得要多，上述的迷失，我都摆脱了。

可是在我老年时，我还是陷入现象与本质的迷失中，这个问题更难了。究竟什么是现象？什么是本质？有时候，现象就是本质，有时候，本质就是现象，一个人不可能认清，需要一代代人去探索，而考虑群体因素的话，事情会更加复杂。因此，我虽然走出了一些迷失，却也陷入更深的迷失，对此，我也付出了代价。

萨哈拉看了看落款日期，竟然是很久很久以前。萨哈拉震惊了，突然意识到什么，阵阵恐惧袭来。他把反光镜调整了角度，观察大殿整体情况。当光线照射在后面的石室里，他看到一具具保持挣扎状的骷髅密密麻麻塞满了整座石室。

突然，砰的一声，通道口的门关了，圣殿陷入一片黑暗中。

这是一个关于迷失的故事，故事的结尾是小哈拉在祭祀的大殿宣读完誓词后就任新一届族长。

赵老说完，大家都鼓起掌来。刘老说："你这是有备而来啊，你这开篇，让我们压力大了，不知道如何继续下去哩。"

赵老哈哈一笑，"我是抛砖引玉，真正的知识分子还没上场呢，再说，如果说我们是在合作完成一部作品的话，高潮部分也应该是在中间或结尾。"

刘老说："不管怎么说，好的开端很重要，来，大家一起干一杯。"

大家端起酒杯，一饮而尽。

下一个就轮到孙老了，大家都看着孙老。

孙老又喝了杯酒，开始讲他的故事。

如 是

孙 老

我是萨雅涵，我今天驾驶着飞船，像往常那样，在宇宙中到处穿梭，希望能找到一个美丽的世界。即使找不到美丽世界，能看到一丝美丽景色也好。我喜欢美，特别是大自然的美，在那我能获得无与伦比的震撼体验。这次运气特别好，我居然找到了，那是我见过最美丽的世界。我在那里奔跑，歌唱，起舞。要是能在这里生活就好了，不知道这个世界的人会不会欢迎我呢？这时候，我见到了这个世界的人，是三个和我差不多大的英俊青年，他们自称阿亚人，外出刚回来。来了我这个不速之客，他们并不介意，反而相当热情，要带我去参观他们的世界。我们刚认识，又来了一个青年，他其貌不扬，倒是眼睛很有神，散发出真诚和智慧的光芒。后来的青年说自己叫真子，来自阿圣星，也是被这美丽世界吸引而来。那三名阿亚人似乎不怎么欢迎他，是我劝说让他留下来。这么美丽的景色，多一个人分享不是更好吗？看着他们还穿着宇航服，我感到挺别扭，是啊，在这美丽的大自然中，穿着布满各种仪器设备的宇航服，真有些大煞风景，要不是不方便，我还想把衣服都脱了呢。看到真子把宇航服脱了，阿亚人也跟着脱了下来。他们陪着我在这个世界到处参观。我有疑问都会向他们请教，在这方面，阿亚人就比不上真子了，他懂得大自然的许多奥秘，能圆满回答我的各种疑问。突然，天空中传来轰隆隆的声音。阿亚人说有人来了，似乎不怀好意，要我们不要担心，留在这里继续欣赏，他们去将来人驱走。轰隆隆的声音越来越大，大地开始颤抖。真子迅速摘下衣领上的一枚纽扣，抛向头顶后，变成一个气泡，将我们包裹其中。美丽世界瞬间被摧毁得一干二净，气泡在太空中飘荡。我很担忧，来人也太厉害了，不知道阿亚人会不会有危险。那个世界给我带来如此美妙体验，眼看着它被毁灭，一下子把我拉向痛苦的深渊。气泡飞到一座飞船前，是真子留下的备用飞船，他建议先回他那里。我心中难过，什么也没说。一会儿，飞船在一个星球上停了下来。真子带着我下了飞船。天啦，这是怎么回事？刚才那美丽的世界不是消失了吗？怎么它又出现了呢？简直就是一模一样啊。不对，这个世界比那个世界还好，有更多动物，还有人群，显得更有生机。我瞪大眼睛看着真子。真子说他在宇宙中遨游时发现了一个和他那世界一模一样的世界，于是就来看看。他怀疑那个世界是阿亚人模拟的，是为了讨我欢心。模拟的世界坚持不了多久，一旦消失，世界里的人就会立即处于太空环境，如果没有生态设施，是很危险的。我问他为什么不早点告诉我阿亚人不怀好意。他说阿亚人喜欢你，想追求你，这无可厚非啊，再说模拟这个世界需要巨大能量，阿亚人下够本钱了，如果这算是嫁妆，那就是他在宇宙中见过的最隆重的嫁妆，既然有人肯为你付出这么多，可以考虑托付终身。只是后来，他们不知为什么变了，居然想害死我们。我猜可能是因为我只顾着向真子请教大自然的知识，冷落了阿亚人，使他们心生忌恨吧。真子感到很遗憾，他认为他们长得英俊，要是心肠也好的话，和我还是挺相配的。我不这么认为，我对他们没好感，他们弄虚作假，也许相貌都是假的。再说，他们也太懒了，有这样的技术，居然还去抄袭别人的世界，我都不知道该如何说他们了。真子说他们技术是有了，也许缺乏想象力，不知道如何去设计美丽世界呢。

我是真子，我今天驾驶着飞船，像往常那样，在宇宙中到处穿梭，希望能探索宇宙新的奥秘。哦，和往常还是有点不一样，我旁边多了一个人，是我妻子萨雅涵。每次发现新的宇宙奥秘，我都很震撼，我想让萨雅涵也能体验到这种震撼。一会儿，我们来到一个广袤的空间，空荡荡的，人在这里可以自由飞翔，感觉无比舒适。突然，空间呈现出一根根五彩缤纷的弦，杂乱无章到处飘着，每根弦的两端各吸附一粒小球。我想将这些弦和球编织起来，装饰这个空间。它们差别不大，每根弦或每粒球都和其他的弦或球一一配对，差一点就无法相连，如果配对正确的话，弦就会振动，小球就会转起来。萨雅涵有些不情愿，这么多小球和弦丝，配成一对都难过愚公移山，想编织成一体，简直是在开玩笑。不过看我那么认真，也来帮忙了。没多久，我们就编织好了一片空间，然后弦和球按照这样的空间自动装配，向无穷远处延伸。萨雅涵非常激动，说自己本不知如何着手，可是在安装过程中，慢慢体验到了一种关于真的美妙，自己就像神，觉得应该这样，果然那样就是可行且最完美的搭配，将不可能的任务完成。在一望无际的空间中，弦振动着，发出各种悦耳的声音，简直就是天籁；粒子也舞动着，生成一幅幅美丽的画卷。萨雅涵舒展着全身，完全沉浸在这美妙的体验中。好久，她才回过神，说真是太震撼了，这么复杂的事居然这么简单就完成了，而且还完成得这么美，宇宙中居然有这么神奇的地方。我说，这个神奇的地方不在别处，正在我们家中。怎么回事？萨雅涵瞪大眼睛。一瞬间，广袤的空间不见了，我们果然置身在家中。我向她解释，刚才我们进入虚拟空间，带你去了目前所能探索的微观世界，让你从另一个角度体验大自然的神奇。萨雅涵回味刚才的经历，止不住赞叹大自然真是奇妙。我说刚才我们体验的还只是已知部分，和未知比起来简直可以忽略不计，未知领域更令人震撼，这正是吸引我为之探索的激情和力量。萨雅涵又瞪大眼睛，问我大自然为什么会这样。我哈哈大笑，她真以为我什么都知道呀，我又不是神，这个问题我可答不上来。

我是哈维，我今天驾驶着飞船，像往常那样，在宇宙中到处穿梭，希望能找到拯救阿圣星的办法。我今年六岁，我妈妈萨雅涵是世界上最美丽的女人，我爸爸真子是世界上最聪明的男人。虽然我没遗传到我妈妈的美貌和我爸爸的智慧，但这并不影响我的心情。我爱笑，打从娘胎出来，我就爱笑了。可是，最近我笑不出来了。不知什么原因，我们生存的环境变得很恶劣，花草开始枯萎，动物们也无精打采，美丽的大自然就像生了一场大病。爸爸也无能为力。而且，爸爸反应变得迟钝起来，睿智的眼神变得呆滞无光。妈妈也急剧衰老，满脸皱纹，满头白发。这个世界的精华好像被吸走了。有人猜测是外星人忌妒我们的世界，暗中破坏，特别是阿亚人，他们以前和爸爸妈妈结过怨，也知道这个星球的位置。爸爸曾尝试让我们的星球隐藏起来，使其他外星人找不到，可惜没有成功。这时，我旁边飘浮着一个“水滴”，看上去很迷人，只不过这是一个美丽的陷阱。我们现在的技术，可以让我们在宇宙中到处遨游，可是宇宙中存在像“水滴”那样的未知空间，即使再吸引人，也不要进去，因为那里没有确定的规律，这是最基本的常识。我正要避开，可是我身旁的松鼠亚达冲了进去，消失得无影无踪。朋友有难，我总不能不管吧。没办法，我只有硬着头皮钻进“水滴”。在那里，我见到了亚达，它睁着眼睛，一动也不动。到了它旁边，正要把它抱起来，可我感觉自己除了意识外，身体其他机能都停止了，仿佛凝固了。这下糟了，这里没有时间，我和亚达将被永远监禁。可是，从另一个方面想，如果有无限的时间，就凭意识，我也能创造奇迹。我的眼前出现一个全息图像，是阿圣星，没有生机的世界，我可以想想怎么去治好它，反正我可以尝试无数种方法，总会找到合适的方法去拯救那个星球。并且眼前的世界随着我的想法也在变化，也就是方法的正确与否可以得到验证，太好了。漫长的岁月过去了，我想了数不清的步骤和方法，可阿圣星并没好起来。我有些泄气了。我想起以前问过爸爸，如果给亚达无限时间，它是否能在打字机上打出百科全书？爸爸开始回答可以，而后回答不能，最后又说不确定，没有人能真正认识无限。我现在的处境就是这样。我不知道怎么去拯救那个世界的生态，就是凭着猜测一个个去尝试。又不知过了多久，世界还是那样，我很伤心。那个世界的人有办法迁往其他星球，可大自然那些生灵呢？它们很多都会灭绝。一粒泪珠滴向阿圣星，真是奇怪，身体机能不是停止了吗？怎么会有眼泪呢？更神奇的是，阿圣星焕然一新，恢复了往日的生机，我也能动了，亚达跳起来扑到我怀里。我抱着它，去往那个空间唯一的通道，进了通道，瞬间就到家了。我兴高采烈地对爸爸妈妈说我们的世界又恢复原样了。看他们不相信，我拉着他们的手要带他们出去看。妈妈叹着气说我刚才的经历她都知道了，真难为我了，只是刚才的经历是虚拟的，以前爸爸经常带她以这种方式去体验大自然深处的奥秘。我不相信，刚才的体验是那么真实。可是看到外面的景色仍然像被污染了一样，我呆住了。这时，来了不少人，在听妈妈说了这件事后，有人说我怎么能把虚拟的事当真呢，在虚拟中每个人都可以成为神，可现实中呢？现实中这个问题，没有一个人能解决。我流着泪，回味着刚才的经历，仍然觉得它是那么真实。那是真的！我哭着喊道。可世界还是没变啊。有人指着远方说。世界证明他们说错了！这时候，像魔法世界一样，大自然看着看着在变样，很快就变得一片盎然，焕发出勃勃生机。而且，爸爸的眼神不再呆滞，恢复了往日的睿智，妈妈的皱纹和白发也消失了，变得年轻又美丽。众人被这神奇的变化惊呆了，都捧着胸口，激动得说不出话来。爸爸妈妈把我叫到一边，对我说了几句话，我脸就红了。我很奇怪，我并不美丽呀，为什么妈妈说我是最美丽的人呢？我也并不聪明呀，为什么爸爸说我是最聪明的人呢？有人又发现了一个奇妙的现象，就是我们的世界对于宇宙中其他人来说成为一个全息投影，他们只能观察到我们的世界，除了自然之力，其他力量不会影响我们的世界了。如果我们和自然和谐相处，自然也不会惩罚我们，那就能永葆平安了。真是太好了，爸爸未解决的问题现在也得到圆满解决。大家都惊叹太神奇了，问我们为什么会这样。妈妈望着爸爸，爸爸也不知道如何回答。我说就应该是这样。爸爸妈妈听了后，紧紧搂着我，也说，对，就应该是这样！

第十三章　19: 00

死　结

秦　老

对于“我是谁”这个问题，以前的莫里斯人，一直都找不到满意答案。是因为人的一生过于短暂或者人的智力存在局限吗？这并非重点，而是我们会陷入一个固定的身份，这限制了我们对这个问题的思考。因此，要解决“我是谁”这个问题，先要解决身份问题。

如果问一个人这个问题，他说，我是一名律师。这个回答看似没什么问题，这是他的职业也是他的身份，并且身边的亲朋好友都这么认同他，长此以往，他对“我是谁”这个问题几乎就是这样习惯性的回答。这个回答简单明了地回应了别人的询问，可是对于自己，对于自己的一生，这样的回答是种无奈。

莫里斯人认识到了这种情况，他们有着越来越强烈的身份危机。经过一系列改革，现在，那里的人完全消除了这种危机，再也没人去打听身份了。那里的人没有姓名，都是根据DNA编码生成一串数字作为唯一的识别。数字很难记，一般只有家庭成员之间才知道数字代表的是谁。至于职业名称，也是用数字代替，一般根据数字能查到的也只是行业而非职业。比如政府行政部门人员，开头两个数字是0、8，至于后面更精确的编码，只有行政部门相关岗位的内部人员才知道代表的是哪个具体岗位，公开资料是查不到的。在公众场合，若某人说他的职业是08356，其他的人最多也只是知道他在政府部门上班，至于后面的数字356表示哪个具体岗位，有没有权力，那就不知道了。因此，聚会时，莫里斯人谈的都是自己的兴趣爱好，不会说自己的身份和职业，因为那是一串数字，说了别人也不懂。那为什么莫里斯人不用语言来说明或者解释自己的职位呢？因为他们都保持着谦虚谨慎的态度，用语言详细介绍自己的职位，就在远古野蛮时代，也不好意思这么明着干。当然，最开始，一些自以为很有身份的人总想着让别人知道自己的身份，尽管不好直接说明，不过他们还是有其他办法的，比如旁敲侧击、不动声色去说明这点。对于这些自作聪明的人，大家都是装糊涂，看笑话，打哈哈。大势所趋，那些人也只好放弃暗示自己的身份了。还有人不甘平凡，另辟蹊径，花钱在媒体上频繁露面。这样，别人就算不知道他的具体身份，至少知道他是名人。可是，莫里斯很快出台了相关针对传媒的规定。从此，媒体报道都是对事不对人，并且多是聚焦有趣的事，而几乎每个莫里斯人，生活中都可能发生一些有趣的事，都有被媒体报道的可能。要是某个人，有趣的事太多，也不允许在媒体上频繁上镜，因为法律规定，每个人每年在媒体露面的次数不得超过三次。因此，莫里斯没有名人。

就这样，莫里斯人相互之间的关系和交往，彻底摆脱了身份的障碍，大家再也不会为身份而苦恼，为身份而奔波，为身份而挣扎，为身份而痴狂了。

没有了身份，更准确地说，跳出了身份的束缚，他们对“我是谁”这个问题，想得更加清楚更加透彻了，体验也是非常丰富了。

看着眼前这份议案，他舒了口气。为了引起大家注意，方便阅读，他别出心裁，以叙述的方式撰写了这份议案。议案中描绘出的情景，他期待好多年了。只要通过这份议案，以现在的技术，实施起来没有任何问题。

问题是，他凭什么将这份议案带到有权机构讨论实施呢？哦，别忘了，他正是国会议员，有这个身份，他可以提出议案。

可是，凭着特定身份去提一个消除身份的议案，就像试图去打开一个锁着唯一钥匙的盒子，他怎么越想越觉得不对劲呢？

轮到张三了，张三显得挺为难，“我还没考虑好，能不能先跳过去，让我最后说？”

“不能坏了规矩呀。”旁边的周老说。

“可现在就说，说得乱七八糟，岂不是大煞风景。”张三说。

“如果实在没想好，就让你最后一个说吧，不过坏了规矩，是要接受处罚的，就罚酒三杯吧。”刘老说。

看大家没意见，张三喝了三杯酒。旁边的周老开始说了。

隐　情

周　老

这是一个很黑的地方，看得不是很清楚。唯一的明亮，就是人的心里偶尔发出一团光。光很微弱，只能照亮自己的周围，远点的人就看不到了。

其实，这样的生活很不错，恰到好处。他想。

可是有一天，一道光突然照过来，人们欢呼起来，激动不已。这道光是那么强烈，并且方向也很明确。以前，在看不清楚的情况下，大家都在想方设法探索所处的位置和周围的环境，可现在有光了，大家却不再注意这些了，都向着光奔去。是啊，向着光明前进，好像没什么不对。

他想说：别都追着光啊，它来历不明，它太亮了，显得极不自然。

可是又一想，如果自己去劝告那些追随光的人，那他和他要批判的那道光又有什么区别呢？

他只能保持沉默。

见周老一直保持沉默，刘老问道：“就这样结束了吗?”

“嗯。”

“这说的是啥?”刘老说，“这次大家都不约而同讲述人生的某个方面，主题很明显，可你讲的故事，我听不出主题，你能告诉我们，你说的是什么意思吗?”

周老哈哈一笑，说：“抱歉，既然名字叫隐情，当然就不能说清楚了。”

孙老说：“我也不满意，后面的人如果跟风，来个隐喻的题目，随便讲两句，让人去猜，那这个酒会岂不虎头蛇尾，可惜了吗?”

周老说：“那就按制定的规则表决吧，如果超过一半的人不接受，我甘愿罚酒。”

除了周老外，其他的人开始表决，四个人表示接受，五个人表示不接受。大家看着还未表决、有些心不在焉的张三，张三的立场决定周老是否应该罚酒。

张三说：“从我对这篇文章的理解，我觉得很不错。”

“哦，那你说说要如何理解?”刘老说。

“说来话长，现在也没轮到我说，我罚酒了，要在最后一个说。”

刘老说：“那好吧，反正总要轮到你的，就按规定的顺序，请下一个发言吧。”

投　射

孔　老

这是一个全民娱乐的时代，而最受欢迎的娱乐方式，莫过于游戏了。

刚做完人物访谈，子平回到办公室，看到一个中年男子正等着他。

中年男子自称子生，是一家游戏公司的创始人，想帮助子平拓展游戏领域。

成功后，总有不少人凑近乎。子平笑了笑，“你有什么想法?”

“可以将游戏场景实景化，让人产生身临其境的体验，甚至……”

“够了，这个想法并不新鲜，我们早就在开发。”

“你们的进度太慢了，我可以指导你们。”

这话子平就不爱听了，张牙舞爪地说：“事实证明，我的公司是有史以来最成功的游戏公司。”

“人不会毁于无知，而会毁于傲慢。”

“保安!”

“你会后悔的。”

跑到自己办公室指责自己傲慢，怎么会有这么目空一切的人？虽说让保安将他撵走了，可子平越想越气，吩咐下属去好好修理一下这个子生。

可奇怪的是，以他庞大的势力，居然找不到子生，子生像是人间蒸发了。

在屏幕前看着子平吃惊的表情，子生笑了起来。子生本是名让人看不起的小小程序员，经过努力奋斗，在开发出一款虚拟现实游戏后，名声大噪，他的公司也跃升为世界上最大的游戏公司。他也喜欢玩那款游戏，他创立的游戏人物就是子平。他将子平设置成完全自由意志，也就是说游戏人物最后的发展他预料不到也改变不了，他只能在符合逻辑的前提下，设置一些场景。俗话说，爱他就给他自由。在设置子平这个人物时，他并没有让子平降临到富贵显赫的家庭，而是像他一样，从一个小人物开始，通过奋斗，最后一步步走向人生巅峰。这个过程令他无比激动，回味无穷。更有趣的是，他还能以不同身份进入游戏中和里面的人互动。在游戏中，他从另一个角度见证了子平也是自己的成功。可是现在，随着子平的成功，子生发现自己已经无法和他交流了，子平变得不可一世。更加不可思议的是，子平还总认为别人傲慢，仅因为别人在他面前表现得没他想的那么卑微吗？这让子生怒不可遏。终于，他忍无可忍了，指着屏幕中的子平说：

“自由意志让你变得太可恶了，我不是没给你机会，可你不屑一顾，还变本加厉，无可救药了。对于你的傲慢，我无法忍受，猖狂会走向灭亡，既然不能改变你，那就只能毁灭你。”

子生启动游戏毁灭程序，整个世界将被黑暗压缩成一个点，他看到子平露出惊恐的表情。

“怎么样？现在后悔了吧，可惜太晚了，这是你傲慢付出的代价。”子生狞笑着。

突然，子生感到有点胸闷，他跑到窗户旁边，打开窗户想透透气。

他被吓呆了，他看到了平生最恐怖的景象——天空像是被拉了一块帷幕，无边无际的黑暗席卷着整个世界。

“天啦……”

子生发出最绝望的吼声。

信　号

郑　老

求学时期，他是家人的骄傲，是每个老师的得意门生，因为他每门成绩都是第一，获得过无数奖项。不过他并不认为自己聪明，只是觉得比别人努力。多少个夜晚，他一个人在灯下苦读，畅游知识的大海，他觉得自己过得很充实，从未觉得孤独。

读完大学，本打算继续深造的他，却因为论文字数不达标放弃了。

离开学校后，他先是在一家大型公司找了份数据分析员的工作。他发现自己难以和别人交流。找了多份工作，都没做多久，职场上的学问他怎么也学不懂。可能世界和他想得很不一样吧，感觉自己和这个世界格格不入，在人群中，他渐渐体会到了孤独。最后，他去了一个偏僻落后的山村，当了一名教师，过着一种简单宁静的生活，这才安定下来。

平时除了授课，他就一门心思搞研究。有意思的是，不善于交流的人，对信号相当有研究，甚至还想找到外星文明发出的信号，他坚信有这样的信号。

记得在读书时，老师说过这样的事：在1950年的一次非正式讨论中，物理学家费米在和别人讨论飞碟及外星人的问题时，突然冒出一句："他们都在哪儿呢？"如果宇宙中存在大量先进的地外文明，那么为什么连飞船或者探测器之类的证据都看不到。经过讨论，得出三个可能的结论：

1. 宇宙中不存在别的文明。

2. 外星文明是存在的，但它们迄今为止还无法和我们接触。

3. 外星文明已经来到地球，只是我们不知道。

宇宙中已知的星系就有那么多，不存在其他文明的可能性也太小了，第一个结论他持否定态度。他考虑的只有后面两种情况，它们可以概括为：存在外星文明，但还没和我们产生交流。至于为什么没产生交流，再去寻找原因。

在山村教书期间，他资助过一个差点失学的小孩。第一次见到这小孩时，就对他充满很深的怜悯。这小孩，不像别的小孩那样有许多要求，也不像别的小孩那样，给糖果或玩具就能高兴起来。这小孩，失去了家人，受过许多苦，很懂事。也因为受过许多苦，感觉很难让他真正快乐起来。

马上就到小孩的生日了，给他过个生日吧，这种穷地方，过生日是一种奢望，更别说这小孩了，希望在他生日那天能让他真正快乐起来吧。他想。

他把小孩带到自己的住处。小孩看到他的房间及四周布置着许多奇怪的机器设备，挺好奇，想问个究竟。他就用最简单的语言，向小孩讲解着。小孩对寻找外星文明也感兴趣，听得津津有味。

当他端出从遥远的县城买来的生日蛋糕时，小孩欢呼起来，"啊，蛋糕，真香真美啊，比书上看到的漂亮多了。"

在这个简陋的小屋里，他看着小孩吃着生平最好吃的东西，心中感到无限美好，也感到一股股忧伤。

突然，信号接收器发来警报。他赶紧跑过去观察，只见一个很特别的图案反复呈现。

他将信号记录了下来，分析了很久，发现和已知的信号都不同，他咨询过相关研究机构，它们也识别不出这个信号。

他很兴奋，既然这不属于地球上的信号，那就是来自地外了，这么简单和谐的图案，他认为就是外星文明发来的。

可是别人都不认同他的观点。是啊，这么重大的事，凭他一个人用那些简陋的设备发现了，怎么可能呢？再说了，自从那次之后，他再也没收到类似未知的信号了。甚至有人认为，他的这个发现还不及每年那么多的UFO事件有说服力。

相信他的只有那个小孩了。这一次，他是在教室给小孩讲外星信号。小孩托着腮帮，聆听他讲这些信号的神奇之处，脸上露出无比神往的表情。突然，小孩晕倒了，他抱着小孩去了医院。经过诊断，确认患上了某种先天性疾病，可以治疗，不过费用对他来说是天文数字。

能治就好了，至于钱的问题，他没想太多，他觉得那不是问题。他先将自己的积蓄垫上，然后去找公益机构请求支援。

好不容易找进一家公益机构，见到了里面的负责人，看起来文质彬彬的，可是他说："不是我们不帮忙，而是对于资金的使用，有着严格的规定，要保证把钱用在刀刃上。"

他蒙了，说："这还不是刀刃上吗?"

“在这贫困地区，环境污染严重，患病的人很多，救不过来的。他的病要花很多钱，用这些钱可以让很多失学儿童重返校园。知识改变命运，提供教育机会更加重要，有了强大的科技，就可以改造环境甚至太空移民，这才能治本。”

他不善言辞，虽然觉得负责人那样说是很不合适的，可不知道怎么去反驳他。就算能说会道又怎样呢？他第一次觉得，语言的交流是那么苍白无力，那么荒谬可笑。

后来在学校所在的县市发动了几次捐款，可筹集到的资金少得可怜。他一向认为，在生命面前，金钱是微不足道的，可对于这个生命垂危的小孩，都不能打开别人的钱包，仿佛每个人的钱包都有恶毒的蛇蝎守护，他知道他对这个世界更加陌生了。

医院打来电话，说小孩的病情加重了，他急匆匆地赶到了医院。

听到老师的呼唤，小孩睁开疲惫又迷蒙的双眼，看老师的神情，筹款的事并不顺利。小孩突然变得开心起来，笑着说：“告诉你一个秘密。刚才我闭上眼睛的时候，看到了我的家园，那里有我的父母，我真正的父母。其实我是外星人，因为不听话，被父母抛弃到了这里，现在对我的惩罚结束了，我马上就可以回家了。我居住的星球很美丽，那里没有污染，没有疾病，没有冷漠，没有痛苦，充满着爱和欢乐。所以，我现在很开心，我以为自己是没有家的，原来我的家是那么美好，现在快要回家了，你应该为我感到高兴才对。”

他心情悲痛，低头不语。

“我说的都是真的，你不相信吗？我可不敢说谎话，不然会被狼吃掉的。”小孩的声音很微弱了，不过仍吃力保持着笑容。

“我……我相信……你。”他的声音在颤抖。

“那……你要……要高兴……呀。”

他只好笑起来，可笑着笑着，眼泪却止不住地流下来。

不过小孩已经看不见了，他永远地闭上了双眼。心电图的波动渐渐平稳起来，就快成一条直线了。

突然，心电图出现剧烈波动，呈现出一幅环形叠加的图案！他震惊了，这正是他以前接收到的认为是外星文明发来的信息图案，他激动不已，屏住呼吸，心脏怦怦直跳。没过多久，图案消失了，心电图变成一道直线。

一个人孤独是因为缺少爱，一个星球在茫茫的宇宙中也这么孤独又何尝不是如此呢？他认为自己找到了外星文明没和我们交流的原因，解开了费米悖论。不过，没有科学的证明或实践的检验，谁又会相信他呢？

第十四章　20: 00

平　等

韩　老

夏日的傍晚，吃过晚饭，我们兄弟姐妹五人在后院乘凉。

爸爸端出一盘切好的哈密瓜，放在凉床上，我们蜂拥过来，想挑最大的那块。

哈密瓜是一位客人带来的，就一个，也不大，切成五块后，每块就非常小了。其中有一块明显偏大，其他四块看起来倒是没多大区别。

爸爸要把最大的那块瓜给五妹，因为她最小。

“谁说年龄小就得最大的瓜呀？我们不同意。”四妹说。

“是呀，年龄小肚子也最小，应该得最小的。”我说。

“那我再重新切一下，把每块瓜切成一样大小。”爸爸无奈地说。

“不行，那不公平，我学习成绩最好，应该得最大的那块瓜。”二姐说。

“谁说成绩好就得最大的？”我说。

“学校都是这样分的。”二姐说。

“可这是在家里，家里应该谁最听话，谁就分最大的瓜，最大的瓜应该给我。”四妹说。

“我今天干的活最多，我应该得最大的。”大哥说。

“爸爸干的比你更多，可爸爸一块都没有呢？”四妹反驳大哥。

……

争得不可开交之际，传来自行车铃铛声，是妈妈回来了。她在镇里一家缝纫店做衣服，起早贪黑，显得很疲惫。

妈妈了解情形后，说道：“一家人，相亲相爱是最重要的，还讲什么公不公平呢？你们都是爸妈的亲骨肉，我们都很爱你们每一个，你们也要相互关爱，这样你们才会真正快乐，像刚才那样计较，贪一时便宜，失去真正的幸福，你爸和我会很痛心的。唉，你们还小，计较这些也正常，我并不是要责备你们，其实，最重要的，不是计不计较，而是相互关爱，希望你们都懂得关爱人，过得幸福。”

听完妈妈的话，看到妈妈满脸皱纹，丝丝白发，我们都很触动，有些不好意思起来，一个个低着头不吭声，谁也没去拿盘里的瓜了。

爸爸端着盘子，给我们一人拿了一块，我们现在不知道谁的大谁的小了。

“虎娃子，你下的网有好多小龙虾呀，再不来网都被钻破了。”池塘边的田叔说。

“是吗？”大哥眉飞色舞，一蹦老高，“我要去收网了。”放下手中的瓜，匆忙跑出去了。

“切，网小龙虾有什么好玩的，弄得脏不拉几的。”二姐说。

突然，门口传来敲锣打鼓的声音，一群人喊着四妹的名字。

“我要去扭秧歌了，我不吃瓜了，留给你们吧。”四妹兴冲冲地跑出去了。

“打灯笼，猜字谜，猜得多，灯笼红。”西边田野里有人吆喝。

二姐放下瓜，朝爸爸妈妈做了个鬼脸，跑去猜字谜了。

前面的打谷场突然热闹起来，传来许多小孩的欢笑声。

“哎呀，动画片开始了，差点错过了。”五妹放下瓜，口里“哦哦哦”个不停，蹦蹦跳跳去打谷场看露天电视了。

院里草丛中传来蛐蛐的叫声，“好大一只蛐蛐，非逮着你不可。”我放下瓜，在院里捉起蛐蛐来。

“开始争着吃，现在竟然都不吃，真是一群奇怪的孩子。”爸爸说。

妈妈笑着说：“他们现在有更好玩的，瓜就没放在心上了，只要他们过得快乐，吃不吃瓜又有什么关系呢？”

“故事简单明了，可我不明白，标题为什么叫平等呢？”赵老说。

“说来话长，还是不要解释了。今天的酒会已经有点长了，还有好几个人都没说呢，要赶时间啊，文中的问题可以会后在论坛上去讨论。”韩老说。

“对，今天能让每个人把故事讲完就不错了，不要纠结其他了，下一个快开始吧。”刘老说。

边　界

吴　老

这天，吴律师接到一件案子，是村里的案子，是很小的案子。村里两户人家为一棵树的所有权发生了争执，几乎要大动干戈，劝架的人建议去吴律师那里打官司，由吴律师判决。作为村里唯一的律师，一般发生争议或诉讼的事都会来找他，这没什么奇怪的。可是他做梦也没想到，这个芝麻绿豆大的案子会无限延伸放大，他也因为处理这个案子竟然被请去了宇宙最高法院。

吴律师把争议双方请过来，说："这棵树位于后院的荒山上，有好几十年了，从没有人主张过权利，你们现在说这棵树是自己的，有什么理由吗?"

老田说："从整个村庄地理位置来看，这棵树离我家最近，并且我时常去照料它，才让它长得这么茂盛，所以理应归我所有。"

"那你的理由呢?"吴律师问老丁。

老丁不说话，掏出一张照片，给吴律师看。

吴律师看到树的隐蔽处有个很陈旧的木牌，上面写着此树归丁茂所有，落款日期是十二年前，上面还有见证人的签名。

吴律师说："这棵树本是无主之物，先占先得，由于老丁最先主张权利，并且做了标记，因此这棵树归老丁所有。"

这下老田没话说了，灰心离去，看热闹的村民也散去了。

一位个子很高大的陌生人还没走，吴律师有些奇怪，方圆百里的人，他都面熟，这个人却从没见过，看来他来自远方。

陌生人对吴律师说："我叫法莫尔，从外地来的。刚才听了你的断案，觉得很有意思。对于无主之物，谁先做标记谁就取得所有权，真的是这样吗?”

吴律师说：“当然。”

“理由呢?”

“没什么理由，就是个约定俗成的规定，有这个规定总比没规定好。你刚才也看到断案的经过了，输家也是服气的，要不是我拿出这个规定，他们两家很可能为那棵树打起来了。”

法莫尔越听越来劲，“说得好，如果都守这个规定，那就可以避免许多争执甚至战争，而我们，已经承受不起战争了。你可以跟我去处理类似的所有权案件吗？我们不会亏待你的。”

吴律师说：“当然可以，这是我的职业，帮人处理纠纷也是我的兴趣。”

法莫尔用手指向吴律师点去，一道强光闪烁，照得吴律师睁不开眼。当他可以睁开眼时，发现自己已经来到太空中一艘巨大的飞船上。

飞船上有不少人，都是高个子。法莫尔拍着他的肩膀，说：“我们来自银河系中心的西格玛星球，巡视期间经过太阳系，刚才听到你的断案，很受启发，想让你帮我们打官司，我们需要你这样的律师，需要你向无主之物主张所有权所持有的理由。”

吴律师相当吃惊，没想到自己遇到了外星文明，想到这么强大的文明还需要自己的帮助，吴律师很激动。可是跟他们走了以后还能回地球吗?

法莫尔似乎看出了吴律师的忧虑，说：“帮我们打完官司，我们会送你回地球，那块东西是你们地球人都想要的，到时也会送给你。”

法莫尔指着一块一尺左右，纯度极高的立方体黄金。

于是吴律师就和他们合作了。

西格玛星人先在银河系许多无人居住、物质集中、能量密度大的区域，都做了统一标记：西格玛人到此一游。然后向银河系资源管理部门提交申请报告。

报告很长，意思却很简单，就是：这是我的！

管理部门的人搞蒙了，说：“你们的星球有那么丰富的资源，这些区域跟你们八竿子打不着，为什么还要这么干呢？”

西格玛星人说：“你的目光太短浅了，只看到了眼前，我们要学会居安思危，未雨绸缪。”

管理部门的人驳回申请，做了标记就可以取得所有权，没有这样的儿戏规定。

在没有这样的规定又想别人遵守这种规定的情况下，就只有向银河系中心法院提起诉讼了。这时候，就该吴律师上场了。

法官们都左右相顾，好像不知道怎么评判这样的规定。

法莫尔说：“虽然没有这样的规定，但作为一个并不发达的文明，都知道采取这种简单又不伤和气的方法来分配无主之物，我们应该也如此，这个规定就像是公理，应该遵守。”

经过几番辩论，中心法院最后判决：同意西格玛星人的诉求。

吴律师成了西格玛星人的英雄，受到他们的爱戴和尊重。

很快，在遥远星系活动的阿尔法星人知道了银河系中心法院发生的事情，更厉害的阿尔法星人把吴律师带走了。作为宇宙顶级文明之一，吴律师对在阿尔法星所见所闻，除了惊叹还是惊叹。当然，最令他惊叹的是，对他来说如同神一般存在的阿尔法星人，居然也会那么起劲争那些不必要的资源。

和上述过程一样，只是在宇宙最高法院请求标记的资源所有权时，尽管有吴律师的三寸不烂之舌，可没引起法官们的共鸣。

宇宙最高法院经过权衡论证，最后宣判：在宇宙中某处最先做标记然后就称对此处拥有排他的所有权，在统一的宇宙法典中找不到这样的规定，只是某个野蛮还未开化的地球人约定俗成的做法，以我们的科技文明，若去照搬低等落后世界的做法，岂不是天大的笑话吗？因此，阿尔法星人声称对标记的拥有权利的请求不成立。

判决一出，阿尔法星人可不高兴了，他们找到吴律师，询问对策。

吴律师看了判决，也很生气，因为宇宙最高法院居然在判决书中公然羞辱他和他的同类，这真是丢人丢到全宇宙了。不过，吴律师也没有办法，本来就是胡闹的事，上次成功是因为所争的资源较少，还有其他侥幸因素。现在弄得这么大，上了宇宙法庭，已经够荒唐了，让宇宙最高法院作有利于阿尔法星人的判决，在打官司前吴律师也想到这不可能，毕竟宇宙中并不是阿尔法星人独大，像争夺这么庞大的资源，只能靠战争，还没听说过靠打官司就能争到的。可战争又是不可能的，他们的科技文明都处于顶级，战争最好的结果也只是同归于尽。

吴律师不想继续闹下去了，他想回家。他朝阿尔法星人摊开双手，摇摇头，表示自己无能为力。

当阿尔法星人提出给予他标的额万亿亿亿亿分之一的提成后，吴律师又开始琢磨这件事了。万亿亿亿亿分之一起码有亿吨物质，以阿尔法星人的技术，可以轻易实现物质之间以及物质与能量之间的转化。也就是说，要是官司打赢了，他就会拥有数不尽的黄金、钻石、珠宝……要是带着这些东西回到地球，不知道别人会怎么看他。一想到这，他就血脉偾张，激动得睡不着觉，下定决心千方百计也要帮阿尔法星人打赢官司。

直来直去是不行了，能不能找到弯弯绕的路子呢？吴律师心想。

经过夜以继日的思索，他终于写好上诉状，由阿尔法星人递交到了宇宙最高法院，并指示阿尔法星人公关团队到处运作。

没多久，新的判决出来了，前面部分内容和第一次判决基本相同，只是将侮辱地球人的言论删除了，在判决的后面部分，增加了妥协部分：

如果宇宙中存在这样的自然规律，那在宇宙中某处最先做标记然后宣称对此处拥有排他的所有权可以视作有效。做标记其实就是区分，而要证明宇宙中存在这样的自然规律，至少须将物质区分出去，若能将物质移出宇宙，才可以接受阿尔法星人的诉讼请求。

阿尔法星人接到这个判决，心里也不是滋味，这个判决只是给了他们面子，没给他们实在的好处。可吴律师却很兴奋，判决书上的妥协部分正是他想要的，他觉得离自己的目标不远了。

“你知道把物质移出宇宙根本不可能吗？别以为我们科技比你们发达就认为我们无所不能，对宇宙我们还是显得无知，更不知道它有没有边界，事实上，现在我们连边界也无法定义了。”阿尔法星人对吴律师说。

“我对你们的智慧充满信心。以前你们没有明确的目标，科学技术方面研究的范围太广，精力过于分散，才导致对现在的问题束手无策。现在只要全体阿尔法星人一门心思研究怎么让物质从这个宇宙中消失，相信很快就可以成功。万一不行，还有后备方案。”

阿尔法星人问：“什么后备方案？”

“既然你们说，宇宙的边界无法界定，那是不是移出宇宙也就没法证明。因此只需要将物质隐藏起来，让别人找不到，就可以说是移出宇宙了。当然，这需要在最高法院费一番唇舌了。”

经吴律师这么一点拨，阿尔法星人又看到了希望。按照吴律师的建议，他们重新启动了很久都没有的专门研究。

为了获得宇宙大量资源的所有权，阿尔法星人集中所有精力专门研究怎么让物质消失。皇天不负有心人，最终，他们成功将极少量物质弄没了，就在他们为之欢庆时，宇宙因为物质亏损，瞬间塌缩毁灭了。

人的生命不到百年，人的身高不到两米，这些和宇宙比起来算什么呢？吴律师无论如何也想不到，自他接手村里那个小小的纷争以来，不到半年时光，居然让整个宇宙灭亡了。

是啊，谁能想到，恢宏磅礴的宇宙不是因为自然规律自发灭亡，而是起因于争一棵树的小官司呢？

负　责

刘　老

流浪汉古瓦里走到一家面包店，在店里买了一个面包出来时，看到迎面马路走来一队警察。古瓦里很害怕，把刚吃了两口的面包揣进怀里，低着头朝天桥方向走去。到了天桥桥底，他倚靠在一个角落，把没吃完的面包掏出来继续啃。一名中年男子看到他，将警察证掏出来在他面前晃了晃，说，我是查身份的便衣警察，请你配合我的调查。古瓦里大吃一惊，面包掉在地上，唉声叹气。便衣拿出一个手电筒形状的机器对着他的眼睛一扫，看了看机器上的显示屏，说，又是你，跟我回警局。便衣掏出手铐，把古瓦里押走了。

这是古瓦里第三次被押到警局了，和前两次一样，他将面临牢狱之灾。他向往无拘无束的自由生活，监狱里的生活令他痛不欲生，他打算像以前那样，在狱中好好表现，争取获得减刑的机会，早点出狱。

这些年，古瓦里过的是一种无拘无束的生活，既没有像其他人那样上班工作，也没有成家生儿育女，更没有为这个城市做什么义务工作——除了监狱中的劳动。他就靠乞讨为生，四处流浪。而这样的生活方式和生活态度是这个城市不能容忍的，对他这样的人按法律规定是要处以刑罚的。

这是个了不起的城市，这里的氛围是那么安宁祥和，到处都井井有条。城市居民对待工作和家庭都是极其负责的。每个人恪守职责，离职离婚这样的事在这个城市是不可想象的，一旦发生将会是重大新闻，因为实在是太少了。一个人一旦工作，都会遵守自己的工作职责；两人一旦结婚组成家庭，都会尽到夫妻责任和家庭责任，夫妻之间没有背叛。生效的合同各方都会尽职尽责去履行，绝不会存在欺诈的情形。每个成年人都恨不得用生命捍卫责任，恪守责任或承担责任不仅是一种光荣，而且还是一种做人的本分。根据这个城市的法律，对不守责任的成年人，不仅要承担经济损失和罚款，还要处以严厉的刑罚。这个城市对以前只能在道德层面谴责的不守责任的行为都制定了严峻刑法加以处罚，并且执行起来铁面无私，决不含糊。在这里，只要告一个人违背责任或没有承担责任，警察就来了兴致，会无条件马上立案，然后火速行动，很快就能在查证属实的基础上将犯罪分子绳之以法。至于城市政府的公职人员及管理者，更是通过立法制定了严格的监督体系，每个公职人员不敢不守自己的职责，不然他也会坐牢，无论他的职位有多高。

因此，这个城市一切都显得井然有序，人人都守着或承担着责任，生活过得踏实，心中充满安全感，是一个让人放心的城市。可是，古瓦里是个例外，他天生就是一个害怕承担责任的人，好像不属于这个城市似的。他本是一名孤儿，在孤儿院长大。完成了规定的义务教育离开孤儿院后，没有像其他人那样去工作，而是在这个城市到处流浪，没经济来源就乞讨。警察首次查他身份时，发现他既不工作，也不成家，更没有为这个城市公共事业出过力，也就是说，他没有承担任何责任。乞讨虽然可以谋生，但在这个城市不被视为一项工作，也就不能算是承担了责任。当然，这个城市并没有规定不允许乞讨，除他之外，城市里也有乞讨者，但别人都曾经承担过责任，那就没问题了。目前还没有哪个乞讨者像古瓦里那样什么责任都没承担就去乞讨的。警察很吃惊，他还是第一次发现这种人。按照法律规定，不承担责任是一种不可饶恕的罪行，古瓦里被判入狱。

狱中没有自由，古瓦里很难受，他是那么渴望自由。没办法，他只有在监狱积极表现，对每个人都很友好，积极帮助别人，劳动改造时比其他犯罪分子都干得起劲。因此，他获得了最大限度的减刑。出狱后，他仍然像以前那样流浪乞讨，只是小心了许多，一发现警察就避开。可是天网恢恢，疏而不漏，过了几年的自由生活，他又被抓了……

古瓦里很痛苦，想过逃离这个城市，特别是他听说城市边境线守卫不是那么严密的时候。可是当他看到城市四面环水，而水中到处都是凶猛的鳄鱼出没时，他就不敢了。据说以前有过偷偷逃跑——按照政府的说法是偷渡到这座城市来的不法分子无一例外都葬身在这些水中猛兽的利牙之下。

第三次出狱后，古瓦里意外获得一笔巨额遗产，是一个富翁留给他的。原来他是这个富翁的私生子，因为违背了家庭和夫妻责任，为逃避处罚，富翁一直不敢声张，最后在临终前留下遗言：找到古瓦里，让他继承自己的遗产。古瓦里对这么多钱没什么概念，他不知道要它干吗。他追求的是简单生活，可有了钱就会不简单。这不，钱还没到手就有不少机构的工作人员打扰他，向他推销产品和服务。他没去领那笔遗产，而是让执行遗嘱的律师将其捐给了“零基金”这个公共机构。在他很小的时候，“零基金”组织派人来过孤儿院慰问包括他在内的所有孤儿，他至今记得很清楚。

这天在公园游荡时，困意袭来，古瓦里在公园的长凳上躺了会儿。当他醒来时，一个警察拿着手电筒形状的机器又要照他。他彻底泄气了，想这次怎么这么倒霉，这才出狱没多少天呀？可是警察查清他的身份后并没有逮捕他，而是竖起拇指称赞他：嗯，了不起的古瓦里！说完转身就走了。

古瓦里相当吃惊，蹲下身子抱着脑袋拼命想这究竟是怎么回事。当他想明白时，心情欢畅无比，笑个不停。从今往后，他可以过自己希望的自由生活，再也不用担心警察查他的身份了。因为他把钱都捐给了“零基金”，为这个城市承担了公共责任。只要承担责任，警察就不会逮捕他了。

不仅如此，在他的捐献被报道后，警察认得他了，以后都不会打扰他查他身份了。一个人能承担这么重大的公共责任，在这个城市还是极其罕见的。而公共责任和工作、家庭等其他责任比起来，被这个城市的人们视为一种更高尚的责任。因此，他获得了这个城市荣誉公民的称号。

这天天气不错，阳光明媚，春暖花开。警察找到在天桥底下乞讨的古瓦里。当警察掏出来的不是手铐，而是一张荣誉公民证书时，古瓦里愉快地舒展一下腰身，把证书盖在脸上遮住双眼，在阳光的沐浴下，倒头呼呼大睡。

第十五章　21: 00

理　想

沈　老

最早谈起理想是在沈思哲读初中时。那是在一次课堂上，班主任问到同学们的理想。那时候，说起理想，气氛突然活跃起来，大家意气风发，表现积极，踊跃发言。有的说要当老师，有的说要当律师，有的说要当法师，有的说要成为大师……当班主任问到沈思哲时，沈思哲站起来，想了想，红着脸，深吸一口气，郑重地说，我的理想，就是要做个好人。

同学们都笑了起来。

当沈思哲说出他的理想后，很快就传到他奶奶耳朵里。正在做针线活的奶奶听到这个消息后，熟练的手一下变得不听使唤，让针扎破了手指。奶奶心中一酸，眼泪夺眶而出，最担心的事情还是发生了。

其实，那时候在课堂上应该笑的人是沈思哲。若干年后，那些笑沈思哲的同学都长大了，谁还记得自己以前的理想，或者把那当回事呢？即使还有什么理想，也基本上都殊途同归，统一变成买房买车。只有沈思哲，对自己的理想从未动摇过，在哼着学习先进好榜样的歌曲中长大，朝着做个好人的理想前进奋斗。不过沈思哲显然不会去笑别人的，尽管同学们的理想都变味了，沈思哲只会表示谅解，他的口头禅就是：别人也不容易。在得知某位同学急于买房结婚但是房款凑不齐时，他还主动资助过那位同学。和他的祖辈们一样，沈思哲有着一副慈悲心肠。

对于沈思哲这种一心向善的思想和行为，村子里的人都认为是一种遗传，是善良基因的遗传，还有人觉得沈思哲的祖辈们都是菩萨转世。沈思哲祖父就是一个公认的好人，这在族谱里都是有记载的。更难得的是，沈思哲的祖父是个商人，在那个年代经商不被人说成奸商就很不错了，沈思哲祖父能得到大众这么高的赞誉，可想而知他做了多少善事，他的精神是多么崇高，灵魂是多么伟大。沈思哲祖父头脑灵光，生意做得很不错，在那个地方有很大的影响力。他本想用善良这种宝贵的品质去影响更多的人，使它更加地发扬光大，可惜天不佑人，沈思哲的爷爷刚出世不久他就染病身亡了，临终前除了自己居住的一幢普通房屋外，将最后一点财产都捐给了别人。

沈思哲爷爷更是悲天悯人，他看不得别人受苦受难。他没有沈思哲祖父那样的商业头脑，没做出什么事业，只是一个普通农民，种着几亩薄田，收入微薄。一般来说能力越大，责任越大，像沈思哲爷爷这种条件，通常都认为他会安分守己，不会管别人的事了。可事实恰好相反。他忧国忧民，热心助人，哪里有难，就去支援。在自己少有的一点钱财用于援助花光后，他还不死心，因为他还有力气——有钱就出钱，没钱就出力。他用自己勤劳的双手，满腔的热血去支援急需帮助的困难大众，同时也不忘发动群众共同支援。除了种田，他把许多时间花在奔波、号召和助人上。

沈思哲父亲也是一个善良的人。尽管他郁郁寡欢，比较消极，不过在工作上极其负责，向来都是兢兢业业。作为一名高中教师，由于知识渊博，他什么课程都可以教，通常是文科讲累了讲理科，理科讲累了讲文科。能者多劳，他也乐意往自己身上揽课。这还不够，他还常常帮其他临时有事的教师代课。他讲课生动有趣，不需要也不拘泥于教材大纲，融知识、哲理于笑谈中，因此学生们都喜欢听他讲课，甚至许多老师也在他授课的教室旁边坐着专心听他讲。所以呢，他的课程非常多，通常是从早上讲到晚上，从周一讲到周日，从月头讲到月尾，不过他乐此不疲。光是这么认真卖力讲课还不行，这哪够呀，这远远达不到他做人的标准。对一些家庭困难凑不出学费的学生，他是见一个帮一个。尽管他的工资加上补贴在同行业来说相当可观，但也禁不住这样慷慨解囊，导致自身生活比较拮据。妻子无法忍受，哭闹多次都没用后，沈思哲两岁时，独自一人离家出走，至今杳无音信。沈思哲从小由奶奶抚养，沈思哲六岁的时候，父亲跳楼自杀了，留下的遗书只有这样一行字：对不起，我不能忍受，却无能为力，永别了！

父亲的自杀令沈思哲的奶奶悲痛不已。虽说沈思哲的祖父和爷爷去世较早，可他们都没去自杀呀，既然能直面死亡，生命中还有什么迈不过的坎呢？对于沈思哲的父亲的自杀，奶奶事后回过头想，倒是不觉得特别意外，因为他就是那么忧郁，而自杀的一个重大原因就是忧郁。别看他也笑，特别是在家人面前或是学生面前，但若留心观察，就会发现它就要穿帮了。这明显是一种假笑，是皮笑肉不笑，脸笑心不笑。

先祖怎样，已经无从查证。纵观沈思哲的祖父、爷爷、父亲这三代，可以确定的是他们心肠都比较软，都很善良，性格中都带着浓郁的忧郁气质。为什么会这样？村里的人都认为是遗传，一种罕见的遗传。但沈思哲的奶奶不那么认为，她更相信是后来的环境导致他们那种忧郁。沈思哲的祖父小时候的情况她不清楚，不过沈思哲的爷爷和父亲他们小时候，特别是在童年时期，都是比较活泼快乐的，和平常人没什么区别，只是长大后就被忧郁笼罩了。经过一番琢磨，沈思哲的奶奶得出这样的结论：导致他们忧郁的原因是他们有很深的文化，他们无一例外都非常喜欢看书，以此途径更广泛地认识这个世界。随着他们慢慢长大，看的书渐渐增多，更深刻更全面地认识了这个世界后，心就开始变软，变得忧郁了。别看沈思哲的爷爷只是个农民，但家里的书籍、报纸、杂志囤满了院里的厢房，很多时间他都是待在厢房，伴书同眠。家事（当然是别人家的事）国事天下事，他事事都操碎了心，终于练就一副悲天悯人的气质和胸怀。

所以当奶奶听到沈思哲的理想后，第一个念头就是不能让他再念书了，顶多把初中读完，脱离文盲就行了，这也遵守了国家九年义务教育政策。

中考成绩出来了，沈思哲作为那所中学唯一的学生考上了省城最好的高中。九月份开学报名时，奶奶把他送去少林寺习武。一路上，奶奶千叮万嘱，要他在少林寺舞刀弄枪，把身子锻炼结实，心肠磨炼坚硬，千万不要舞文弄墨，再去读书了。

奶奶的打算是，把武艺学好，以后出来可以做个保镖，要是跟着一个大领导那就威风了。即使做不了保镖，做个保安也是妥妥的，毕竟现在城市不乏强盗混混流氓，许多企业都在招保安。虽说保安工资不高，没什么发展前途，但只要不再像沈思哲的祖辈那样去做好人，而是把挣来的钱留给自己花，这辈子糊个口还是不成问题的。

在少林寺三年学武期间，沈思哲非常刻苦用功，每次过年回去都拿着武术比赛的奖杯和奖状给奶奶看，奶奶用拐杖敲着沈思哲结实的身板，喜笑颜开。家里墙壁光秃秃的，以前挂着祖辈们获得的慈善证书或者有关好人的荣誉称号，因担心被沈思哲看到，早就被奶奶全部拿下来了，现在正好把沈思哲的奖状贴上去。

不过沈思哲有件事瞒了奶奶，他实在不忍伤奶奶的心。那就是沈思哲在学好武功的同时，不忘记文化知识的学习，甚至在学文方面花费的精力还多于习武。三年时光，他不仅自学完成了高中课程，还把大学的基础课程也学得很扎实。他一直不敢跟奶奶说。

跟别人一样，沈思哲也会情窦初开，他也有过恋爱的经历，不过那是暗恋。对方是邻村的一位女孩，他们在一起读过初中。当沈思哲从少林寺学艺归来，再次遇见她时，终于按捺不住，鼓起勇气向她表白。女孩说，思哲同学，你是个好人，应该有更好的追求。

沈思哲明白这是拒绝。女孩说他是个好人，他很是惭愧。他并不赞同这样的说法。尽管做个好人是他的理想，但目前看来，理想不是在前面向他招手，而是跟他遥遥相隔，别说做个好人，就是好事也没做多少。

十八岁那年，他来到省城找工作。保镖的职位找了几天没找到，手里的钱快用完了，于是就在一家名为“伤心天使”的大型企业当上了保安。虽然工资不高，但挺轻松，一般都是些收发快递，跑跑腿的事，光天化日之下也没什么歹徒来行不法之事，他的武功其实派不上什么用场。没多久，领导把他调到门卫处值夜班，说他年纪轻轻，身强力壮，熬得住夜，白班的工作让年纪大的保安去干吧。他发现保安都不愿值夜班，说是长夜漫漫太难熬，既不能躺着睡觉，也不能坐着打麻将，还找不到什么人说话，比坐牢还痛苦。不过沈思哲和其他保安不一样，即便不为别人考虑，他也乐意值夜班。他一直没有忘记文化知识的学习，而夜深人静看书的效果最好了。并且值夜班的保安，按照企业相关规定，只需要不定时在院里巡查三五遍就够了，这花不了多少时间，可以让他有充分的时间在夜晚看书。

在当保安期间，他精力充沛，每天只需要睡四个小时，一般是上午两个小时，下午两个小时，用在值夜班巡逻的时间约三个小时，再除去吃喝拉撒一个小时，这样每天可用于看书学习的时间达到了十六个小时。当然，真正用于学习的时间没那么多，连续这么长时间学习，效果会打折扣，他需要劳逸结合。学得累了，他就舒展活动一下筋骨，将以前所学的武艺在月光下对着自己的影子一起练习。晚上饿时，就拿出白天没吃完的馒头，坐在门卫室的书桌前，一边啃书本一边啃馒头。

门卫室一位保安大叔见沈思哲整天都在看书，摇头叹气，好心劝他要像别人那样多出去玩耍，不要太边缘化被这个世界抛弃了。沈思哲说，除了看书，我现在没心思做其他事了，我也没什么其他的兴趣爱好。保安大叔说，那至少去找个女朋友呀，以后总要结婚成家的。沈思哲神秘一笑，又去看他的书了。

在这三年多期间，沈思哲读了不少专业方面的书，他读书越读越快，书被他越读越薄。他汲取的都是跟经济打交道需要用到的知识，比如会计、法律、金融、经济、管理等。通过自学和自考，他拿到了经济学和法学双学位，并且获得了许多高级职称。这让别人都刮目相看，吃惊不已。这样的人才，怎么能再让他当保安呢？他升职很快，一方面是他的证书吓人，关键还是他能将看起来很复杂的理论化解为很简单的道理并恰到好处地运用到实践中，让企业的运营效率和效果显著提升。

村里的人都为他感到骄傲。奶奶本来是不希望他读书也没让他读书，且将家里祖辈们留传下来的书都捐了出去，送他去学武。可是奶奶发现即使这样苦心安排，沈思哲仍然要走祖辈那样的路，奶奶这才相信不是环境的原因了，就是村里人老早说过的遗传。不过沈思哲与祖辈们不同的是，他对待家里人不那么苛刻，不像他的祖辈那样非要把自己的家搞得拮据起来，直到捉襟见肘、难以为继才舍得缓缓。沈思哲至少保证家人达到了普通人的生活水平，这让奶奶很欣慰。奶奶从来也没期望沈思哲给家人带来富裕的生活，当初安排他去学武艺当保安，谁都知道保安再怎么干，也不可能飞黄腾达，收入只够过一种普通俭朴的生活。现在沈思哲没当保安当上经理了，本可以过上宽裕的生活，但还是染上了祖辈们的习性，老是援助有困难的人。不过能让自己的家维持普通家庭的生活水平，这就够了。有得就会有失，奶奶懂得这个道理，奶奶知足了。

奶奶张罗着要给他找对象。以前大家听说他只读了个初中，跑去少林寺学武，是个习武之人，年纪轻轻就去当保安，不怎么好帮他介绍对象。现在沈思哲当上了大型企业的高级经理，那就完全不一样了，一些人主动找上门来，向奶奶求亲，奶奶乐得合不拢嘴。

沈思哲跟奶奶说，成亲的事先缓缓吧，城里人结婚都是比较晚的，我现在还很年轻，正处于奔事业的关键时期，暂时不适宜花精力去忙终身大事。奶奶一想，事业做大了，就更好找对象了，也就不催他了。

两年后，沈思哲担任了企业的“一把手”。虽然这个企业重大事项历来都是由领导们集体决策，但由于他能力太强，经济、管理、财务、法律等方面的事他都非常专业，对企业内部及外部各种环境也都了如指掌，对持不同意见的人，他都能将其辩驳得哑口无言，心服口服。因此企业的大事都是由他做主，这让他更好地去施展自己的抱负。

奶奶年纪大了，身体一日不如一日，她急着想抱孙子，可沈思哲还没找对象哩。奶奶等不了，催了起来。沈思哲想了想，答应奶奶尽快结婚。沈思哲联系了个媒人，请她帮忙物色物色。

很快，媒人过来了，说是物色了一个，人挺善良，也很温柔。她家离你们村不远，以前常去你们村打井水，你奶奶见过，对她印象不错。只不过，她是农村女孩，没读什么书，缺点文化，这方面可能和你……

沈思哲摆摆手，说，文化不重要，其实我也只是个初中生，你帮忙约个时间，我抽空回去相亲试试，成了的话就把这事定了。

抽了一个周日，沈思哲从省城回老家相亲了。

女孩看到沈思哲，有些吃惊，说：“你好年轻呀，看起来比实际年龄还小很多呢，听说你在省城当大型企业的老总，管着几千人哩，真不知道你是怎么做到的?”

沈思哲脸有点红，低着头想了会儿，说：“哎，我跟你实话实说吧，别看我现在当了老总，工资挺高的，但我的钱大部分都要拿去帮别人，做个好人是我的理想，同时我在外面会很忙的。我觉得你挺善良，你应该能理解我的这些行为吧。如果你愿意的话，咱们结婚后，经济支配及我的事业方面你得由着我，我只能保证家里过上衣食无忧的简朴生活。”

女孩笑着说：“你说的我能理解，我才疏学浅，帮不了你什么忙，只能在身后默默支持你了。另外，我不叫哎，你即便在外面忙得晕头转向，也要记住我的名字，我叫柳玉兰。”

沈思哲也笑了起来。

就这样，由奶奶择了一个吉日，他们在村里举办了一场简单甚至令人觉得寒酸的婚礼。

终身大事完成了，奶奶心里的石头落了地，沈思哲也舒了口气，他全心全意投入到企业经营管理中。在他任老总的三年期间，企业员工从三千多人发展到三万人。发展这么快简直是个奇迹，上级机构派专家团来调研，以便吸收总结经验成果向其他企业推广。专家们先是看了企业财务报表，发现企业的营业收入是成倍增长，不过利润的增长比较缓慢，尽管也领先同行业，但同营业收入的增长明显不成比例。专家们再到各部门车间现场考察，发现这个企业人员太多了，有些人闲着没事干，不少人还分配在这个城市各处当起了义工。经过测算分析，这个企业维持现在的营业规模和增长速度一万多人就够了，居然聘请了三万人。当然，富余人员都是沈思哲想方设法从四面八方甚至天涯海角搜寻到的特困户。专家们一个个都目瞪口呆，这简直就是把追逐利润的企业做成了难民大家庭。再看沈思哲的表情，他居然在笑。是的，没看错，他还在笑。就像一个小孩子做了一件让大人不可思议无法理解的事情后，说，看，我做得还行吧。

上级领导听完专家们的汇报后，要求裁员，沈思哲顶住了压力。沈思哲的原则是，只要员工进了这个企业，就不应该将他辞退，除非犯罪被判刑。就是有员工违背了严重的公共道德，他也给别人改过自新的机会。在他任老总期间，没人犯罪，因此也就没人被辞退。现在要他裁员，他无法接受，坚决不干，回复上级，说裁员必须先裁我。可能是他的态度强硬，也可能是企业的发展及各项经济指标还能达到上级的期望，裁员的事也就不了了之了。不过好景不长。两年后，新任上级考虑现在总体经济增长缓慢，预计集团公司下年度销售目标和利润目标的完成有难度。在下年度目标预计完成分析会上，上级领导们把眼光放在他所在的公司。他被叫到上级领导会议室里。领导说，上次专家们考察回来，报告你们公司人员太多，成本开支太大，本来是要给你们公司裁员的，一直没执行是相信你能利用好那些人，把业务做得更精细更庞大。现在整个集团明年目标的完成遇到了困难，你看看，这是给你公司下达的销售和利润任务，完成了，用那么多人还说得过去，没完成的话，我们会派人去专门执行裁员计划。

目标责任状上的销售任务是在原来基础上增长百分之五十，利润要求翻一番。

进会议室之前他就把情况摸清楚了，没有丝毫讨价还价的余地，他只得在责任状上签字。

回到公司，他先是开了一个全体员工的动员大会，会上他宣布了明年的销售和利润目标，大家听了，都有些泄气。咬紧牙关，销售任务拼一拼还有可能实现，利润呢？就不是拼一拼那么简单了。

看到这种情形，他号召管理人员奔赴在销售一线，动用各种关系和资源，争取为公司多卖产品，哪怕是多卖一盒。同时为了节省成本支出，所有的基层干部减薪百分之二十，中层干部减薪百分之三十，高层干部减薪百分之五十，至于他本人，将不再从公司领取报酬。对于广大普通员工，他没给他们负担或要求，只是给他们信心与希望。

会后，有员工代表找他，提出在这艰难时期，广大普通员工也应该减薪，毕竟普通员工基数大，也可以减出一大笔开支，并且这也是绝大多数员工的提议。他挠着脑袋，摇了摇头，说，还使不得呀，头发长的才需要剪，头发短的，再去剪的话岂不是光了？

新的一年带来新的气象，本来以前就不像个公司，现在更离谱了。

小余是公司一名普通员工，虽然文化程度不高，却内心敏感，勤奋好学。他喜欢将工作中所遇到的问题和解决方法记录在一个本子上，认为这样可以更好地积累工作经验。这一年里，发生的事让他匪夷所思，他把它们一一记录下来。下面截取的是他的记录片段：

我以前觉得自己知道公司是个什么样的组织，现在，这个公司发生的一切，颠覆了我的认知，让我又糊涂了。不过，我没再想这个问题，因为这不重要了。重要的是，公司存在的意义是什么？

不得不承认，伤心天使公司不是一个强大的公司，你在世界五百强上看不到它的身影。但是，不可否认，它是一家伟大的公司。有哪个公司，包括“一把手”在内的许多管理者都随着业务员去外面开发客户跑业务？有哪个公司，在没有管理者的情况下员工仍然用心工作？有哪个公司，员工发自内心要求减薪？有哪个公司，团结得不分彼此？

也许经过这样惊心动魄的努力，仍然完不成上级下达的任务，包括我在内的一些没文化的人会被裁掉，可这都不重要了。在经历一些事后，原来你觉得很重要的事变得无所谓了。人的一生，能够经历多少这样的事呢？作为公司的一员，我感觉自己在跨越时代，跨越历史，我激动，我自豪。

最后，我想谈谈不在乎学历、把我招来公司上班的沈总。他给我们这些普通员工做过培训，他的培训，从不给别人灌输什么，总是鼓励别人帮助别人打开新的天地。不想给别人施加影响的人，却深深地影响了这个公司，让这个公司变得开明自由。尽管沈总让这家公司伟大，可我觉得他不应该做管理者。

新调来分管人力资源的副总裁程总也是这么认为，他觉得沈思哲不应该管理公司，他这样说当然不是怀疑沈思哲的管理水平，而是认为他更适合去从事教育事业，这样能影响更多的人，对社会更有价值。尽管沈思哲向来提倡要控制自己，尽量不要去影响别人，让别人自由成长，可这毕竟是个理想。

其实程总最近也不好过，愧疚经常占据着他的心灵，他从没像现在这样觉得自己是个无用的人。确实，公司人已经够多了，不需要招聘了，每个人都很自觉，努力把工作做好，不需要激励了。以前他认为，人力资源就是花最小的代价发挥员工最大的价值。说起来简单，可真正做到的又有几个公司呢？人都是有欲望有情绪的，光是协调平衡就很费劲了。每天开这样那样的培训会，说是取得了进步，其实只不过是自我安慰，工作就那么按部就班地进行。现在倒好，把原来的程序打乱了，以前千方百计想达到的目标，现在自己什么都不用干就完成了。用不着再向员工施加胡萝卜或大棒了，他在公司里面已经起不到作用了。

在办公室干坐几天，实在是过意不去，程总打了一通电话，夹着个包，也跑出去拉业务了。

这一年，公司上下齐心，合众为一，朝着目标拼搏，简直就是一个理想的公司。可世界呢？世界并不理想。最终，公司完成了销售目标，利润目标未完成。裁人计划势必执行。本来，公司员工准备掏出积蓄集资成立一个机构，以高价购买公司产品，这样可以帮助公司完成利润目标。沈思哲不同意。他明白，员工能做到这个份上，对于裁员已经不在乎了，这么做是在为他着想。裁员先裁己，沈思哲离开了公司。

第十六章　22: 00

离职后的沈思哲不愁找不到工作，他在原来的企业任老总期间，就有不少更加强大的企业高薪挖他去当老总，都被他拒绝了。但奇怪的是，现在都知道沈思哲离职了，却没人请他当老总，都是请他担任其他高级职位，但因为不是企业的“一把手”，他没去。很快他就明白，没企业会让他当“一把手”了，尽管他博学多才，管理能力在企业界很有名气，但更使他出名的是他把一个只需要一万多人的企业搞到了三万人，哪个企业还敢请他呢？

不到一个月，上级派人游说他，邀请他做企业顾问，不列入在岗人员编制，不用去企业上班，在企业遇到什么难题向他咨询时，提供建议对策就行，薪水在原来的基础上翻番。沈思哲没答应。来人思索了一下，说，我觉得你应该答应，你想想，你当了顾问，裁员时肯定会考虑你的想法，对家庭严重困难的会给予照顾，你不去当顾问，那你该知道是怎么个裁法了。沈思哲当然知道，若他不去做顾问，那些老实巴交，没知识没关系没演技又不善于跑门路的肯定会先挂掉，而通常这些人又是最穷的。于是沈思哲就当了这个企业的顾问。

当顾问期间，他为企业解决了不少难题，他发现自己做顾问可能更合适，这让他在工作上花不了多少精力，使他有更多时间去行善或读书。没错，学无止境，尽管他的知识及能力得到了企业界的认可，但他还在不停地学习，只是没有再去考文凭或证书了。因为他感兴趣的是知识，而不是文凭证书，以前攻读学位、考高级职称都是为了找份好工作多挣点钱，现在不需要了。

确实，现在的情形是好工作到处在找他，他都快抵挡不住了。许多有名的企业都愿意高薪聘请他当顾问。因为经济、金融、管理、法理等方面的道道都被他摸得一清二楚，仿佛都已经看穿了——当发现这方面的书籍都没再提出什么有价值的理论，而是不断地制造名词，变换着花样去同语反复时，他就没去看那些专家大师们写的理论书籍了。

光是有理论还不能让别人信服，重要的是他还能触类旁通，学以致用。他分别担任了多家大型企业的财务顾问、法律顾问、经济顾问、策划顾问、运营顾问、培训顾问等。他善于分析问题，能从纷繁复杂的情境或形势中厘清思路，抓住要领，做出判断，提出巧妙且恰当的解决办法。那时流行“大企业病”，谁都能闭着眼睛，针对此病谈出些道道来，可谁又能结合企业的实际情况和内外环境，开出最适合治疗此病的良方呢？沈思哲就能。经常出现这样的情况，一些老板或老总向他咨询企业问题解决方法，还只开了个头，他就知道是什么问题了，等说到中间，他就归纳出重点做好研判了，问题还没说完，他就结合实践找到可行的对策了。许多濒临破产的大企业在执行了他制订的重组计划后都起死回生。因此他在企业界的名气越来越大，收入也越来越高。和他的祖辈们一样，他不抽烟，不喝酒，不打牌，不娱乐，在物质生活上除了简单的三餐一宿外，别无所求。他的收入基本上都用于帮助贫困的人。作为顾问，他工作时间很自由，这也让他有不少时间去行善事，做好人。

在他年富力强时期，最多担任了十八家企业的顾问，这还只是固定的，偶尔他还充当一些危急企业的临时顾问。尽管收入可观，但渐感力不从心，再说他的主要任务还是做慈善，不想把过多精力放在企业问题的解决上，正当他想辞掉一些企业的顾问时，又来了不少企业的大老板请他做顾问。他摇摇头，实在没时间了。老板们都说只需要挂个顾问的头衔，保证什么事都不打扰他，因为他在企业界太有名气了，挂个名也可以给企业带来不少好处，尽管他只是个打工仔。他还是摇摇头，这种务虚的事他是不会做的。他的理想是做个好人，尽管这需要钱，可他也明白自己再怎么挣也只是杯水车薪，何况达到一定程度后，钱对慈善的效果起不到太大的作用，他想花精力去让慈善更有效果，所以实在是没时间去帮那些企业了。

他获得过许多奖项和荣誉称号，比如经济贡献奖、管理杰出奖、最佳企业顾问奖、经济风云人物、策划大师等，但有一类奖他从不接受，尽管他一生都在为此努力，世人也认为非他莫属，那就是慈善方面的奖项。倒不是沈思哲矫情，要说其他的奖颁给他，比如经济、管理、法律、金融方面的奖项，他都是来者不拒，欣然接受的。至于这种奖，沈思哲认为自己还不配。不可否认他做了许多好事，但总觉得离自己的理想还有非常大的差距。再说，和自己的祖辈们比起来，也是有所不如。虽然沈思哲的天赋和能力比祖辈们都要强，沈思哲帮助的人口和捐赠的钱财，祖辈们加起来也不如，但从好人这方面来看，沈思哲认为自己没有达到祖辈们的境界。

今时不同往日，好多企业要请他去当“一把手”，以前他把企业搞成难民营的事大家也不再计较了。可他都谢绝了。他总是对别人说，其实我感觉自己不适合管理企业。

可是你对管理很在行啊，这么多管理专业奖项可不是白拿的。别人不相信。

怎么说呢，在管理手段方面，我是知道一点，可是在理念上，我和这个时代企业管理者应有的理念有所冲突。作为一个管理者，首先是要提高企业价值，为股东谋取利益最大化。可我总觉得这样不合适，当然，从诚信来看，是要维护股东的利益，可是作为一个企业，还有很多其他关系和利益，有时候我真不知道该何去何从。

管理专家不适合管理企业，这是他的悲哀还是这个时代的悲哀呢?

和祖辈们不同的是，沈思哲不仅在经济上支援贫困的人，他还路见不平，拔刀相助。不过，也可能沈思哲的祖辈也想过行侠仗义，甚至做过这方面的事，但由于他们身子先天都比较孱弱，后天也缺乏身体机能的锻炼，可能没什么好的结果，因此没有这方面的事迹流传下来。沈思哲就不同了，他长得壮实，初中一念完就被奶奶送到少林寺学武，所谓艺高人胆大，几次在公共场所碰到歹徒犯罪都让他给制服或者打跑了。当然，他也受过伤，毕竟歹徒的刀枪无眼，而少林寺的什么金刚不坏神功、大力金刚指等绝技早已失传，他在少林寺尽管非常认真地练武，也只学到了一些散打、擒拿的功夫，使自己的身手灵活了些，力气练大了些，身板练硬了些。什么内力、罡气、轻功、狮子吼，根本没有。

最惊险的一次要算是搏斗持枪的歹徒了。那次他乘坐客车去另一个城市出席慈善会议，半路上遇到歹徒持枪抢劫。为了公共安全，沈思哲当时并未出头，而是等歹徒走后，趁着夜色，尾随而至，扑了过去。搏斗中，枪响了，一粒子弹擦着他的脸庞飞过，惊险得像在拍电影。沈思哲用力朝歹徒的手上一咬，歹徒手中的枪掉了下来，两人陷入肉搏战。对方没有家伙，沈思哲就放心了，赤手空拳单挑，除了少林寺的铜人打不过外，他还没怕过谁。这不，没两下，歹徒就被打败了。

自那件事传开后，他有了个外号：“沈捕快”。后来因口语习惯变化，许多两个字的称号都简化为一个字了，别人叫他“沈捕”，再后来又逮住几个不法之徒后，“沈捕”也就顺理成章地变为“神捕”了。

这些年，沈思哲一直在打听找寻自己的母亲，不过都没什么结果，沈思哲对此很遗憾。山不转路转，主动找没找到，倒是有一位五十多岁、饱经沧桑的妇女找到沈思哲，说是他的母亲。但她只知道沈思哲和他父亲的名字，其他关于沈思哲这个家庭的事一概不知，她说她在外面漂泊流浪，受过惊吓有些失忆了。沈思哲有自己母亲年轻时的相片，尽管他觉得此人和相片上的母亲差别很大，但考虑到岁月是把杀猪刀，容貌发生这么大的变化也是有可能的。在大家都很怀疑甚至认为是冒充的情况下，沈思哲还是把她当作自己的母亲赡养着。这位母亲来了没多久，趁家里没人时又离家出走了，至今杳无音信，不过这次是把沈思哲家里的现金及贵重物品都带走了。其实家里现金真没多少，因为沈思哲要做好人，他的钱都在别人那里。至于贵重物品，一部分是他获得的奖品，一部分是朋友送的纪念品。

沈思哲这才承认那人不是自己的母亲，母亲不会这么做的。沈思哲听奶奶说过，以前母亲离家出走时，只带走了自己的随身衣物。别人都建议沈思哲报警，把骗子绳之以法。沈思哲摇了摇头，坚定地说，她肯定是遇到了什么困难，不然她是不会骗我的，我看人是不会有错的，钱财在我这里发挥不了什么作用，她拿去救急也好。

其实，他还想说的是，很伤心我没有足够的能力，不然全世界贫困的女人，我都愿意当作母亲赡养。

他没有说出来，因为第一句话已经让别人叹气了。

在他结婚后，奶奶急着抱孙子，可他总是借故拖延。两年后奶奶去世了，临终前捏着沈思哲的手，用尽最后的力气说，答应我，早点和媳妇生个孩子，一定要给沈家留个后。沈思哲流着泪，点了点头，奶奶含笑而逝。

沈思哲又没有听奶奶的话，他还是迟迟不要小孩。这样又过了两年，妻子长期一人在家觉得寂寞，也想要个小孩了。沈思哲要去孤儿院领养小孩，妻子不同意，要自己生。沈思哲摇了摇头，说生孩子太痛了，他不忍心看妻子受那么大的罪。

后来，妻子有了小孩，不过不是他的小孩。

对此，沈思哲很愧疚。他和妻子进行了一次亲切友好的商谈，他先承认是自己对这个家庭没尽到责任，事情到了这一步，就要做出选择。他把选择的权利给了妻子。妻子可以选择继续跟他一起生活，他会照顾妻子和这个孩子；妻子也可以选择其他，那样的话沈思哲祝福他们，在办好离婚手续后他将把房子及仅有的一点家庭存款都留给妻子。妻子想了想，选择了离婚，但是不肯要房子和存款。沈思哲劝说，现在这个社会，没钱会受不少委屈，再说城里养个孩子花费挺大的，孩子以后求学深造，要花不少钱，为孩子考虑，你还是收下吧。你也知道，我是不在乎这些东西的。将这个世界上的钱财合法地弄进自己的腰包，在技术操作层面上，对我来说是易如反掌，只要我愿意，很快就可以成为富翁。听沈思哲这么说，妻子就接受了。

他所任职顾问的企业和想请他当顾问的企业听说他没房子后，都准备好舒适套房甚至别墅请他居住，他一一谢绝了，他在僻静的郊区租了一间廉价的单身宿舍住下。知道沈思哲离婚了，尽管他净身出户，还是有不少女人想要嫁给他，还有一些达官贵人要给他牵红线。在不胜其扰后，沈思哲只好公开宣布，他这辈子不会和别人结婚了，希望大家以后不要打扰他。大家很失望，非要问个为什么。他说，他不想害别人。

大家只好叹气。

沈思哲离婚后，忙于慈善事业的同时，在那个狭窄、寂静的小屋里，抽时间又看了不少书，都是人文及科学方面的书籍。

在一次慈善会上，他做了有关慈善的演说。在回答问题的时候，有一位学者针对他的演说表示了不同意见。学者说，你忽视了经济效率，不考虑经济效率的行动只是瞎起劲，最近百年，世界的进步比以前几千年加起来都大，就是效率提升的结果。他准备反驳学者的意见，在他看来，判断世界是否进步，要看一个心中充满爱的人的伤心程度。可是想想又放弃了，这辩论不出个结果来的，最后只会成为信仰之争。可台下许多人都看着他呢，他总要说点什么吧。他想讲个关于猴子的笑话，可说出来的却是：有两种感觉时刻占据着我的心灵，一是怜悯，一是荒谬，前者让我想哭，后者让我想笑。说完这句话，他低着头，神情黯然离开了会场。

这样子答非所问，观众们有些莫名其妙。

从那以后，他发现自己很难在公共场合发表演说了，不知道说什么，就连获奖感言，他也没有了。参加公众活动，他都提前和举办方声明，不会发表任何讲话。

就是有一次，他从省长手里领奖后正准备下台，也许是举办方没声明，也许是省长忽视了，省长居然说，欢迎思哲同志给我们演讲，说完笑着鼓起掌来。他愣住了，他如果下了台，那省长就很难下台了。他没办法，只好走到话筒前，低着头，沉默半分钟后，断断续续地说：今天，今天，今天天气很好，希望，希望，希望大家的心情也好。说完他就抱抱拳下台了。观众们愣了一下，鼓起掌来。

事后居然有人评价，说他的演讲已经到了返璞归真的最高境界。

妻子和他离婚后，不知什么原因，并没有嫁人，独自一人抚养孩子。由于文化程度不高，在这城市只能找最低工资标准的工作，虽然目前生活还能维持，但孩子长大后的花费难以负担。

一个傍晚，在菜市场，沈思哲遇见前妻，她一手牵着小女孩，一手提着装满蔬菜的袋子。沈思哲走上前跟她打了个招呼。前妻说：“你也在买菜呀?”

“嗯，傍晚的菜便宜。”沈思哲说。两人相视一笑。

沈思哲把小孩抱了起来，说：“好可爱的娃，我喜欢女孩。你叫什么名字呀?”小孩说叫柳姗姗。

沈思哲和小孩玩耍，很快就打成一片了。

前妻说：“你现在身体还好吧，别只顾着工作呀。”

“你知道我有胃病，一直都在吃药。可你走后，没人提醒，工作一忙就忘记了，导致病情加重住院了。本来就觉得时间不够用，许多时间又在医院白白浪费了，亏大了。”

前妻说：“身体要紧，你应该请个保姆的。”

“请保姆要花钱呀，哪像你，你照顾我都是免费的，我们复婚吧。”

又对小孩说：“姗姗，我做你爸爸好不好?”

说着拾起旁边一块砖头，左手握紧，右掌一挥，将砖头劈成两半。

小孩拍着手雀跃欢呼：“好啊好啊，妈妈，这个爸爸不简单，他是超人。”

于是，沈思哲和柳玉兰又走到了一起，共同抚养柳姗姗。

没多久，沈思哲跟妻子商量：“一个也是养，两个也是养，为什么不多养几个孩子呢？这样也免得姗姗孤单。”

妻子笑着说：“你要帮就帮吧，除了你生活起居方面的事我做主外，其他事你拿主意。”

听妻子这么说，沈思哲时不时就从外面抱个孤儿回家抚养，陆陆续续总共领养了八个。沈思哲说这些孩子都有悲惨的经历，好好教导培养，以后会有出息的。这么多孩子妻子一个人哪照料得过来，沈思哲也忙，只能偶尔照看一下，于是就请保姆。最多的时候家里请了七个保姆。本来最开始只有一个的，其实一个就够了。可由于经济不景气，一些人员下岗失去工作，导致家庭生活非常困难，沈思哲见到或知道了就想着给他们提供一些帮助。一部分他帮忙安排到了工作，有一部分没什么文化和技能，实在不好安排，就给予经济支援，但有的人总是不肯收，可不收的话家庭只会越来越困难，沈思哲实在看不下去了，就聘请她们来家里当保姆。当然，他住的房子并不大，容不下那么多人，只能让保姆们轮流来上班。

一个中秋的夜晚，沈思哲给孩子们辅导完功课后，突然心中一动，初中时关于理想的那一幕情景又浮现在眼前。沈思哲对孩子们说，你们好好想想，长大了想干吗？孩子们有的说是当作家，有的说是当音乐家，有的说是当科学家，有的说是当数学家……沈思哲抚摸着孩子们的脑袋瓜子，含着笑不住点头。

这些孩子都很争气，一个个比着把奖品奖状往家拿，说是要向爸爸学习。至于他获得的奖项，可谓五花八门。管理、经济、教育方面的奖就不屑说了，还有电影和写作方面的奖项，神奇吧。他也不知道怎么会得这样的奖，他也不是为着奖项而作，他是因慈善而作的。他也不知道写作和编剧的技巧，只是有感而发，没想到受到评论界的一致好评。一次，何总给他来电："基于你这一年来对社会的贡献，我们想给你颁一个奖。"

"你们要给我颁什么奖?"

"像你以前领的那些奖，就叫管理创新奖吧。"

"你们是商业公司，不适合颁这样的专业奖项吧。"

何总愣住了，沈思哲获得过很多奖，可这些奖都是专业方面的奖项，他们哪有资格颁发呢？不过何总也不是吃素的，眉头一皱，计上心来，说："我们给你颁个最佳言论奖，这总可以吧。"

"可我这几年没发表任何言论了啊。"

这一说倒是提醒了何总，虽然他以前语出惊人，但现在都没在公共场合发表言论了。

于是何总就问他："那我们可以给你颁发什么奖呢？"

他反问："你们为什么要给我颁奖呢？"

何总说："我们新盖了一座商业中心，一个月后要举行庆典仪式，为拉动商业效应，举办了颁奖活动，我们很敬重你，非常期待你能接受我们的奖项，而且颁给你的是特等奖，奖金有五百万元。"

他说："你们颁不了专业方面的奖呀，还是算了吧，你们的好意我很感激。"

何总说："我想起来了，你的理想是做个好人，这是多么崇高的理想啊，我们可以给你颁个最佳理想奖。这个奖我们总有资格去颁发吧。"

"我感觉这有些儿戏，我无法接受。"

何总不死心，"我们知道你一心向善，只会嫌钱少，不会嫌钱多的，你接受这个奖，把获得的奖金捐给需要的人，这不是皆大欢喜吗？"

"很抱歉，我不同意，谢谢你们的好意。"

就这样，他和最佳理想奖擦肩而过了。

为了理想，孩子们都很努力，长大后，在各自钻研的领域颇有建树。每次他们回来，沈思哲就会像他们小时候那样，乖乖坐在院里的板凳上，认真听他们在台前讲解各自的专业知识。仿佛往日时光重现，场景和人物都没变，只是那时是他在台前讲，孩子们在台下听。最让他惊叹的是小女儿了，特别爱哭的一个人，谁能想到，娇柔可爱的她，长大后居然成了杰出的物理学家，在最前沿的诸多领域硕果累累。

"爸爸，您相信有外星人吗？"一次给沈思哲讲解宇宙方面的知识后，小女儿问他。

他说："小时候，我也问过我奶奶这样的问题。她说，当然有外星人啊，你就是从外星来的，只是你现在体会不到罢了。在你以后人生的路上，你会发现自己是那么与众不同，有时候会受到一些委屈，得不到别人的理解，甚至在一些你认为很简单很清楚的事情上都得不到别人的认同，那时你就会明白自己是外星人了。奶奶的话也许是安慰，不过我相信是存在外星人的。”

“我也相信存在外星人，这是我在知识探索中形成的一种直觉。”

“真没想到，你居然成了物理学家，研究最前沿问题。许多人认为，那个领域只有男子才能涉足，谁说女子不如男?”沈思哲感叹。

“爸爸，以前您问我们理想时，我那时就说过自己的理想是科学家啊，现在真的当上科学家，这没什么奇怪的。我知道，您的理想是做个好人，这个理想无论对男人还是对女人来说，都非常艰难呀。”

“这其实算不上理想，这里面存在着矛盾。什么是好人？我现在也不知道了，至于要做到怎样才算是达到了理想，更是不确定。在别人都觉得你的理想快达到甚至已经实现了的时候，你只会觉得离自己的理想越来越远。”

“那您认为怎么样才算是达成了自己的理想呢?”

“只要世界上存在好坏善恶的区分，我的理想就无法实现，除非世界没有好坏善恶。”

小女儿笑着说：“这真有趣，做个好人的理想，实现起来却是消除好坏，不过仔细想想还是很有道理。可没有好坏善恶的世界又是一个什么样的世界呢?”

“我不知道，也许那根本就不是个世界，我只是针对理想的实现谈到了这个条件，这个条件很奇怪，所以我觉得自己的理想不能算是理想。”

“也许它就是个理想，是真正的理想。”小女儿竖起拇指说。

“还是你的理想好，有明确的标准，也能给世界带来巨大价值，这个世界需要的是你这样的理想。”

“我会一直努力，去探索宇宙各种奥秘，有了新发现，咱们一起分享。”小女儿说。

“我很期待两件事，一是发现外星人的存在，一是四种相互作用的大统一理论完成。你是干这行的，对这两件事的进展非常清楚，有朝一日有了结果，一定要在第一时间告诉我，即使我不在了，你在心里对我说，我也会感受到的。”

小女儿伸出小指头，沈思哲会心一笑，也伸出小指头，两个小指头勾在一起，就是约定。

怀着一颗善良的心，沈思哲做的好事不计其数，为慈善事业呕心沥血操劳了近一生，发挥自己的才智显著提高了慈善的效果，将慈善事业做出国门，延伸到世界最贫苦的角落。尽管还只是星火，但他相信终会传承直至燎原。最终，他在慈善方面的名气盖过了在企业界的风头。尽管他从没接受慈善方面的奖项或称号，但人们一提起他，最先想到的是感动世界的慈善家，而不再是企业天才顾问了。世人的看法影响不了沈思哲的评价标准，当他年迈躺在床上回顾自己的一生时，他仍然认为没有实现自己的理想。是的，他很聪明，又异常勤奋，可在这个世界，为了活出自己的本性，还是感到如此艰难，令他唏嘘不已。

临终前，儿女们从世界各地赶回来围在沈思哲床前，悲伤不已。沈思哲笑了，这些儿女现在都已经成家立业，他们虽不是自己亲生的，但都非常孝顺，还像小时候那么乖。除了老三外，每个人都实现了自己的理想。老三虽然和小时候的理想有所出入，但世人都说他有出息，出入全球各种高级场合。沈思哲从小就注重对他们品德的培养，教导他们先做人再做事。秉承沈思哲的良好品行，所有儿女为人处世都很正派，受人信赖。重要的是，他们都不会做好人了，这是沈思哲最欣慰的。

只是，等会儿就要下去了，若是见到奶奶，没听她的话给沈家留后，该如何向她解释呢？

沈老讲完，将酒会推向了高潮。大家都很激动，觥筹交错，掌声不绝。郑老更是自斟自饮，连喝三杯，直呼痛快。平静下来后，最后轮到张三了。

第十七章　23: 00

回　忆

张　三

法尔来到山腰，看着下面的圆形盆地。盆地里有一座占地非常辽阔的立方体建筑物，像一间巨大的仓库，全部用钢材组装而成，没有窗户，看不到里面的情景。要不要进去看看呢？这是法尔这几天一直考虑的问题。他看到每天有四面八方的人进了里面，没一个人出来。人不可能长久停留在某个地方，除非迷失。思索再三，法尔最终决定，要去那间仓库看个究竟。

法尔是独自一人进去的，刚到仓库边缘，就听到婴儿的哭声，他循着哭声走去，在一个房间里看到一张床，上面躺着一个刚出世的男婴。婴儿全身上下皮肤都呈蓝色。婴儿睁开眼，注视着法尔，飞速成长。居然跳下床来，在后面推着法尔的腿，将法尔推去其他房间。每个房间都有着新奇的东西，法尔无比陶醉。有的摆放着奇珍异品，有的绽放着美丽的花朵，有的播放着美妙的音乐，有的发生着各种有趣的事……每当法尔在某个房间驻足停留久些，小蓝孩就会将他推向其他房间，其他房间又是更宽广更美妙的天地。一段时间后，小蓝孩力气越来越小了，小得法尔甚至可以摆脱那股推力了。终于，法尔挣脱了小蓝孩，想回到之前的房间，再去看看。可所有的房间突然都关闭了，法尔试了很多办法，都打不开房间的门。法尔只得悻悻离开仓库。

走了很久，法尔回到家乡，向村里的人讲他在仓库里的奇遇。村民们听了后，都说不错，建议他去村后讲。到了村后，法尔才发现，村里多了一群身穿制服的卫队，他们要在这里挑选合适的人去执行一项伟大任务。尽管他们说被挑选上是莫大荣誉，可村里的人都不相信，如果是好事，没必要派这么多全副武装的人过来。对此武装力量，村里的人无力抵抗，只希望自己不被选上。可法尔就不一样，他喜欢尝新，更想知道被选上后会干些什么事，他向卫队们讲他在外面的经历，证明他见多识广，希望能被他们选上，可卫队们拒绝了，不管他表现得多么具有合作奉献精神。

村里要举办一年一度的狂欢节，这次轮到甲统筹安排。当表演人员上场时，并没有众人期待的杂技、舞蹈、音乐等场景。他们一个个失了魂，排成两个方队，指挥人员报数，一会儿左边的人移到右边，一会儿右边的人移到左边，维持着两个方队的动态平衡。众人不知就里，看得索然无味。事情不应该是这样的，大家去调查原因。问题出在甲身上。当明白表演人员被甲安排贴标签归好类，然后再被数据化做各种运算及统计时，众人相当震惊，问甲，你为什么要这么做呢？甲说，因为我是个会计啊。就这样，甲被卫队带去遥远的地方。

乙载誉归来，吸引了一群人的关注，他站在坡上，手舞足蹈，滔滔不绝，唾沫乱溅，大谈成功荣誉之道。大家纷纷鼓掌，激动不已，乙说什么，他们就听什么，乙走到哪，他们就跟到哪。就这样，乙和他的追随者都被卫队带走了。

有猎户来到丙家，要在附近设置一个陷阱网野兽。丙没搭理，由丙的儿子接待。丙的儿子说，为了大家的安全，陷阱处要尽量远离我家，要做好措施，使得最不懂事的小孩，也不会去陷阱附近，即使去了，也绝不会掉进陷阱。猎户说，你家没小孩呀？丙的儿子说，不怕一万，就怕万一，你们做足准备总没错。陷阱布置后，不到一天，丙就掉了进去。他在陷阱里乱骂。众人闻声赶来。丙的儿子质问猎户为什么不做好安全措施。猎户说，陷阱旁边有注意的指示啊。丙的儿子摇了摇头。众人说，没用，丙走路都是只看天。猎户又说，我把陷阱设在最不起眼的偏僻小道，旁边都是风景迷人的大道，我怎么会想到有人走这样的道呢？丙的儿子直摇头。丙恼怒地说，大众走的路我才不屑于走呢，就是因为你们这些愚蠢的大众，才把这个世界搞得如此荒谬，没把野兽弄进陷阱却把人搞到了陷阱。就这样，丙也被卫队带走了。

丁一个人深居简出，少有一次出门，遇到村人，如同陌路，都没理睬。被怀疑得了痴呆，强制诊断后，发现是场误会。别人问他，你为什么不打声招呼呢？丁沉默良久，最后，口中喃喃说道，别人看不见我，我也看不见别人。就这样，丁也被卫队带走了。

法尔急死了，他想跟着去看看，可卫队们坚决不同意，也不说他们会被带到哪。法尔只好离开村，漫无目的去找他们，看看他们都在干嘛。

找了好久，都没找到，最后回到原来的山腰，看到了仓库，他突然想起什么，向仓库奔去。果然，村民们被带到了这里。除了村民，还有很多其他的人，所有的人都排成一列队，后面的人伸出两手，搭着前面人的肩膀。诡异的气氛令法尔有些难受。每个人皮肤上都印着标签，根据标签确定职责。所谓的职责，大致就是后面的人指导前面的人。而最前面的人，可以监督最后面的人，尽管他们看不到最后面的人。他们都面无表情，法尔在他们旁边做了很多滑稽动作，想逗乐他们，可是，那里的每个人都很严肃，维持着整齐的队形，不是他嬉皮笑脸无所事事能影响的。他突然想起，自己头上没有任何标签，如果插进去的话，他前面的那个人就无人指导，他后面的那个人就指导不了别人，这样会不会使他们乱套，进而破坏这个队形呢？可这里的气氛太让他难受了，站在队伍中更是折磨。他跑出仓库，按照自己的模样做了一副人体模型，将人体模型插在队伍中，然后跑到山腰，等着仓库里的人走出来。过了一会儿，果然有人陆陆续续从仓库走出来，法尔很高兴，他向他们呼唤招手，希望他们能到山上来。可很快，走出来的人都回到了仓库，不知道发生了什么变故。好久都没人出来后，法尔只好进仓库查看。

仓库里面没有队形，所有的人都在劳动，每人手持一把铁锹，在地上挖一个巨坑。他们叫法尔也帮忙挖，说是地下深处有很神奇的矿石，挖出来后，人的一生就安逸了，因为矿石想做什么就可以做什么。这显然是某人散布的谣言，可大家都干得很起劲，法尔也毫无办法。仓库里的气氛让他更难受了，他只好跑出来，登到山腰，望着仓库，寻思对策。不知过了多久，仓库里面传来阵阵喧闹争吵声，法尔又跑去看个究竟。原来挖断了某根管子，地下漏气了，气体将所有人的皮肤染成了红色，看起来都一样。原来在皮肤上印着的标签也没有了。没有了标签，大家都失了魂。法尔对他们说，这是好事啊，大家都一样了，就应该平等相处，还吵什么呢？可有的人谈到了自己优于他人的条件，如果一视同仁，对自己不公平。于是又吵了起来，然后分成几股势力要开展武力。法尔说，这是何必呢？你们不是想区分吗？我可以让你们每个人都区别开来。大家看着这个和他们都不同的人，居然相信了法尔的话。法尔将他们带到仓库边缘处的房间，很快，每个人都在那里找到了自己感兴趣的事物，再也没有争吵。

法尔最后来到山腰，松了口气。人们都从仓库出来，向着山上走来。大家都面露微笑，在山间唱歌跳舞。突然，一个沉思良久的人说了这么一句话：我觉得我们应该是蓝皮肤，怎么就成红皮肤了呢？这句话让不少人产生了共鸣。其中一个人已是泪流满面，法尔突然认出了他，他不正是村里的丁吗？法尔更是悲痛欲绝，双脚发软，跌跌撞撞从山腰滚了下去，不省人事。

醒来时，法尔发现自己躺在医院，失去了记忆，经过一段时间的治疗，也只能记起上述经历。他就靠着那一点点的回忆度日，那是他生活的全部。

“这么多天了，没有出现排斥，而是沉浸在那些回忆中，仿佛那些回忆中的事已与他的生命融为一体。您真是高明。”人文关怀基金会工作人员翻阅着法尔的生活报告，激动地说。

“过奖，我只是选择了合适的植入素材，关键是现在科技发展使得记忆的植入成为可能。”

“为什么以前植入的记忆都会排斥导致失败呢?”

“那些经历都是虚构的，当然会失败了。”

“可您现在植入的经历就真实吗?”

“为什么您会觉得不真实呢?”

“这，这很显然啊，它是那么荒谬。”

“可法尔能接受啊!”

“接受只是第一步，最重要的是能不能让法尔笑起来。他的一生很悲惨，在又脏又乱的环境里做苦力三十多年，导致他的一生充满恨。在一次事故中他失忆了，人文关怀基金投资这个项目，希望给他植入美好的回忆，让他笑起来。他不久将要离开人世，充满恨意或是带着一片空白离世，都是很残忍的。若不能拯救他的生命，那就拯救他的灵魂。”

“他会笑的，给人临终关怀，人就会笑着离开。”心理学博士笑着说。

法尔盯着身上各种生命探测仪器，靠着这些仪器和工作人员的悉心照料，他多活了一段时间。现在，死亡的脚步很近了，他的表情仍很平静。一次次回忆着那些往事。突然，一种很熟悉的感觉袭来，他知道他是谁了。他先是有些悲伤，不过，再次回想着那些被植入的记忆，想起心理学博士那副饱含深意的眼神，他突然明白了什么，他笑了，从他的嘴角开始，笑容慢慢爬到脸上，那一刻，他的心脏也停止了跳动。

他是含笑而逝的。

在随后举行的隆重宴会上，人文关怀基金会主席举起酒杯，激动地说：

“实验终于成功了，机器人和人类的差别又被缩小，无论人多么挑剔，我们都有办法制造出让他们满意的机器人。来，为法尔最后的笑容干杯。”

“什么？法尔是机器人?”

“哈哈，为著名心理学博士的不可思议再干一杯。”

酒席上的十一个人终于全部讲完。大家干了一杯，看着刘老，听他做总结陈述。

刘老说：“已经很晚了，总结就免了吧。今天的酒会非常精彩，大家的文章很有意义，我有个提议，大家回去后将各自的文章发我邮箱吧，我认识一位出版社的朋友，可以把今天的文章结集出版成一个册子，就叫《品酒论人生》，好不好?”

“这个主意不错，不光这一次，以后的酒会都可以像这样办下去。这次是《品酒论人生》的首期，以后聚会讨论的内容分期印出来留作纪念。”有人提议。

“行，下次大家有了准备，相信酒会上讨论的内容会更加精彩。下次酒会轮到谁主持了?”刘老问道。

张三说：“是我，到时候我会跟你们商量确定时间和地点。”

“现在很晚了，酒也喝得差不多了，我宣布散会，大家回家吧。”刘老说。

众人离席来到酒店门口，有的早就安排了人来接自己回家，有的打出租车，还有的步行离去。像往常一样，大家出了门，就是陌生人，各走各的路。

张三叫了出租车，夜已深，一路上畅通无阻，不到十分钟，就到了家门口。

回到家，正准备洗漱，八岁的女儿从房间走出来，问道：“爸爸，你今天怎么回来这么晚?”

“我下班后参加了一个聚会。你怎么还不睡呢?”

“我在画画，刚画完。”

“画的什么？给我看看。”

女儿把画给张三，画的中心是一个城堡，里面风景如画，可外面乌云密布，形似怪兽，露出狰狞的神情。

“为什么把外面画得这么可怕呢?”

“我不想离开你们，除了家，我哪也不想去。”

“可是，你迟早要走出去的呀，外面并不可怕，只是开始对你来说显得陌生，当你熟悉以后会发现外面的世界很精彩，不去体验太可惜了。”

“你看，”张三指着墙上挂着的一幅画对女儿说，“上面的景色不是很美吗?”

一座四面环水的小岛，岛上景色美不胜收，仿佛仙境，一抹朝阳从山谷间升上来，将水光山色渲染得无比神奇。

“嗯，确实很美，怎么我以前没发现呢？世界上真有这样的地方吗?”

“当然。”张三说。

“那我就愿意出去了。”女儿笑着说。

“告诉你一个秘密，我不敢出去，还有一个原因，就是怕你和妈妈见不到我，就不爱我了。”女儿凑过来小声说。

“不会的，绝对不会。”

“如果我出去了，你们也会爱我吗?”

“嗯，不管你去多远，都会一样爱你。”

“如果我去了很久，比如一天甚至一天一夜呢?”

“嗯，不管你去多久，都会一样爱你。”

“啊，爱真神奇，可以跨越时间和空间。”女儿拍着手笑着说。

“好长时间没看到妈妈了，她去哪了?”女儿问。

“她去探亲了。”

“为什么去了这么长时间呢?”

“亲戚们太好客了，想多留她一段时间。”

“你能让妈妈早点回来吗？我太想她了。”

“好的，我一会儿给她打电话。”

女儿又看了看墙上的画，然后回房休息了。

张三洗漱完毕，躺在床上，想了会儿，终于拨通了妻子的电话。

“怎么这么晚打电话?”妻子问。

“今天晚上参加聚会，刚回到家。”

“你又喝酒了？你身体不好，医生叮嘱多次了，不能喝酒，你怎么就是不听呢?”

“没关系，我已经很控制了，喝得不多，不会有事的。”

“我们还处于冷战期，我还奇怪你这么快就给我打电话，原来你是喝酒了。”

“是女儿让我打的，她叫你回家。”

“女儿早已不在了，你还是那么牵挂着她。”

“她一直都在，不在这个世界，却在我的世界。三岁时她会唱歌，四岁时她能跳舞，五岁时她学画画。她现在已经八岁，可以干更多的事了，我正在想她应该干什么呢。”

“唉，我以为我是最伤心的。这么多年，你始终走不出阴影。”

“是的，不过说阴影似乎又不恰当。”

“内心深处的想法谁又能真正明白呢？不说这些了。既然你主动给我打电话，虽说有喝酒的缘故，我还是很高兴，以前的事就既往不咎了，明天我就回家，晚餐给你做好吃的。已经很晚了，快休息吧，做个好梦。”

和妻子通完电话，张三躺在床上睡着了。

第十八章　00: 00

像往常那样来到公司大门口，门前的保安看起来很面生，他拦住了张三，说："今天公司不办公，里面在开会，不相干的人不得打扰。"

张三说："我就是公司员工，怎么不让我进去呢？原来的保安呢？他认识我的呀。"

保安说："原来的保安在里面开会。如果你不能证明自己和公司里面正在举行的会议有关，我就不能让你进去。"

张三想了想，说："你听到会议室传来掌声了吗？"

保安摇了摇头。

"这就对了，这说明会议还没开始，因为我没到，不符合规定开会人数，我要是不进去，会议就开不成了。"

保安笑了笑，让张三进去了。

张三来到办公大楼，发现大楼里面空荡荡的。更奇怪的是，大楼里面没电也没网，所有设备都停止运转，好像世界末日来临。

在死一般的寂静中，隐隐约约听到公司后院传来一些动静，张三飞奔去往公司后院。

后院聚集着一些公司员工，和张三都很熟，可是他们见到张三，并没有打招呼，每个人都很悲伤，说不出话来。原来，在这里临时搭起的大棚里，正在举行追悼会。

大棚外面摆放着不少花圈和挽联，大棚里面的灵柩上搁置着一具遗体，遗体被白布罩着，看不出死者的面目。

张三问信息部主任："这是首席执行官的追悼会吗？怎么布置得这么简陋呢？"

信息部主任双掌合十，低着头说："我猜也是，不过不能确定，我也是刚来，不过，不管是谁的追悼会，不管如何布置，我们都应该虔诚参加。"

办公室主任站在大棚门口，拿着话筒，清了清嗓子，发表悼念词：

今天，一个人在此长眠。他的一生，我们也许知道些什么，也许什么都不知道。但我们不管所知多少，比起他的感受，都微不足道，因此，对他一生展开任何评述，只会陷入武断。

他的生，使他感受这个世界，在生长中，这种感受无限延伸，直至独一无二。

他的死，使他告别这个世界，在死寂中，独一无二的特征永久保存。

爱是生与死的融合，它打破了生与死的界限。他是有爱的，这将使他永远活在我们心中。

生即体验，死即永恒，爱即存在。

其他的人都面无表情，跟着反复念道："生即体验，死即永恒，爱即存在……"

张三迈着沉重的脚步，慢慢从棚里移到外边。一个皮球滚过来，在张三脚底转来转去。张三踢过去，可皮球居然躲开了。张三来了劲，追起皮球来。皮球一直滚到后院门口，穿过门不见了。

在公司工作近十年，张三从没来过后院，至于院门后面是什么，更是不知道。以前，家里的后院是最熟悉的地方，而现在，公司的后院竟然是最神秘的地方。这简直不可思议。趁此机会，张三追着皮球出了后院门。

穿过一片树林，来到一块直径二三十米的椭圆形广场，场地中央停放着一辆自行车。自行车做工精巧结实，所有部位都是纯白色，并且一尘不染。一体化的设计让它看起来像艺术品，这不就是小时候梦想中的自行车吗?

小时候，骑着自行车多开心呀，仿佛长了翅膀，到处翱翔。现在骑上去还能找到那时的感觉吗?

皮球飞过来，在张三的脚前跳个不停。张三伸手想捉住它，可它居然斜着避开了。更令人惊奇的是，球发出光芒，开始跳舞了，在空中做各种美丽的曲线运动，配合着落在地上时发出极具节奏感的咚咚声。一会儿，球速变得越来越快，在空中到处穿梭，发出的光影竟然变成了一男一女两个人的形状，两人在空中翩翩起舞。张三看呆了。

几分钟后，舞蹈慢了下来，灯光也渐渐减弱。皮球朝着张三方向跳过来，张三伸出手，皮球就跳到张三手里。皮球上浮现出一张很夸张的卡通脸，笑着说:“张三，张三，我是智能机器人皮皮七，刚才的舞蹈还过得去吧?”

听说它是智能机器人，张三很吃惊，以这个世界的科技水平，还造不出这样的智能机器人。张三说:“我从没见过这么跳舞的，看起来，很新奇，再一想，很神奇。”

“真的? 等会儿我再表演音乐。”

“地球上没有这么厉害的机器人。你是从哪来的?”

“这个，说来话长，我在车上慢慢告诉你。看到前面的自行车了吗?你把我放在车子前面的小篮里，骑着车带我去旅行。”

张三把皮皮七放在车篮里，骑上了自行车。

“现在可以告诉你了，我呢，来自遥远的塞亚星球，那里有跟你们长得差不多的人，他们的科技比较发达，制造了许多形态各异的智能机器人，我就是其中之一。”

“塞亚星离这有多远?”

“约百亿光年。”

“这么远都能过来，那你们的科技真是太厉害了。除了你之外，还有其他人来这里吗？”

“就我一个。”

“你的飞船停在哪里？可以带我去太空旅游吗？”

“哈哈，我要到这里来，还用得着开飞船吗？”

“那你是怎么来的呢？”

“很简单，你看我这个样子，当然是蹦蹦跳跳过来的。怎么，你不相信？打个比方吧，你看看前面有两座山崖，一个山崖上的人想到达另一座山崖，如果走过去的话，走直线就会掉下山崖，走曲线就要先下山崖再登上另一座山崖，路途非常遥远，但如果他会跳并且跳得远的话，就可以一下跳到另一座山崖。你明白了吧？”

“明白了。你为什么要来地球呢？”

皮皮七咯咯地笑了起来，“现在就问这个问题有些操之过急呀。其实这个问题更适合你来回答，估计现在你还答不出来。总之，你是第一个发现我的地球人，我就要听你的话，你想让我干嘛就干嘛。”

“哎呀，我头都晕了，别只是围着广场转圈呀，为什么不直行试试？你们地球人的圈圈已经绕得够多了。”皮皮七叫道。

在广场边缘处，下面深不见底，张三不知道掉下去会有什么后果，一直犹豫不决。

“不要担心，直行的话，你会从地球上掉下去，一直掉，直到穿过大气层，进入太空，你有没有勇气试一下呢？”

“就这样去太空是不是太儿戏了，没什么装备呀。”张三说。

“你不是很想去宇宙遨游吗？那需要智慧和勇气，智慧我有，勇气就看你了。”

张三仍是围着场地转。

“你是不相信我还是害怕？”皮皮七说。

张三想起它跳舞时的情景，信心大增，加快速度，直冲下去，掉下无底深渊。

自行车速度很快，强烈的气流呼啸而过，发出轰隆声，张三感觉要窒息。

不适感很快消失，一切寂静下来，只听到自己的心跳声。整个自行车被一层透明的防护罩包裹着，自行车车把上方出现一个全息投影的蓝色仪表盘。

“这辆自行车就是宇宙飞船，你现在已经在太空了，在目前常规飞行模式下，你脚踩踏板可以控制它的速度，车把控制方向。”

“真想不到，构造这么简单的一辆自行车可以在太空中遨游，你们的科技真了不起。”

“化繁为简是我们的追求，其实我们还有更简单的飞行器，只是为了让你有亲切感才用这样的造型。”

“现在我们在哪了？怎么看不到地球呢？”

“你刚才踩得太快，飞行器已经离地球很远了。你看仪表盘，上面的小圆点是我设置的地球定位，圆点下面的指针是方向指示，显示屏上的左边的数据是距离目标点的距离，右边的数据是常规飞行时的速度。你要在太空上看地球，需要调整方向，让仪表盘上的指针对着圆点。”

张三摆摆车把，朝着地球方向骑去。

飞行器飞得很快，不到一分钟就自动减速，当速度减到每秒百公里时，地球已然在望。

“现在调整方向，使指针向右偏移两格，就可以围绕地球转动了。”

自行车在距离地球五百公里上空绕行，地球尽收眼中。

“这样飞行会不会被发现而引起人们的恐慌呢？”张三问。

“不用担心，防护罩具有隐藏功能，以地球人的科技水平是发现不了的。”

“太空太安静了，可以放首音乐听听吗？小时候骑自行车时我总会戴着耳机听音乐的。”

“没问题，你想听什么音乐。”

“《太空幻想曲》。”

一幅全息图像出现在自行车车把上方，是交响乐舞台。一群身着白色长裙、体态婀娜的女子走上舞台。全息图像并不大，只有二三十寸，可每个人的脸庞都能看得很清楚。有的端庄秀丽，有的明眸皓齿，有的仙姿佚貌，总之各有不同，无一不美，每个人都像是富有生命的精灵。她们在舞台上选好自己的座位，在指挥的示意下，先是来了一段钢琴和小提琴的合奏。然后是各种乐器加入进来。有的吹着长笛，有的吹着小号……演奏着《太空幻想曲》。

演奏人员神情陶醉，随着乐曲的旋律变换表情，张三感觉自己就在现场。

一曲终了，全息图像随即消失。皮皮七发出一声叹息。

张三忍不住问道：“图像和音质都很棒啊，播放效果远超我的预期，你这么神通广大，还叹什么气呢？是不是体会到无敌是多么寂寞？”

“别损我了。刚才不是我在播放，而是我的演奏，水平还差了那么一点点。”

“演奏的这些人都是你吗？”

“不错，对于你们人类来说一心多用会比较困难，但对于我们机器人，同时执行多个任务轻而易举。刚才我也说过，跳完舞我就会表演音乐的。”

“那你真是太厉害了。”

“唉，”皮皮七叹口气，“说图像很棒我承认，说音乐也棒那就不敢当了。尽管我掌握的科技比你们先进得多，不过在艺术上终究还是比不上你们人类。我没有开启标准的演奏模式，而是自己不断去练习揣摩，练习的时间比你们整个人类加起来还多，可还是和人类大师有所差距。”

“为什么会这样呢？为什么你掌握的科技可轻易超过我们人类，艺术就比不上了呢?”

“我不知道，我同伴说过，比起科技，艺术更接近神。”

“你同伴?”

“我还有八个同伴，他们都和我长得一样，名字前两个字也相同，后面加上不同的数字。我们在一起时最喜欢玩球进洞的游戏，四个伙伴一组，进洞次数多的小组就赢了，最小的皮皮九担任裁判。”

“这么简单的游戏有意思吗？以你们的本事，即使再小的洞，离你们再远，也可以轻易进去啊。”

“可是我们规定在玩游戏时是不能开外挂的，只能像个普通的皮球那样，跳不高，滚得慢，再加上对方阻挡，要进个洞还真不容易哩。不过也正是因为不容易，我们都爱玩。我们平时被分配去完成不同的任务，聚在一起玩游戏的时间并不多，因此大家都格外珍惜。”

“太阳系周围逛遍了，我想去看看其他文明，这辆车可以带我去吧。”

“这方圆十光年都没有其他文明，要寻找文明，就得去更远的地方，像这样常规飞行可不行，需要穿越时空。”

“这辆自行车可以穿越时空吗?”

“嗯，不过它储存的能量只能穿越两次时空。也就是说，只能去一个地方，这个地方一定要选好。”

“可以带我去你们那里吗？你们的文明那么发达，我很想去开开眼界。”

“这恐怕不行，我们的文明并不会长期处于宇宙中某个固定位置，我现在也找不到他们，只有等着他们带我回去。”

张三有些失望，“那你知道去哪里可以找到高度发达的文明吗?”

“我知道有颗行星，位于银河系右边缘的旋臂上，正好和地球相对。听塞亚人说那里存在智慧生物，文明是否发达就不知道了。”

“那我们就去那里吧。”

“先声明一点，宇宙很大，我和你一样，在宇宙面前都很弱小，虽然这辆飞行器很先进，但星际航行还是存在许多不可预知的风险，特别是你现在孤身一人，又是第一次星际远航，风险比较大，你要想清楚，是否要冒这个险。”

“没问题，就算葬身在这浩瀚无垠的宇宙，也是死得其所。”说完，张三朗诵起《融合》的诗歌：

一颗心
总希望走出去
哪里适合安放呢
无疑是太空
困难考验智慧
凶险激发勇气
深邃令人博爱
小小的心
大大的天
只有内外交融
才能体验生命的真谛

诗歌朗诵完，皮皮七就说：“好吧，我要启动穿越时空的跳跃模式了，你最好闭上眼睛。”

张三哪里舍得错过这神奇的时刻，很仔细地观察着。

“空间中存在卷曲的额外微小维度，我们需要用能量将其撑开，让飞船进入那里，就可以通过额外的维度突破三维空间障碍，瞬间到达三维空间任意地方。”皮皮七说。

漆黑之中突见一阵五彩斑斓的光芒袭来，颠簸三次后，自行车来到银河系的右边缘。

“现在是常规飞行模式，看，左前方是颗行星，上面存在智慧生命。”

星球是浅黄色的，很干净，几片绿叶点缀在上面，像一幅精美的画，充满着无限生机。这里也有像太阳那样的恒星，看起来比太阳大，呈现火红色。

好美丽的星球，看起来非常适合生命，上面还有建筑物。张三很激动，终于要见到外星文明了。可欣喜之余，张三又有些失望，因为建筑物都很矮，别说现代化，就连一丝工业化的迹象也没有。难道他们还处于农业耕种时代，若是那样的话，又能从他们那里学到什么呢？

“快到地面了，自行车要减速，你调整好方向。”皮皮七说。

自行车朝着这颗星球驶去，最后降落在一片森林里。

皮皮七说：“这颗星球直径约为地球三分之二，质量约为地球四分之一，大气成分、温湿度和地球差不多，可以开启防护罩。”

防护罩打开，张三下了自行车，像是又回到地球怀抱。人感觉很轻盈，空气纯净又湿润，散发着淡淡的清香。

张三向远方望去，天空很清很蓝，没有一丝云彩，感觉有些不真实。

远处的天空中悬浮着一座城池，朝着阳光方向慢慢移动。上面有各种奇妙的建筑和花草，美轮美奂，超越了想象，仿佛置身于童话世界。

张三大感吃惊。这是魔法世界吗？这里的文明会不会走的是另一条路，不像地球文明那样发展科技呢？

皮皮七说：“把车子后架上的眼镜戴上，它提供双向翻译功能，你在这个星球上看到的文字，听到的语言都会实时翻译成你最熟悉的语言，你说的话，也会被翻译成这个星球的语言。至于度量单位或专有名词，在翻译时会自动换算匹配。”

“你不跟我一起去吗？”

“我想在这里玩会儿。眼镜上设定了时间，你按规定的时间到这来，我们一起回去。”

张三戴上眼镜，穿过森林小径，向外走去。没多久，就看到一群人，他们围着一棵大树唱歌跳舞，不知道多开心呢。他们的四肢、身体，就连相貌都和人类差不多，只是身高比人类要高点，都有着一副健美的身材。他们穿的都是那种类似比基尼的紧身衣，衣服的颜色和图案各不相同，搭配都恰到好处，将男性的身材衬托得更加雄壮结实，女性的身材衬托得更加婀娜多姿。

走了没多久，看到一个亭台，里面坐着三个人，一个青年人，一个中年人，一个老年人。青年人是女性，其他两人为男性。他们在那里讨论各种思想理论。

女青年喊道："杰奇，说好的讨论会，你怎么跑去爬树了？"

名叫杰奇的青年从一棵大树上滑下来，说："唉，你们讨论的东西越来越深奥了，感觉自己脑子不够用，我还是爬树吧，爬树不错，能带给我新奇又轻松的体验。"

"是你不认真学，太随性了，加入'四联社'就是图个新鲜。"女青年说。

"是的，这没什么不好啊。这样的世界，应该图个新鲜，看我，今天学会了爬树。我所做的事是所有人都能做的，并且我也喜欢做，我不用羡慕别人，别人也不用羡慕我，这是最好的。"

"你是跟我们赌气吗？"

"不是，我说过，我所做的事是别人不会羡慕的，爬树就是如此。"

"总整那些没用的，没有一技之长，都掉队了。"中年人说。

"你就喜欢跟人反着干，别人都去找那些名家的信物，以此去探索他的精神世界，你就随便找个普通人，简直儿戏。"女青年说。

杰奇摸摸鼻子，笑着说："我觉得今天有好运，我要去寻找那五枚戒指。要是真被我找到，有你们好看的。"

"你想得美，就算天外来了幸运星，也别做那个指望了，凭那五句话，根本不可能。就算找到了，有什么用呢？那是个很普通的信物。”女青年说。

“将不可能的事情变成可能，是我的兴趣，至于有没有用，我就不管了。我先走了，你们就等我的好消息吧。”

张三跟着杰奇，出了森林，向他打招呼介绍了自己，承认自己来自地球，希望能认识他们的世界。

杰奇大感意外，激动地说：“还真是天外来了幸运星。你能来到这里，还能说我们的语言，那科技很发达了。”

张三说：“是其他文明带我来的，这副眼镜也是他们的，提供翻译功能。”

“那就跟着我去寻找戒指吧，我感觉你会给我带来好运的。一路上我可以向你介绍我们这个世界的情况。”

张三同意了。

“你刚才听到我们的讨论了?”杰奇问。

张三点点头。

“他们都以为我去找一个普通人的信物，是在赌气呢。”

“我知道不是，我很欣赏你的态度，对于寻找普通人的信物，也挺感兴趣。”

“是吗？那真是太好了。”

“我有些不懂你们所说的信物，为什么要寻找它呢?”

“开始是为了好玩，后来发展出很多目的，有的以此挣钱，有的通过寻找信物和物主进行情感或思想上的交流。以前信物是实体，埋在地下，通过收集的线索确定位置后再挖出来。现在基本上都是虚拟信物，找对了路线，信物就会出现在系统中的私人账户里。”

“如果是虚拟信物，那怎样才算是找到了呢?”

“由物主设定距离和速度范围，比如我们要寻找的戒指，物主的设定是距离十米内，速度不超过两米每秒。就是说到达大致范围后，只能步行寻找，若是超出此速度，即使距离达到了，也找不到信物。”

“现在确定了大致范围吗？”

“没有，他公开的信息太少了，我连他的姓名都不知道，只知道他的编号尾数是6647，发布了五句话，暗示着五枚戒指收藏的区域。”

“哪五句话？”

“想象似朵花，种在山坡下，自然立章法，反思得物华，长成一个家。这五句话很模糊，我觉得就是讲一个人一生中的重要体验，包括学习、工作、成家，我们可以按照这个顺序一个个去寻找。”

“我也是这么认为，可还有两句指的是什么呢？它为什么要穿插在工作和家庭之间呢？”

“我也不知道，我们边找边想吧，寻找的路线要进行反馈，说不定到时会有提示。”

“说到学习，那该去学校，世界上那么多学校，去哪个学校找呢？”

“就去九思学校吧。”

“为什么去那里？”

“那里有森林。”

森林里居然有自动售货机，杰奇说：“尝尝我们这里的饮料吧，你想喝什么？”

杰奇指着售货机上的屏幕，屏幕上显示几十种饮料的介绍。

正好张三感觉口很渴，就说：“随便。”

杰奇望了下售货机上的扫描仪器，门打开了，他拿出两瓶不同的饮料，给张三一瓶。

张三一看饮料的名字，愣住了，还真叫随便。

“你们居然有叫随便的饮料，真是没想到。”

“喝喝看，包你喜欢。”杰奇笑着说。

张三喝了一口，有花的芳香，有泉水的清凉，有淡淡的甜味，正是张三最喜欢的味道，才喝一口，喉咙顿时舒畅无比。

“太好喝了，非常合我的口味，好像是为我定制的。”

“不仅合你的口味，它还合我的口味，不管我们喜欢的口味是否相同。这种饮料很神奇，我到现在都不知道它是怎么做出来的。它叫随便，是因为每个人喝它，都能喝出自己最喜欢的味道，能满足所有人的口感，以我们星球上的普通科技还做不到，这是太空研究队的发明，以前专供宇航员饮用，因此卖得特别贵，售价五元，这种饮料供大众消费快三年了，我只喝过一次，还是别人请的。”

“其他普通饮料多少钱?”

“三毛。”

“让你破费了，早知道随便这么贵，喝一瓶普通饮料，能解渴就行了。”

“别这么说，五元也是小钱，是我自己舍不得，招待别人还是不成问题的，更别说招待你这天外来客了。”

“你刚才是怎么付账的呢?”

“我们没有实物货币，在系统中的私人账号里储存着数字货币，这个摄像头只要扫描一下我的眼睛就可以结算了。”

“如果眼瞎了怎么办?”张三开玩笑说。

“以我们现在的科技，说人眼瞎了只可能是个比喻，不会是真的。再说这些眼睛扫描支付的手段已经开始逐步淘汰，现在更多的是DNA检测识别，效率和精度更高了。每个人一出生，就根据DNA生产唯一的编码和私人账户，在这个账户下，储存着个人从小到大的一切信息。包括财产，经济交易，身体状况，甚至所有的经历。”

“这些信息是如何显示的呢？在我们那里，都是通过这种手机传递和显示信息。”张三掏出手机给杰奇看。

“我们是通过名为‘云基’的系统来处理信息。手机我们也曾有过，不过比这小很多，只存在了一两年。那时候，一个小孩说，既然号称手机，为什么不用手来代替机器用于通信呢。这个想法很诱人，科学家很重视这个想法。很快，他们就制造出纳米芯片植入手掌，通过这个芯片可以接收传递信号，并刺激听觉神经将信号转变成声音。最开始只能用于通话。随着技术的进步，不但可以刺激听觉神经，还可以刺激视觉神经甚至嗅觉神经了，这样就可以视频通话了。后来在此基础上增添了许多功能，直至将万物联结起来，才有了今天这样的‘云基’系统。让生活变简单是我们的追求，科技的发展使这成为现实。借助于‘云基’系统的强大功能，我们的生活发生了翻天覆地的变化。以前各种证件，各种卡片，各种通信娱乐设备都不需要了。每个人一出生就根据DNA的排列方式生成一个数据并储存在‘云基’中，通过这个唯一的数据来识别他的身份，建立私人账户，账户中可以储存个人一生各种信息。更重要的是，它和人融为一体，使人工作、学习、娱乐摆脱其他附属设备。因为是直接刺激感官神经，所以图像和声音都很真实自然，图像除了以假乱真的全景模式外，还有平面立体等其他模式，也可以自由设计。有了它，我们实现了无纸化甚至无介质化，给生活带来极大便利。”

看杰奇两手空空，穿着的衣服上连荷包都没有，张三就明白“云基”多么厉害了。张三指着前面的人群，问杰奇：“你们这里都是穿这种紧身衣吗?”

“这是我们最流行的休闲装，一般情况下都是这么穿。在一些隆重的场合也会穿宽松点的礼服。这件衣服不仅穿着舒适，还有除尘防水功能。它本是太空研究队发明的太空服，可以根据外部的气候变化自动调节温度，包括穿脱等都可以通过‘云基’自动控制，非常方便。我还可以在‘云基’中设计各种图案花纹添加到衣服上，你看。”

张三看到杰奇的衣服上现出一片绿叶。

“还有，这种衣服材料特殊，可以伸缩变形呢。”

只见他的袖口开始伸长，长出一双手套来，覆盖住手掌。

“脖子处的衣领也可以伸缩覆盖住脑袋，把全身包起来可以当作宇航服，再装上一套氧气装置就可以去太空了。”

“嗯，这衣服真不错，那如果是胖子怎么办？穿起来可就不合身了。”张三说。

“‘云基’了解每个人的身体机能状况，对于身材的保养，它会给出最适当的建议，只要按照它的建议合理搭配饮食并且多做运动，很容易拥有一副好身材。我们这里的人对相貌不怎么在意，对身材就比较注重了，所以几乎人人都有一副好身材，能找到一个胖子那就是很稀奇的事了。”

“九思学校远吗？”张三问。

“不算太远，一万多公里。”

“看你这身行装，我以为我们去的地方都很近呢。”

“再远的旅行，都可以这样空手而行。因为‘云基’就是个百宝箱。再说，只要是在这个星球，都算不上远。以前是网络让星球成为村庄，现在是交通工具使得星球成了村庄。”

“我们怎么去那里呢？是坐飞行器吗？”

“可以坐飞行器，就在‘云基’中呼叫，随叫随到，因为提供专门的服务，价格比较贵，特别是这样的长途出行，有些不合算。长途出行大家都选择坐地铁。这样挺好，因为地铁对人的生活环境基本没什么影响。再说，现在地铁的速度比一般的飞行器慢不了多少，去这个星球的任何地方，坐地铁都不会超过两个小时，像这一万多公里的路程，一个小时就到了，而且票价也很便宜，最高不超过五元。由于地铁是绝大多数人首选的交通工具，我们这里地下铁路线非常密集，在绝大部分工作生活区，离最近的地铁站都不会超过三公里。”

“这些地铁修了多久？”

“十年左右，先把原来的地铁改造，再修建了许多新的线路，这些工作都是由机器人完成的。”

“地铁速度那么快，安全性是怎么控制的？发生过安全事故吗？”

“没有，不仅列车上有许多监控装置，我们在轨道上也安装了最先进的扫描设施，对运行中的列车无时无刻不在做最精密的扫描分析，即使最轻微的风险也会采取有效预防及应对措施，确保列车及路线时刻处于安全状态。安全第一，修建地铁所用的时间绝大部分都花在安全上了。”

“我在这里还没见过汽车，你们有汽车吗？”

“汽车在几十年前就淘汰了，虽然汽车在后期都用上了清洁能源，并能自动驾驶，环保和安全都不是问题，可它需要占用许多绿化地带修建公路，于是就被废除了。再说那时候飞行装置兴起，更加方便，而且有反重力装置，不会出现安全事故，大家都去买飞行器了。可飞行器太多，老是在头顶飞来飞去，大家又觉得烦了，于是规定所有的私人飞行器必须回收到公共交通部门运营，私人不得使用。现在要想开汽车或者飞行器，只能在游戏中体验了。我们这里的交通工具很简单，公共交通就是地铁和飞行器，私人可使用的就只有自行车了。怎么样，是不是感觉我们回到了从前。这都是为了使我们有一个更好的生存环境，我们想要的生活，不仅是天空清澈，空气清新，水流洁净，也希望简单自然。”

杰奇带着张三走出森林，来到景园地铁站门口。

进入地铁站，通过安检门，两人来到站台。上车时，杰克说了句，“我帮我的同伴买票”，然后拉着张三进了列车。

说是地铁，其实就是地下运行的高速列车。

“系统是在哪个环节扣票款的呢？”

“看到车门顶上的扫描装置了吗？在每名乘客上下车时扫描DNA，并记录乘车起点和终点，下车后自动扣除票款。”

“那刚才是不是也扫描了我？会不会发现我不是你们这个星球的人呢？”

杰奇笑了笑，“是的，会发现，不过这是个人隐私，只有‘云基’控制中心的人工智能知道，它从不多嘴，你放心。”

列车很宽敞，人不是很多，很多座位空着。杰克带着张三找了个靠窗且视野开阔的位子坐下。

列车启动了，缓缓加速，没有丝毫震动，也听不到运行的声音。

窗户外面突然明亮起来，窗外的天空明净，光线温和，在列车的左边，可以看到一片森林，不时还能见到动物出没的身影。右边是一座座山峰此起彼伏。

“列车是在地面上行驶吗?”张三问道。

“没有，仍在地下，这里的列车只能在地下运行。窗外的景象不是真实的，是利用成像技术生成的幻影。让人在地铁上也能欣赏外面沿途上的风景。”

“这，这也太真实了。”张三惊叹道。

“在图像技术方面，我们的基础非常扎实，发展得特别快。”杰奇说。

“地铁上的人怎么聊着聊着就握起手来了?”

“那是在互加好友。可以通过查找账号互加好友，两只植入芯片的手相互握在一起，也可以互加好友。”

大约一小时后，地铁在森林站停下，杰奇带着张三走出地铁站，来到一片被湖泊环绕的森林，杰奇说的学校就在这里。

“这树也太大了吧。”张三指着眼前的三棵大树，非常吃惊。

“那是主体教学楼，为了和这里的环境搭配，设计得像树，树的躯干部分用于教学，分支部分用于师生们居住。前面的两栋提供基础教育，后面的一栋提供专业教育。”

只见学生们踩着可折叠的飞行板，在森林中到处穿梭。

“你刚才不是说私人交通工具只有自行车吗？怎么这里的人有飞行板呢?”

“除了三栋主体教学楼外，这里的建筑都比较矮，容积率很低，校园占地面积太大，为了师生们出行方便，为他们配备了这种飞行板，它只能在学校内使用，不能飞太高，且有速度限制。”

走进学校，杰奇开始给张三介绍教育情况。

“世界上有成百上千所学校，每所学校教学模式都大同小异，提供的是义务教育，包括十年基础教育和五年专业教育。不同的是设计风格，这所学校建在森林，还有的学校建在山岭，有的建在海里，有的建在草原，有的建在田野，当然，一些城市也有学校，那里一般采用现代化的设计。”

“我们对教育很重视，给予了充分的自由，想让每个人找到真正的兴趣并能一直培养至登峰造极。教育的年龄都是统一的，五岁开始进入学校接受为期十年的基础教育。基础教育阶段没有测试，没有排名。在此期间，语文、数学和历史是必修课程，还有几十门选修课程，根据自己的兴趣意愿选择学习。基础教育完成后，会进行一次全世界都统一的知识和技能测试，这时候你就知道自己各方面的成就在全世界同龄人中处于什么水平了，这项测试只是给你今后的专业学习提出一些建议，让学生选择适合自己的专业教育，你也可以不采纳这些建议。比如你数学基础很糟糕，但你说你对数学感兴趣，想在专业教育中继续学习数学，这也没问题。专业教育中，课程大体分为两大类，一是文艺，一是科技。受过五年专业教育，就可以毕业了，这时候正好二十岁，到达法定结婚年龄。”

“专业教育完成后，可以继续深造吗?”张三问。

“可以，不过这时需要向科研机构或学术团体申请，由他们决定是否录用，大部分人选择去工作，因为工作也有深造的机会，等会儿可以去看看我们的工作室。”

“世界变得简单后，学校的课程也简化了不少，特别是经济学和社会学。金融的课程是最先取消的，现在的世界，已经没有金融了，相比以前受金融左右的世界，这是一个巨大的转变。”

“金融学课程取消没多久，经济学的课程也开始逐步取消，一是因为现在的经济规则简单明了，通过‘云基’系统，每个人对这个世界的经济运行情况很清楚；二是目前来说，经济并非什么基础，它只是手段，如果每个人都很容易挣到不愁吃不愁穿不愁住的钱，还能自由发展自己的兴趣爱好，谁又会去管经济这种事呢？以前年代，出现过许多经济理论和经济政策，调节来调节去，反复无常，看起来高深莫测，其实只不过是利益的博弈而已。就连管理学，也在最近几年取消了，取而代之的是修养与沟通。”

“能在教育中根除这些顽疾，你们的世界真开明。”张三说。

“这得益于我们在教育中形成的反思批判，这也是我们教育的核心。正因如此，这个世界没有崇拜，至少不允许有任何形式上的崇拜出现，这才是我们引以为豪的。”

第十九章　01: 00

“对我们这里的学习情况了解后，下一步就是工作了。现在工作室开始流行，我们去工作室看看吧。”

“要寻找的戒指呢？没什么线索吗？”

杰奇摇着头说：“机会渺茫，就是来碰碰运气，不用强求。”

杰奇叫来一辆飞行器，招呼着张三一起登上。上面没有驾驶员，全部由人工智能操控。飞行器垂直升降，低空飞行很平稳，如果不看窗外，感受不到飞行器在飞行。

飞行器载着两人很快来到一片草原，上面分布着大大小小蚕茧形状的镂空建筑群。

“这里是世界上最大的私人工作群，平均每天有百万人在这里办公，中间最大的建筑，有几万人办公，专门制作游戏。”

“有了‘云基’，无处不可办公，为什么还要建造这些工作区呢?”

“确实，在以前，大家都选择在家办公，或者找个舒适的地方办公。后来，有人又怀恋那种在一起的工作气氛，于是就建造了这样的实体办公场所。”

“你们世界的经济组织只有工作室吗?”

“我们现在没有以前那种公司，经济组织主要分为两种，一种是公共经济组织，包括地下工厂和交通市政设施，这些由物权委员会管理运营，全部实现了智能化。另外一种就是私人成立的工作室，可以是实体的，比如我们现在看到的这些。当然，绝大部分都是在‘云基’里成立虚拟工作室，特别是在规模不大的情况下。通过‘云基’，可以快速将想法转化为产品或服务，除了生产交给地下工厂外，其他环节都由自然人在‘云基’里进行操作。这些事情，你可以一个人干，也可以通过‘云基’邀请别人一起干，或者你加入别人的工作室一起干。工作室的成立很简单，拟好章程发送到系统备案就行。和以前不同，我们不存在上司下属、老板员工这样的关系。每个工作室的成员是一个团队，产品的研究、生产、销售分工明确，各负其责，利益的分配由章程约定，一般都是共同承担收益或风险。”

“由于基本生活用品的生产全部被物权委员会管理的地下工厂包揽了，现在的人，对物品比较淡泊，能用就行，并不挑剔。因此，生产实物产品的工作室越来越少了。人们将注意力转向精神世界，对精神产品的需要和要求越来越高。制作电影和游戏的工作室比较多，特别是游戏，最受人欢迎了，游戏产业占经济比重在百分之三十以上。我们基本生活用品都很便宜，住房一般也才几千元，可有的游戏刚出来时售价超万元。现在的游戏，集艺术、思想、娱乐、教育于一体，能把许多元素自然地搭配协调，再加上身临其境的全景模式，让人叹为观止。”

“商品是怎么定价的呢?”张三问道。

“对于商品的定价，我们有这样的原则，就是公共机构提供的产品和服务不得盈利，这使得我们最基本的日常开支很低。对于工作室提供的产品和服务，允许盈利但有限制，不能让任何人赚太多的钱，这通过核定最高利润进行控制。一旦达到最高利润，如果是实物产品，价格必须降到和成本相同，如果是游戏电影这种后续没有成本的精神产品，会向大众免费。唯利是图的商业社会折磨我们太久，我们真的害怕再回到以前商业时代了。”

“最高利润是如何核定的呢?”

“根据产品或服务的复杂、创新程度以及人工花费时间，由‘云基’中人工智能计算确定。产品或服务在出售前，要先在‘云基’里进行申请，也就是授权人工智能在自己的私人账户中调取生产过程的记录。人工智能根据一系列记录计算出待售产品或服务成本并核定利润。”

“因此，我们这里，成立工作室是为了兴趣爱好，至于挣钱只是增加一种评价方式。因为我们即使不成立工作室，也有很多挣钱的机会。”

“除了做产品和提供服务之外，还有哪些挣钱的方式呢?”

“得益于良好的制度和环境，挣钱的方式多着呢。不知道你们那里有没有玩过这样的游戏，就是做任务，每完成一个任务，就会增加经验值。我们许多挣钱的方式和这很相似。比如，一个好的产品想法，可以生产出实物出售，也可以把这个想法卖给别人，如果卖不出去，也可以在‘云基’授权物权委员会评估，经评估后支付相应的酬劳。不仅想法，任何劳动成果，都可以如此。酬劳根据作品的价值和劳动时间确定。因此，文章、绘画、雕塑、音乐、构思等都可以挣到钱。任何技艺的进步，不管它是否能带来价值，都可以获得酬劳。比如你喜欢某种乐器，经过一段时间的练习后，你觉得技艺有了提高，你也可以去申请酬劳，‘云基’中的人工智能会根据你的授权进入个人账户进行调查评定，根据进步的程度给予酬劳。”

“以上说的都是脑力劳动挣钱，现在体力劳动完全可以由机器人包办，但这也并不是说体力劳动挣不到钱了。比如可以找一块空地种些蔬菜水果，保证比机器人生产的畅销，这也是挣钱的好门路。这么说来，我们挣钱的方法还真多，只要不挥霍浪费，或者对生活万念俱灰，啥也不想干，就不会缺钱。也没多少人把心思用在挣钱上，多年前的物权法就规定我们对物只有占有权，就是希望大家淡泊物欲，更注重内在秉性的培养。当然，想多挣钱甚至视财如命的人也不是没有，每个人都有选择的自由，也不会认为有什么不对，只要不像过去那样多数资源集中在少数人手里，让大多数人生存艰难就行了，因此允许私人追逐利润，不过会加以控制，以免违背合理利用资源的法则或者侵犯别人的福利。现在的情况是，每个人的钱财相差不大——都不会缺钱花，可也没太多的钱去挥霍浪费。”

“科技不仅给你们带来了便利，还给你们带来了节制，这是对科技最好的利用。”张三说。

“是啊，以我们现在的科技，即使每个人都不去工作，有那么多的机器人和取之不尽用之不竭的能源，也能让我们衣食无忧。但那样的生活，和行尸走肉又有什么区别呢？不错，以前商业时代，许多人厌恶工作。在现在这样的环境下，工作变成兴趣爱好后，给人带来的就是欢乐了。虽然生活用品都需要用钱去购买，没什么免费的午餐，不过每个人都能凭兴趣爱好挣到钱，这不很好吗？”

“你们的世界，根本不需要太多钱，在这里，教育免费，生活用品又非常便宜，对了，医院看病怎么办？这是一项重大支出，有医疗保险吗？”

“没有医疗保险，以前有过人身和财产保险，不过都废除了。以我们现在的生产力和分配方式，根本不用寅吃卯粮，因此我们这个世界不需要金融。医疗费用都不高，即便治疗费用最贵的病，所需的花费也不到一千元。现在经济越来越简单了，就连存在几千年的税收，也在五十年前废除了。”

“那公共机构的支出靠什么来维持呢？你刚才说过，公共机构提供的产品和服务不得盈利。”

“公共机构人员的福利及其他日常开支，还有公共项目支出等所有花费，都由物权委员会直接发行货币补贴。在发行货币前，先要统计出一段时期的总生产和不包括公共机构的总消费，两者的差值是可发行货币用于补贴公共机构的最大值，这样通货不会膨胀，日常生活用品的价格永远不会上涨。每个公民都可在‘云基’中查询这个世界每天的经济情况，包括总生产和总消费数据，公共机构的各项支出和货币流通情况。因为每笔经济交易都会在‘云基’中存有记录，结合‘云基’强大的运算能力，可以让每个人对经济的运行情况了如指掌，数据都是由‘云基’自动提取并处理，任何人无法删除或修改，因此非常精确可靠。”

“人死后财产怎么处理呢？可以继承吗？”

“规定财产不得继承，死亡后，货币会被清零，其余财产如果有其他人共用，其他人可以继续使用，如果闲置就会被收回重新利用。虽然财产不得继承，但在生前可以自由相赠，不过大家都是顺其自然，临终前想的是自己有没有负债，而不是想着把财产留给别人，因为没那个必要了。”

“看了你们这里的学习和工作情况，令我印象最深的是自由，学习自己感兴趣的知识，培养发展兴趣爱好就能获得报酬。”

“不过我们的世界也会有限制。当然，限制也是为了保护个人的自由。”

“有哪些限制呢？”

“世界上有三分之一的地区，我们不能踏足。”

“什么地区？”

“自然之家，我们现在就到分界线了。”

果然，东边一条长长的河流将大地分开，河流对面是广袤无垠的草原。隐约可见不少动物出没其中。

“从太空俯瞰这个星球时，给我带来巨大震撼，因为真是太美太纯净了，一切都是那么自然，未经过人工加工，还以为这里不存在工业。原来你们是真把自然当成了家。你们的自然环境是怎么保护的呢？”

“首先把所有的工业生产集中迁移到地下，这些在五十年前就完成了，地下工业完全实现了机器化，污水废气和有毒物质都是经过加工后循环利用，且能源用的是地热能，保守估计可以用千年。其实在地上也不会产生污染，以我们的技术，很容易破坏物质的内部结构改变有害物质的化学属性。把工厂迁到地下只是为了使这个星球看起来更加天然，更符合一方净土的形象吧。包括汽车的废除，飞行器的限制，都是如此。”

“在保护动物方面，值得一提的是，我们现在禁止吃自然肉类食品。肉类食品都由地下工厂里的机器人生产，口感和真实的已经没有区别。如果不合口味，也可以自己设计配方让机器人帮你生产，不过私人定制的，价格也就高了。”

“在我们东边都是自然保护区吗？”

“嗯，我们的人民都生活在西半球，总共占据陆地面积的三分之二，东半球则是动物的王国，那里有七个自然保护区，基本上所有的动物都在那里安了家。自然保护区受到严格管理，禁止私人进入。只有极少部分科研团体经过批准才可以去考察。虽然不能去，但是通过‘云基’，那里发生的一切你都可以看到。在自然保护区里分布着许多全景摄像机，它们可以拍摄保护区的方方面面，实时上传到‘云基’，供人观看。为了不惊扰那里的动物，摄像机都设计成很自然的花朵形状。这些花朵形状的摄像机在那里四处飘荡，捕获优美迷人的景色，当电量不足时，就飞到树尖吸收阳光充电。晚上睡觉时，我喜欢进入这样的自然风景网站，寻找自己喜欢的风景区，看着大自然的美景，感受动物的憨态，闻着花朵的芳香，听着潺潺流水声，慢慢进入梦乡。”

“‘云基’功能很强大，里面记录了许多信息，对于隐私的保护是否也足够强大呢？”

“在这个时代，人们非常注重隐私的保护。每个人一生各种信息都在‘云基’私人账户中，如果被盗取，那是非常可怕的。在这个问题上，我们极其慎重。为了准确记录及预测全世界的经济运行状况，允许‘云基’中的人工智能去提取、记录及分析所有的经济信息。除此之外，在未获得授权的情况下，在技术上保证了没有任何人可以侵入自己的私人空间。”

“如果是被骗而做出了授权呢？”

“在授权前，智能助理会预先审核；再说，即使授权了，一般情况下，也只能由人工智能查询私人账户中的信息，任何自然人还是无法获取。让人工智能获取人的隐私，我们也只能妥协到这样的程度了。”

“在隐私的保护和生活的便利方面，需要理智权衡利弊。”

“不错。‘云基’的功能强大后，有人提议将之用于破案，进入犯罪嫌疑人的私人账户就可以直接找到他是否犯罪的证据，因为他的眼睛就是犯罪现场的摄像头，记录了犯罪过程。以‘云基’的运算能力，如果对每个人的行为由人工智能进行实时审查，就可以完全杜绝犯罪。这个提议被否决了，因为这侵犯了公民的隐私。没经过本人同意进入私人账户是不可能的，任何机构都没有这个权力也没有这个技术。在刑事诉讼中，一般都是取得被害人的授权后，进入被害人的账户，寻找犯罪的证据。因此，如果犯罪不涉及特定的被害人，犯罪行为只在犯罪分子账户中存有记录，那就有可能因找不到证据而逃过法律制裁了。不过也有例外，那就是犯下几种特别严重的暴力罪行，在通过其他途径找不到犯罪证据后，才可以强制进入相关人员的账户收集证据。但限定在十人内，如果要对超过十人的私人账户进行查询，要经过全体公民投票许可。”

“也就是说，在例外情况下，也只有人工智能可以查询？”

“是的，在人工智能查询相关信息后，由人工智能直接判决。如果犯罪嫌疑人不服人工智能的判决，可以向法官提供查询私人账户的权限，由法官审判。”

杰奇指着自己的眼睛，说：“还有，眼睛看到的东西，要在‘云基’中发布分享的话，如果涉及其他人，就必须取得相关人的许可，不然就无法分享。”

“如果涉及陌生人，又如何跟他们取得联系获得许可呢？”

“不错，自己只能联系加为好友的人。不过，智能助理可以联系到所有在线人员，取得许可都是由智能助理完成，且智能助理在联系别人方面有严格的限制和规定，既要保护人的隐私，又不能给人带来太多烦扰。”

“‘云基’有没有被破解盗取的可能呢？”

“‘云基’的安全级别是这个世界最高的，我的想法是，被破解的概率比世界末日的概率还低。”

“‘云基’的功能也有限制，目前有视觉、听觉和嗅觉功能，增加触觉也不是难事，可若这样的话，虚拟世界和现实世界就难以区分，那将会导致越来越多的人沉迷于虚拟世界不可自拔，于是禁止增加触觉功能。还有对人工智能的研究，我们也立了限制，在情感和自我意识方面就止步了，不敢越雷池半步。”

“将人文真正融入科技，这值得称赞。”张三说，“还有一个问题，以你们现在的科技，应该造出了威力强大的武器，对于这些武器，是如何管理的呢？”

“这颗星球上最厉害的武器就是电磁枪，只能由安全委员会持有。它可以令人失去抵抗力，最大强度输出对人也没生命威胁，只能让人昏迷一天。威力强大的武器都布置在太空，全部是自动化武器，和机器人一样，遵守不得伤害人类的规则。所以说，真要发生大规模武力冲突，也只有冷兵器可以使用，而每个人都能轻易获得防护服，可以有效防止冷兵器的袭击。”

“这倒是挺令人放心。”张三说。

“刚才提到了我们这里的限制和禁忌，借助科技，本可以让人无法打破限制和禁忌，至少可以杜绝犯罪活动。不过为了人权和自由，还是给人留下了打破限制和禁忌的空间。这时候，监狱就不可避免了，我们去监狱看看吧。”杰奇说。

飞行器进入一片沙漠地带。杰奇说：“这是世界上唯一的沙漠区，占陆地面积十分之一左右，世界上唯一的监狱也建在这里。看，在前面大片绿洲里，就是监狱了。”

飞行器穿过一片片树林，在监狱大门前停下来。

“现在的刑罚很简单，没有经济处罚，取消了死刑，只有人身限制。主刑就一种，监禁。附加刑就是植树。这些树苗都是特别品种，生命力极强，可以在沙漠地带生长。其实只要派出机器人，一天之内就能让这片沙漠变成绿洲，可我们没那么做，而是把这片沙漠留给犯人去绿化，让他们用最原始的铁锹，栽种并养护一棵棵树苗，然后看着这些树苗慢慢长大。”

“这是一种很好的教化方式。除了种树，他们还能做些什么呢?”

“这里的犯人，在对人身限制的同时，对于‘云基’的使用也进行了限制，每周只能开启两个小时。他们在这里除了种树就是学习，人权委员会经常联系人来给他们做心理辅导或知识培训，这是机器人干不了的。”

“监狱挺大的，一眼望不到头，这个世界罪犯很多吗?”

“虽然世界越来越美好，可犯罪分子似乎并没减少，因为世界也越来越自由了。人的邪念得到释放，特别是追求刺激的本性变本加厉了。这个世界有个基本原则，是关于自由的。监狱外的人，尽可能给他们自由，监狱里的人，也有一定自由，不过作了限制。你可以自由出入，可是跑不出这个沙漠；没人逼着你植树，可没特殊情形，树没植完，即使刑期已满，也不得出狱；可以看书学习，不过内容都是预先规定的，自己不能选择。”

监狱看起来管理很宽松，看不到管理员，犯人们自由出入，在外劳作的人中，有的独自一人植树，有的合作植树。

“这里没有狱警吗？”

“有，狱警就是机器人，它们一般待在值班室，可以监控这里的一切，遇到突发事件才会赶赴现场。”

在监狱周围转了会儿，两人登上飞行器离开了那里。

飞行器在一个很偏僻的山区停下来，杰奇带着张三走出飞行器，说以前没来过这里，就在这里随便找找吧。

“最后一个说的是家，这个范围就更大了，除了自然保护区，这个星球上哪里都可以安居成家。”杰奇说。

“前面范围小点的都没找到，这个就更不可能了。”

“遇到你这个外星人，是更不可能的事，可就发生了，我想，找到最后的戒指还是有可能的，我总觉得，跟着你就能找到。”

“我刚才听你们说，别人都没兴趣寻找这个普通人的信物，可能就你一个在找，既然只有你在找，我猜，这个戒指应该在你家。”

杰奇哈哈大笑，“开什么玩笑，我还没成家呢。不过也快了，我和曼妮准备在下个月举行婚礼。”

杰奇忽然倒地，挥舞着双臂，笑个不停。

“是不是找到戒指了？”张三问道。

杰奇指着天空说：“你真是天外飞来的幸运星。看到天上那座城市了吗？他们破例批准我在上面举行婚礼了。”

“我刚来这里就看到了，觉得不可思议，还以为这里是魔法世界呢。这座城市是怎么回事呢？”

“三十年前我们星球西部大陆板块发生剧烈变动，一大片土地分裂翘曲开来，那时反重力研究取得了重大突破，一单位重量的反重力装置可以让十的十二次方单位重量的物体浮在空中。有人提议让这块景色优美的土地飘浮在空中，建一个空中之城。这项提议获得热烈响应，很快就被批准实施。可让谁住在上面呢？想在上面居住的人太多，显然不能满足大家的需求。有的人说应该让公职人员居住，因为公职人员为大家服务牺牲了自己的时间；有的人说应该让科学家居住，因为是他们带动了科技的发展，才能让这座城市在空中飞起来；有的人说应该让教师居住，因为科学家也是受他们的启蒙……各方观点僵持不下。最后，一位大法官提议在天空之城办孤儿院和养老院，让失去亲人、无依无靠的老幼居住，并招募志愿者去照顾他们，把这座城打造为爱的乐土。这个提议最受欢迎，很快就被通过了。城市被命名为无边之城。那里的生活比我们这里简单，不需要太多规则和规矩。”

“听你这么一说，那座城市显得更美了。”张三叹道。

“我就是在那里长大的。小时候，负责照顾和教育我的是三个女人，我都叫妈妈。开始我不知道她们的姓名，就按她们衣服的颜色来区分，蓝妈妈喜欢穿蓝色的衣服，她的话最多，我的名字她每天都要喊上百遍；红妈妈教我识字和算术，她总是笑，不管我学得多么糟糕，她说，笑能增强我的信心；紫妈妈最严肃，我很怕她，可我最佩服的就是她，她好像什么都会，音乐舞蹈，绘画雕塑，天文地理都懂。许多古怪的问题，可以把其他两个妈妈难倒，可就是问不倒她。我在那里很快乐，本来我和她们没什么关系，因为爱，我们成了亲人，我在这个大家庭度过了十二年，学到了很多东西。十五岁那年，因为要读大学继续深造，我离开了那里。现在有时间我就回家看看，不过只能以旅游的名义申请了。三个妈妈还是那么忙，她们每天轮流照顾多个孤儿，我也不忍去打扰她们，通常是在旁边看看她们，再看看我以前生活的地方就走了。”

“还有一个月我就要结婚了，我邀请了无边之城的亲人们参加我的婚礼，可由于职责，难以外出久留，很可能无法团圆，留下遗憾。前两天蓝妈妈跟我说，那里的人们知道我结婚的消息后都很高兴，可又担心到时候未必可以去参加我的婚礼。有人出主意说，无边之城是一片爱的乐园，我在这里长大，现在找到了爱人，为何不回来举行婚礼呢？这是从未有过的事，我知道这很困难，小爱难登大爱之堂啊。可就在刚才，城里居民大会做出决定，同意为我破这个例。你知道我是多么激动吗？这正是我梦寐以求的婚礼呀！我的未婚妻曼妮也很激动，她说她要设计一场独特浪漫的婚礼仪式，留下永恒的瞬间。在无边之城，那个人间仙境，世界上最美丽的地方，和相爱的人举行一场梦中般的婚礼，怎么就是我，成了这个世界上最幸福的人呢？是你，一定是你，给我带来了好运。”杰奇越说越激动。

“我可担当不起，只能说，是爱带来了好运。你和曼妮是怎么认识的？”

“这个问题问得恰是时候。我和曼妮就是相互寻找信物而成为情侣的。三年前，我在‘云基’中发现曼妮设置的红色寻宝线索，是从一个小故事开始。看完我很有感触，于是就关注她的经历，慢慢走进她的内心，很快就找到了她收藏的信物，并向她发出了我的寻宝线索。她很快就确定了大致地方，就是无边之城。可是要去那有些麻烦，申请后要排队很久，且参观时间很短暂，来不及找我收藏的信物。于是，她在那里做了半年义工，利用休息时间找到了我的信物，也更深地了解我。就这样，我们相恋了。”

张三说：“真浪漫啊，我一定要记下来。”

杰奇哈哈一笑，说：“所以说，这种追寻的游戏挺有趣。特别是在设置线索时，既反映人的文化修养也展现人的性格品位。寻找的过程，是一种很美妙的交流过程。我和曼妮本是两个世界的人，我的兴趣爱好太杂了，什么都想学，可什么也没学精，许多东西都是浅尝辄止，觉得脑子不够用就此告辞。曼妮呢？她就不同了，她唯独喜欢音乐，擅长作曲，为我们的婚礼已经作了好几首曲子。这种寻找能使差别如此大的我们成为恋人，真的很奇妙。”

转了一会儿，杰奇说：“这里比较僻静，风景不错，距自然保护区也挺近，经常有鸟儿飞过，在这里建房安家似乎不错。”

张三看不出这里有什么特别之处，但这个星球哪里都美，都适宜安家。费心选择不如随遇而安，杰奇不就是这样的人吗？

“刚才把这里的风光分享给曼妮，她同意在那座山上建房。”杰奇指着旁边的山说。

张三说：“那里水路不通，地势险恶，怎么做房子呢?”

杰奇说：“利用‘云基’，一个小时内就能完工，试试看吧。”

听说这么快就可以在这山上建好房子，张三也来了兴趣，随着杰奇坐在树荫下，听他讲解过程。

“个人如果要建房，可以先在‘云基’中查看这个世界的全景地图，选好地基位置后向物权委员会申请，当然，这个位置不能位于自然保护区，也不能影响先申请人的权益。从申请到审批，一般三分钟之内可以完成。土地的使用是免费的，每个人最多可以占用两百平方米的土地，每个家庭最多可以占用八百平方米。申请获得土地后，凭经批准的申请书就可以联系房屋建筑机构来盖房，他们有现存的房屋样品，选择好样品，建筑机器人就会到你选好的地基处，用打印机很快打造出你想要的房子。从想要一套房到拥有一套房，整个过程一个小时内就可以完成。当然，你也可以让建筑机构按自己的设计来建造房子，这样一般会慢点，不过也不会超过半天就可以把房子建好。”

“像这样的房子要花多少钱?”

“如果用现存的样品，一般只需要几千元，自己设计的话价格会高点，最高的能到万元，这些费用还包括必要设施的安装，比如电力设施，水循环设施和废弃物处理设施。用电很方便，都是内置一块拳头大的电池，里面储存的电量够用百年；至于用水，一般接公用纯净水源，不过，有的人住得比较偏僻，比如这个地方，附近没有公用水源，就需要装水循环系统了。每个房屋还装有反重力装置，如果想换个环境，可以启动反重力装置让房屋飞到新的地方。”

张三赞叹：“科技改变生活，在你们这里用到了极致。”

“这也可以看出来，‘云基’给生活带来了多大方便。里面集成的人工智能助理可以帮你应对生活中的各种困难。比如像刚才说的买房建房，可以交给智能助理全权处理，这样就没人的事了。”

很快，一架货运飞行器运来了建筑材料，里面走出几十个建筑机器人，开始建起房子来。

“我选择了加急模式，因此派来的机器人有点多，保证房子在最短时间内完成。”杰奇说。

半个小时左右，房子建好了，杰奇带着张三进去参观，说：“这座房子就是曼妮设计的，我向她分享了房子的实际效果，她很满意。下个月在无边之城举行婚礼后，我们就在这里定居了。”

突然，杰奇跳了起来，大声喊道：“找到了，找到了，戒指就埋在房子下面。”

张三也感到意外，说：“还真被我说中了，戒指就在你家。”

“真是太巧了，你就是我的幸运星。”

张三想了想，说：“你刚才说过，在寻找信物时，是不是要把搜寻的位置反馈给6647账户？”

“是啊。”

“线索暗示了先后顺序，就是学习、工作、节制、反思、家庭。但是为什么前面的没找到，能把最后的找到呢？那就是说先后顺序不重要了。”

“对于一生的成长，这个顺序有着很自然的逻辑，物主建议我们按这个顺序，但不影响我们找到信物。”

“我认为，没有五枚戒指，就这一枚，在寻找过程中，只要按先后顺序去了这五句话所指示的地方，戒指就会出现。”

杰奇说：“你的解释比较合理，不过我保留我的意见，反正这个人的账户已经关闭，无法询问真实情况，我还是认为是你带来的奇迹。更重要的是，这段经历很有趣，它将永远保留在‘云基’中，我随时可以再来一次，慢慢回味。”说完，咯咯地笑了起来。

“哎呀，我忘了买块显示器，曼妮想跟你这个天外来客视频聊天呢。”

“你刚才不是在衣服上显示各种图案吗？这应该可以当作显示器吧。”

“你倒是提醒我了，只是它只能显示图像，听不到声音。”

杰奇的胸前现出一个女子的头像，她向张三招招手。

一行漂亮的文字显示在旁边：“欢迎来到我们的世界。”

张三说：“很高兴来这里，让我学到了不少东西。”

“你能在这里多留一段时间吗？我们想邀请你去无边之城参加我们的婚礼。”

张三说：“谢谢你们的好意，我乘坐的是别人的飞船，和飞船的主人约好了今天就回去。”

“那真遗憾，不过，高兴的是杰奇带你参观了我们的世界，这段宝贵的经历通过‘云基’可以随时与我分享。好了，让杰奇带你继续参观吧，我不打扰你们了。”曼妮说。

杰奇说：“我现在对这个寻找顺序有些理解了。人的一生，从学习开始，自由地培养发展自己的兴趣和潜力，并将这种兴趣和潜力带到工作中，去实现价值，将这个世界建设得更美好。这个世界保证了学习和工作都是很自由的，但自由也是有限度的，长大后，要理解这种限制，无视甚至破坏这种限制将面临监禁的惩罚。懂得节制，才是真正长大，就适宜成家了。”

“嗯，”张三点点头，“才半天工夫，你就让我看遍了这个世界，不过，我看到的是现在的世界，我还想知道这个世界的历史。”

“那就去时光城吧，那是我们这个星球的中心城市。”说着，两人登上飞行器向时光城飞去。

张三指着下面的人群问道：“那些人怎么都步行呢？他们去的地方似乎都挺远。”

杰奇说：“随着科技进步，自然环境改善，人的寿命大大延长，平均寿命达到一百岁，寿命长的可以活到一百五十岁。不少老年人喜欢徒步环游世界，适宜徒步旅行的环球路线有三条，每条路线风光各异，给人带来完全不同的体验。曼妮的外公把这三条路线都走遍了。在旅途中，他把‘云基’中几十年的记录剪辑成一部两小时的视频，再融合他的思考和感触，经过加工处理后制作了一部电影，名字就叫《一生》，推出后非常受欢迎，还在影院上映了。对了，曼妮正在她外公家，我们约好了，今天晚上一起去影院观看这部电影哩。”

“真没想到，你们有了‘云基’这丰富多彩的体验世界，居然还保留了电影院。”

“是的，虽然可以在‘云基’中看电影玩游戏，但电影院和游戏厅并没有淘汰，不少人还是喜欢公众一起分享的场景。现在电影院和游戏厅数量比较少，不过设施非常完善，体验非常好，制作的电影能够进入影院上映那是莫大荣幸，这完全取决于电影的质量。”

看那些老人，都是两手空空，有的走累了，通过“云基”，租用各种生活用品，在野地扎营，举办各种聚会。临走时，叫来机器人，将残留物清理得一干二净，使野外恢复原状后，老人们背着双手，闲庭信步，又踏上新的旅途。

“我和曼妮约定了，一百岁之后，也要像这样走遍世界。”杰奇说。

“然后像她外公那样，将两人的见闻和见解综合起来，从男女两个角度，更圆满地诠释《一生》。”

杰奇愣了一下，说：“这我们倒没想过，不过这是个不错的建议，我们会考虑的。”

“户外的人真多呀，今天是假日吗?”张三问道。

“我们现在取消假日了，现在的人们，基本上都能自由做自己感兴趣的事，没必要规定假日了。”

“是啊，我倒忘了，你们自由了，每个人都可以给自己放假。”

“嗯，不过那是成年人，未成年人还是有学习任务的。”

“没有假日，有普天同庆的节日吗?”

“传统的节日也取消了。在对历史的研究中，发现许多历史事件并不是记载的那么回事，许多传统节日很可能建立在虚构甚至虚伪的基础上。目前，世界上就一个节日，哎呀，我怎么把这么重要的事忘了。”杰奇突然大拍脑袋。

“什么事?”

“唯一值得全世界的人用节日去纪念的事。说来话长，现在讲也来不及了，前面就是时光城，在城市中央广场，矗立着时光之塔，那里是了解我们这个世界历史的最好地方。我认识那里一位年纪比较大的老师，他经历过这件事，让他给你讲更好。”

“好吧，就给我留会儿悬念吧。”

“我们世界有三大工程，一是无边之城，一是自然之家，一是时光之塔。无边之城要上去不容易，自然之家只能远观，只有时光之塔可以随便参观，不容错过。”

“真壮观，真漂亮。”张三赞叹道。离塔的距离还很遥远，可是看得很清楚。

“时光之塔是我们这个世界最高的建筑物。上学时期，我们来过这里参观学习。我给你联系的老师，亲眼见过那件重大事件，让他带你去参观讲解吧。我和曼妮约好去看电影《一生》，就不跟你去时光之塔了。”

在一座耸立云端、洁白无瑕的高塔前，飞行器停了下来。张三看到塔前有一座雕像，有人在那里祷告膜拜。张三问：“你不是说你们这个世界打破了崇拜，没有崇拜的人吗？这个雕像又是怎么回事呢?”

杰奇笑着说：“这座雕像纪念的可不是我们这个星球的人。等你去参观了时光之塔，就什么都明白了。”

临别时，张三说：“你刚才带我认识了你们的世界，而且选择从一个普通人的角度来认识，我很感动。我能感受到作为一个普通人，在这个世界过的是一种什么样的生活。能让普通人过得快乐的世界，才是美好的世界，很高兴认识你们的世界。”

杰奇叹口气，说：“如果世界上的每个人都是普通人，那就是更好的世界了，可是我们还做不到。”

张三拍拍他的肩膀，说：“你这么想，就有希望了。”

张三下了飞行器，来到时光塔前面的广场，广场上除了那座雕像外，没有其他建筑物。虽然人来人往，却很安静，有几个人站在雕像下面沉思。雕像是一个小女孩，看不清面目，站在天平中央，一手指着天上的星星，一手指着地下的人们，似乎在说着什么。一名老者走过来，说：“我是这里的引导员，你是张三吧，杰奇和我联系过了，我带你去这座塔参观吧。”

“那就有劳了，杰奇向我介绍了你们这里许多事情，在他和我分别前，说有一件重要的事没有讲，希望能在这里聆听您的讲解。”

“嗯，那是一段极其重要的历史，参观完塔中的历史隧道，你就明白了。”

“我看这里的建筑物都很低，唯独这座塔特别高，有什么特殊意义吗?”

“塔顶有信号发射器，以前是为宇航员提供指引，当然，现在来说，主要是象征意义了。”

老者边走边向张三介绍：“时光之塔一共有108层，地下18层，地上90层，采用的是可伸缩设计，必要时，整座塔可以保持原样缩到地下深处。建筑主体材料是一种智能合金材料，可以自动调色，还有自我修复功能，使用寿命可达亿年。建设这座塔的主要目的是记录这个世界的历史轨迹，位于塔中心的历史隧道占据这座塔四分之三的空间。塔的底层有着最坚固的保险室，里面的服务器和存储器，不但处理着整个世界所有的云端计算和存储，记录了世界上已有的文化和知识，还保存着世界上所有已发现生物的基因，在建这座塔时，做了最坏的打算，因此，也有人称这是希望之塔。”

“塔的顶层设计很别致，好像还在慢慢转动，那里是干什么的？”

“那里是委员会总部办公地，目前管理世界的是五个委员会，分别是公事委员会，安全委员会，审判委员会，物权委员会，人权委员会。我们先去那看看吧。”

电梯运行速度很快，不到三分钟，就到达顶层中央。第一眼看去，给张三的感觉就是简单透明，五个办公室呈五角星形排列，里面除了办公桌椅，看不到其他设施。办公桌椅呈扇形靠着透明的外墙排列，做得极为精致，不浪费一丝材料。在这里，外墙的颜色都调节得如同窗户般透明，可以看到这个世界很远的地方。办公室挺大，里面办公的人并不多，有男有女，大部分都很年轻。

“他们的办公室似乎围绕着中心缓缓转动，这样设计有什么用意吗？”

“就是想让这里工作的人，视野不受拘束，能完整地看到这个世界。转动的频率和星球自转的频率相同，一天转一周。”

“能介绍一下这五个委员会吗？”

“先说物权委员会吧。物权委员会的成立，有着划时代的意义，改变了我们许多观念。根据以前的经济理论，明确经济资源产权，注重对所有权的保护，可以使资源更有效率地配置及利用。这个理论一经提出就深具影响力，引导我们发展了近百年。后来发现这犯了头痛医头，脚痛医脚的毛病。只着眼于局部地去解决问题，却留下了更大的隐患，助长了人对物的占有欲，引发很多社会问题。虽然对经济发展有一定的积极作用，但让人与人之间的关系越来越冷漠，甚至引起对立和仇恨。如果不改变这种根深蒂固的观念，许多问题都只会在表面得到解决。九十年前，最高执政官公启贝颁布了新的物权法，明确了资源属于大自然，人类只是租用或借用，作为条件，人类必须呵护大自然，尽量循环利用资源或使用可再生资源。取消了任何人及组织对物的所有权，对物的滥用将追究法律责任。”

“这是一项伟大的立法，在许多方面给我们带来了深远的影响。它使人从物欲中解脱出来，将眼光和精力放在了更高层次的追求上。商业财富侵蚀灵魂、支配一切的时代终于结束了，世界不再以商业为导向，真正进入多元化。只要不妨碍别人的正当权益，每种价值追求都会受到平等的尊重或保护，世界有了实质性的改变。”

“因此我们对自己的知识产权拥有所有权，只有自己的思想、知识、创意才真正属于自己，这个星球甚至这个宇宙中的物质都不属于我们。这让我们注重精神财富的创造而不是物质财富的积累。”

“新的物权法会不会打击群众的劳动积极性，给生产带来影响呢？”张三问道。

“起初是这样的，生产总值下降幅度很大。不过这并不是什么坏事。这颗星球资源丰富，只需要少量的劳作就能生产出满足所有人的基本生活资料。物质财富的积累反而会导致争夺和浪费。在物质生产上花的工夫少了，人们就可以做自己感兴趣的事，越来越多的人选择去创造、去探索，科学文艺发展显著加快，文明发展步入黄金时期。当人工智能应用成熟后，这些就更不是问题了，基本的物质生产都可以让机器人来完成。”

“物权委员会在新的物权法颁布后成立，最开始的职能是监督人们对物的使用，防止资源的流失及浪费。现在它的职能有所扩大，还起到控制物价的作用，物权委员会里有最先进的算法，可以对这个星球上所有具备经济价值的资源计量、追踪、平衡。物权委员会成立后，还启动了一项伟大工程。这个星球一半生态由于以前的战争和攫取遭到破坏，在物权委员会的带动和指导下，经过坚持不懈的努力，生态得以恢复，建立了大片自然保护区，让世上的动物在那里安了家，人类不得打扰。”

“审判委员会最有公信力，委员会里的法官要求极为严格。特别是大法官，在专业技能、智慧阅历、品德修养等方面无不令人信服，因此审判委员会自由裁量权非常高。”

“现在，制定的法律不再当作审判的准绳，只具有参考作用。案件在查明事实真相后，由法官自由度量如何宣判。以前有种说法，那就是法理高于情理，即使法律制定有不合理之处，也必须遵守。现在反过来了，更认可情理高于法理，法官不需要死搬法律，他可以综合各方面考虑自由做出判决。同样的犯罪行为，判决结果可能大不相同。”

“以前我们相信制度，认为好的制度让坏人变成好人，坏的制度让好人变成坏人，希望设计良好的制度防止坏人出现。其实制度只是手段，不是目的。现在我们更相信人了，这是实质性的进步，走到这一步相当不容易。但这不是应该的吗？因为人是目的。特别是审判委员会的法官，在世界上有很高的威信，法官的判决一般都能让人心服口服，虽然有上诉的机会，但上诉率越来越低了，案件的上诉现在可是大新闻。”

“人权委员会管理着医疗和教育。近年来出现了一些新的问题，在发生了一系列自杀事件后，人的心理及精神状况引起关注。追求刺激的本性并没有改变，只是以前偏重于肉体，现在偏向于心灵了。这都是人权委员会面临的难题。”

“安全委员会在以前警察职能的基础上有所扩大，主要是对各种危险的预防。借助于‘云基’，现在的暴力犯罪基本上都能及时防止。将世界所有可能造成人身安全事故的风险点都列出来，利用人工智能，时时加以监控，提前预防，确保不发生任何安全事故。”

“公事委员会相当于以前的政府部门，在许多事务被其他四个委员会分担后，公事委员会管理的事务比以前政府部门缩减了许多。特别是在纳税取消后，公事委员会的职能就更小了。现在人的信用增强，特别是公职人员，再加上科技进步，就连金融都取消了，经济交由‘云基’去计算平衡，由‘云基’根据供需状况直接发行电子货币用于委员会的各项支出。”

“五个委员会各司其职，各尽其责。遇到综合性事项或重大事项，一般由委员会共同协商，协商不成，就由审判委员会的五名大法官裁决。”

“委员会工作人员就这些吗？看起来每个委员会都只有百人左右。”张三说。

“除了安全委员会和审判委员会在其他地方有分支机构外，其他委员会的成员全在这了。随着‘云基’的计算能力越来越强，委员会中许多工作都可以交由人工智能去完成，委员会的人越来越少了。再说，现在愿意去委员会工作的人也不多了，尽管公职人员的福利越来越高。民众也希望管理越来越简单，有的恨不得想取消委员会呢，可是，要走到那一步又何其困难。”

“科技就是力量。这些改革能取得成效，都离不开技术的支持，比如刚才所说的物权法的实施，首先要解决的是对物的价值计量及对消费的记录和控制，如果在技术上不能解决这个问题，那就不会有实施的可行性，只能像以前的许多规定一样，流于形式。好在那个时代电子货币完全普及，物的计量系统上线运行，可以实现对经济资源及交易活动的追踪和计量，依靠这些技术，新的物权法在实行过程中很顺利。”

张三说：“像这种实质性的变革，技术不可或缺，但这远远不够。变革最大的阻碍是既得利益者，他们一般也有着最大的话语权和决策权，他们之中可能会出现那种具有牺牲精神的伟大人物，但也只是少数，改变不了历史趋势，你们的改革为什么会这么成功呢?”

老者凝视着远方，声音变得庄严肃穆：“有一股强大的力量，命令我们实现平等，否则世界末日就会降临。”

转过视线，看到张三露出疑惑的眼神，老者说：“有段耐人寻味的历史，让我们去历史隧道体验吧，它在塔的9层至81层。”

第二十章　02: 00

乘电梯下到81层，走进历史隧道，感觉就像到了太空。隧道非常辽阔，里面星光闪耀。

隧道口停留着一枚枚蛋形飞行器，老者带着张三坐在飞行器上，飞行器在隧道中飞起。

“在这座塔里，越往下，存放的历史记录越早，我们先到最底层，向你从头介绍我们的历史。”老者说。

老者带着张三在塔的中央降落，光线渐渐转暗，空中星星渐渐稀疏。老者向张三缓缓道来。

星光表示记录的历史，对于早期历史，记录很少，因此星光暗淡。

这里记录的最早历史，距今已有两三千年，这段历史我们所知甚少，只知道很黑暗，是一部血泪暴力史，这段时期我们称为黑纪年。生产力低下，为了生存，人性的野蛮邪恶在这段时期暴露无遗，压倒了一切。

然后就是为了统治这个世界而发生的战乱史。受战争影响，世界人口一直比较少，以这颗星球的资源，本可以让所有人都丰衣足食，可是由于人的贪欲，让这只是一个美梦。

在有了一定的文化和教养后，世界出现了许多规则，人懂得了伪装，但剥削和压迫并没消停，一旦撕下面具，战争也随之而至。

飞行器向上升起，来到近代历史区。

到了近代，虽然战争少了，但人民过得很苦，特别是贫民区，那里的人没有基本的人权保障，永世为奴，为权贵阶层卖命。

纵观这些历史，虽然生产力在提高，文化也在发展，不过不平等问题从没改善过。

直到外星人降临，才从根本上改变了这一切。

一百多年前，掀起了寻找外星生命的热潮，越来越多的人相信存在外星生命，甚至还认为他们正在观察我们。如果他们能来这里的话，科技肯定远比我们发达。他们是善还是恶呢？来了的话对我们会是什么态度呢？是会帮助我们还是会侵略我们？这是耐人寻味也激动人心的问题。没想到，外星人真的来了。

我现在一百多岁了，有幸亲眼见到那起意义非凡的事件，虽然过去一百多年了，可仿佛发生在昨天。那是一个傍晚，万里晴空，气候凉爽，轻风拂动，我和小伙伴们在城市中央广场放风筝。一片绿色叶子形状的飞行器突然出现并悬停在广场的半空中。因为放风筝，我的眼睛一直盯着天空，可它是怎么来的或是从哪个方向来的我都不知道，随着一道闪光，它就出现了。

叶子竖起来，像发芽一般，上部分张开成两瓣，里面射出一道白色光柱，一个外星人随着光柱上升几米后静止悬浮在空中。外星人来了，大家都看呆了。刚才还喧闹不已的广场顿时变得鸦雀无声。

这个来自外星的生命和我们长得有点像，有手有脚，脸上戴着白玉面罩。看样子像个八九岁的小女孩。既然和我们长得差不多，会不会有什么关系？要是攀上关系帮帮我们就好了。

只见外星人左手轻轻一挥，天空中的比邻星四分五裂，右手再一挥，分崩离析的比邻星又合拢得完好如初，这一手神力令我们惊愕不已。在她开始出现时，大家都以为她是外星人，现在又觉得她是神了。她说："我叫易心，来自和你们相邻的仙女系，星际飞行路过这里，观察到的这个世界令我很伤心，本想毁灭它，可爸爸妈妈说，知错能改还是好孩子。因此我给你们一个改正的机会，你们要在一百年内实现全世界所有人的平等，否则，谁也救不了你们。特别是那些权贵阶层，若还执迷不悟，不抓紧时间改变，心存侥幸，那就是自掘坟墓。我会将这里的一切毁灭，让罪恶就此绝迹。你们好自为之。”

话说完，她就落回飞行器，又是一道闪光，飞行器消失在远方。

大家都惊呆了，好半天才回过神来。

一直寻找外星人，希望和外星人交流，现在外星人来了，大家却没有想象中的那种兴奋，失落之情倒是有不少。外星人来了，既没帮助我们，也没侵略我们，就这样挥了挥手，说了几句话就走了。真的是说来就来，说走就走。

不过，仔细想想，谁说外星人没帮助我们？逼我们实现平等不是最大的帮助吗？谁说外星人不侵略我们？如果百年内达不到她的要求，就要毁灭我们了。

那天广场上近万人目睹了这起事件，很快，新闻报道传遍了全世界，好长时间，大家都在讨论外星人事件。

政府对外星人的警告很重视，马上进行实质性的改革，大家上下一心，改革效果非常好。有人怀疑执政委员会成员受到了外星人的禁制，不然仅凭几句警告未必这么管用。

如果不是那个外星人，我们不知道还要在黑暗中挣扎多久。前几年发生一起天体撞击事件，我们利用高效的能量装置使其改变轨迹，让世界安然无恙。事后，大家反思，若没有外星人的警告，没有那一百年突飞猛进的发展，我们将束手无策，世界会因此毁灭。通过这件事，有人将文明的发展和一个自然规律联系起来。热力学上有一个定律，说的是封闭的系统因熵值不断增大，最终会发展到无序混乱状态。是不是文明的发展也是如此呢？若任凭我们自己发展，终究会走向灭亡，正是外星人给这里带来新的启示和力量，使我们的文明进程得以突破恶性循环，朝着良性发展，让所有人的生活越来越美好。

现在的世界很美好，这全靠外星人的警告。看看这一百年实现平等的过程吧，我认为这个过程比起结果来，意义更加重大。我有幸完整地经历了这一百年，这是一段让我无比沉醉的历史。历史上也出现过多次改革，可几千年来，世界的本质没发生变化。而在这短短一百年的时间内，世界就发生了令人震惊的变化。并且现在的世界有足够的保障措施不会让历史倒退，不会再回到那令人伤心的时代。

改革是从教育开始的。外星人警告没多久，一系列教育措施出台，政府在教育领域的投入一下子翻了上百倍，就连贫民区也实现了义务教育。并且教育课程非常丰富，注重在启蒙教育中培养人的求知兴趣和创造热情。以前不受重视的基础理论课程比例大为提高，并且这些改革在实行过程中不打折扣，且贯彻始终。

那时候的人，确实很争气，大家都非常珍惜这史无前例的良机，专心致志汲取文化知识。特别是贫民区的人，以前从小就去做苦力，现在居然可以上学，且学习自己感兴趣的东西，这巨大的转变，怎能不叫人好好学习呢？虽然自己有读书的机会，可父辈们还在从事繁重并且低效率的农活和挖矿，在那宽松开明的环境下，只要有了知识和技术，就能很快转化为生产力，改变他们的生存状况，试问谁还不努力呢？那个时代，科技飞速发展，十年之内就实现了农业及挖矿的机械化，然后就是自动化的普及，到现在人工智能可以完全自主进行生产。更令人惊叹的是，文化繁荣昌盛，不但将原以为无法逾越的古典文化发扬光大，还经过一系列的批判反思，开创了多元化的现代文化。

看看吧，那个时代出了多少杰出的人。在这历史隧道中，他们是一颗颗闪闪发光的星星，点开那些星星，就能看到他们的贡献和生平事迹。

看到那段时期星光璀璨，张三忍不住赞叹："那确实是一个令人激动的时代！"

"都说天才几百年才出来一个，可是那一百年，为什么就出了那么多天才呢？也许，说天才是不合适的，只能说，人的大脑异常复杂，每个人的潜能都是不可估量的，以前所谓的天才，只是遇到了良机，将潜能发挥出来。过去的一百年，就是一个非常完美的时代，可以让许多人发挥出潜能，使世界的发展超出常规。”

“这是文尔德，出生于贫民区，一生遨游在知识和艺术的海洋，在哲学、科学、数学、文学、音乐这几大领域都获得过世界最高奖和终身成就奖，令人叹为观止。这也让我们明白，人的潜力是多么巨大，如果不去培育激发这种潜力的土壤，就是最大的浪费。显然，在外星人警告之前，我们浪费了三千多年。”

这里出现了文尔德的生平事迹，用全息图记录了他的一些生活片段，看着他在知识领域攻破一个个难题时，笑得就像个孩子。张三也深受感染，情不自禁地笑了起来。

旁边显示一句话：“我的一生，以贫瘠的选择开始，以丰富的选择结束。知识让我懂得限制，艺术使我体验无限，如此对立冲突中，我收获了波澜壮阔的人生。”

“他生前说的这句话被当作墓志铭，不但刻在碑上，也刻在人们的心中。”老者说道，“生命本该多姿多彩，我们并不鼓励号召所有的人都去搞研究。也有不少人喜欢过那种田园式的生活，一生好像并没有给世界带来什么贡献，但我们也会尊重这种选择。实现平等，要认可价值追求的平等。其实，在自由的氛围下，人的创造才能更容易激发。像刚才你看到的文尔德，一个人在不同的专业都获得过最高技艺奖，这在以前是不可想象的，因为知识越来越多，越分越细，以人的精力只能选择一个点去做研究，至多也只能跨一下相关的专业，可他在文理多方面都深具造诣，所以说，人的潜力深不可测，只要有好的土壤就能开花。而自由和平等，无疑是非常重要的。”

“除了教育改革之外，当时还有哪些改革呢？”

“随之而来的是经济和政治改革。经济改革以物权法的颁布为突破，再配合计算机强大的运算能力，整个世界的经济变得越来越简单，越来越透明，也越来越公平。随着文化和经济的发展，人民的觉悟越来越高，应该让人民自己管理这个世界，这也是实现平等应该走的路。大家再一起研究，就形成了现在的委员会管理模式。最后一任最高执政官公启贝，通过首届普选，获得了最高支持票，可以自由选择担任五个委员会的主席之一。”

“那他担任的是哪个委员会的主席呢？”张三问道。

“人权委员会。”

“这真是一个皆大欢喜的局面。”张三说。

“是啊，这像是小说中的情节，可它就在现实中发生了。”老者哈哈大笑，“虽说现在的科技和文化更胜那个时代，但我觉得，现在的人远没有那个时代的人那么充满激情，满怀希望。我更怀念那个时代，让我们真正进入文明的时代。那个过程令人激动无比，回味无穷。”

“一百年的时间能发生这么大的变化，简直就是奇迹了。”张三说。

“以前认为天经地义的规则，现在却在审视是否合理。这一切都是因为人与人之间的信任加强了，只要人的素质和道德提升，这个世界其实就很美好了，至于规则机构的设置只是相辅相成罢了。而我们能走到这一步，正是因为那次外星人的警示。如果她不说自己是从别的星球过来的，我们都以为是天使降临呢。现在的世界，仍存在不少问题，但相比以前可称得上是天堂了。是的，这颗星球景色优美，资源丰富，本该是一片乐土，可人性中的恶，让我们在黑暗中挣扎了这么多年，为了少部分人的欲望，竟然牺牲大多数人的利益。”

“那个小女孩以后来过这里吗？”

“没有。”

“那就是说，你们在实现平等方面取得的进步令她满意吧。”

“不久前做了一次民意调查，觉得平等的人数占到了总数的百分之七十九，比起五年前降低了五个百分点，不过这是一种进步，说明人们对平等的认识更深了。当然，有没有实现平等，民意调查只是一个参考，大家各有说法。有的说已经实现了平等，看，百年已过，外星人并没有来毁灭我们；有的说还没有实现平等，但相比以前有着天壤之别，重要的是大家都有了这方面的意识并努力改进，实现人人平等是个很艰难的过程，需要漫长的时光，目前取得了一些成就，外星人当然不会去惩罚一个知错悔改的孩子。”

“其实，仔细一想，平等的实现不在于资源的分配，它关系着自由和博爱。不可能推出一项制度或找到一个资源的分配方式让所有的人都觉得满意，只要存在不满意的人，就会存在不平等，除非因为爱而不予计较，因此，要完全实现平等，必须让世界充满爱，这可就难了。在对事物的评价上，我们虽比以前开明，但也有一些不足之处。”

“还有什么不足呢?”

“在对事物的评价上，我认为可以区分三个阶段，一是对错与否，一是合适与否，一是令人伤心与否。我们处于第二个阶段，最后那个阶段还遥不可及。”老者说。

“这里记录的是从古至今的历史吗？给我的感觉历史资料很少，这地方空间很大，显得异常空荡。”张三问道。

“那是因为我们对历史的真实性要求很严格。历史中很多事情的细节目前还无法确定，虽有记载，但达不到可以接受的置信度，就没在这里记录。”

“嗯，历史的真实性非常重要，可如何保证呢？谁又保证得了呢?”

老者笑着说：“这确实是个大问题，我们对此也比较重视，展览的历史事件都标注了可信度。随着科技的发展，我们找到了解决办法，迟早可以还历史一个真实的面貌。”

“你们是怎么做到的?”张三有些吃惊。

“具体细节我也不是很清楚，只是听科学家说，对于已经发生的事件，信息以光速在时空四处扩散，绝不会丢失，只要科技强大，就可以追踪收集这些信息再现真实的历史面貌。我们几年前制造出了这种时光再现机器，经过这种机器认证的历史具有最高级别的可信度，都会在后面标注五颗星。未经这种认证的，无论考古证据多么充分，最多也只有四颗星的可信度。”

“可标注五颗星的历史很少呀。”

“目前这种机器还不够强大精密，只能还原最近五十年的历史。这是一项庞大的工程，随着越来越多的人参与进来，技术进一步发展，相信终会还原我们这个世界所有的历史面貌，那时候，这里才称得上是真正的时光之塔。”

“在对历史教学上，我们也有很大转变。现在的学生，在学完历史的大致框架后，就根据时代背景围绕某个时期或某个人物自己编写历史事件。这样，几乎每个人都可以创作历史了，在技术还不能还原过去的面貌前，我们对编写的历史是不确定真假的，只对合理性和价值取向进行评论。”

“这是学习历史的过程，那学习历史的目的又是什么呢？以前觉得历史就是面镜子，以史为鉴。现在就是为了体验。一个人的一生只有百年，经历的深度和广度都很有限，只有融入历史中，才能体验到无与伦比的波澜壮阔，在这种情形下，才能真正消除个体与整体的矛盾。因此，在以体验为导向的价值观下，历史对我们极其重要。它拓展了个体生命的深度和广度。”

老者说：“历史隧道不仅展示历史，还可以体验历史。椅子上有一个帽子，连接着云服务器，可以对数据进行快速的分析处理反馈。你刚才了解了我们大致的历史，处于一个知与不知的叠加状态，是最富创造的时候，说不定可以体验到历史的真谛。在这里你会体验到什么，现在谁也不知道，它会根据你对历史的认识和自己心中的期待生成一系列场景。你想试试吗?”

张三点点头。老人把帽子给张三戴上，说：“这顶帽子可以和你的意识交互，它连接着云端的超级运算，戴上它就可以获得关于历史的体验了。”

张三戴上帽子，眼前无限空阔，高速在宇宙中到处穿梭，各种星系扑面而来。

在遍历整个宇宙后，张三发现自己置身于一个很美丽的庄园，那里有山有水，有花有草。兔子般大小、五颜六色的精灵到处出没。

突然，一座小山崩塌，压向一只白色精灵，张三冲过去，用身子顶住小山，救下了那只精灵，而张三被压在山下，就此不省人事。

醒来时，张三居然完好如初，一个和张三差不多大的中年男子扶着他，说：“你失血过多，刚输入我女儿的血，她的血型比较适合。”

旁边，一个小女孩捧着精灵，含笑而立。

张三正要道谢，发现自己无法说话。小女孩说：“谢谢您救了小白。”

“爸爸，真想不到，这位叔叔那么小，居然会有那么大的力量，救得了小白。”

我小吗? 张三不明白了。

中年男子说：“他的力量不是身体发出的，再说，他属于外来者，由外向内施加影响容易得多。”

“哦，原来是这么回事，我懂了。”小女孩将紧握的手伸到张三面前，含笑说，“叔叔，这个送给您。”

张开手，手心里是一只贝壳，用一根草穿着。

不待张三推托，小女孩就将贝壳戴在张三脖子上。

“好了，我们还有事，就先走一步了。”中年男子说。

这是他们的地方，他为什么这么说呢？容不得张三多想，在中年人说出告别的话后，眼前的一切突然变得无比巨大，直到大成一片虚无，张三又置身在浩瀚的宇宙中。

这次，张三不仅可以看到各种星系，还能看到各种事件，所有的历史信息散布在宇宙中，以一道道光锥的形式展现。一幕幕惨剧在眼前发生。杀戮，压迫，煎熬，冷漠，欺骗……

先前还只是看着历史在眼前重演，可随后，张三已经深入那一道道光锥之中，感觉自己身陷历史洪流中，这样的体验，更加刻骨铭心。随之而来的伤心，似乎要将张三撕成碎片。

突然，胸前的贝壳张开，一颗泪珠飞出来，随着伤心的程度，一下子暴涨了，瞬间就包住了整个宇宙，将宇宙中的一切凝固。然后，泪珠破灭，消失无踪，而宇宙中的一切，仿佛经历过最完美的重组，所有生灵，过去的，现在的，未来的，都快乐地活着，所有人，都有着美妙的体验。当然，也包括张三。

这是怎么做到的？太神奇了。张三心中无比震撼。

摘下帽子，回到现实，张三看着历史长廊中闪烁的星光，发起呆来。

老者什么也没问，带着张三离开了历史隧道。

张三回味着刚才的体验，说：“我还不知道你们星球叫什么名字呢？”

“叫伤叶。很长一段时期，我们的星球都只有泛称，没有特定的名字。自从外星人来了之后，经历一系列改革，才由最高执政官给星球命名。”

“我来的时候，从太空鸟瞰这颗星球，植被呈现一片片叶子形状，真是太美丽了。”

“我们的环境曾经遭到巨大破坏，植被面积锐减，如果没有生态修复工程，那些叶子都是残破不堪的。”

“除了委员会总部办公室和历史隧道，塔里还有其他可以参观的地方吗？”

“地下深处的保险库是不允许参观的，在历史隧道上方还有一座图书馆，是世界唯一的实体图书馆，提供纸质书的借阅。虽然科技的进步使得纸质书没有存在的必要了，不过几千年的传统，让人对纸质书有着特殊的感情，因此，特意在这座塔里建了一座图书馆。”

“可以去那里参观吗?”

“当然，我带你去。”

老者带着张三乘电梯升到88层，来到图书馆，眼前顿时一亮，一阵大自然的芳香扑面而来，里面是一座大型的室内生态圈。有花有草，清泉流水，设计得精美又巧妙。虽然见识了这个世界不少奇妙景象，可看到这一切，还是颠覆了张三的想象。

整个大厅呈圆形，直径有一百多米，一排排桌子呈圆形排列开来，桌子和椅子的形状和颜色各异，搭配都很巧妙。空处位置都长满各种花草，连墙壁和房顶也覆盖着蜿蜿蜒蜒的青藤和花朵。桌上也盘绕着各种花草，极富个性。有的人坐着，有的人躺着，有的人打开椅子上的遮光棚，像是一个茧子，在里面休息。大厅挺安静，人们都拿着书本看得很入神，几个半米高的小机器人来回穿梭，有的清理垃圾，有的修剪花草。顶上一盏看起来很特别的灯照亮了这里，光线非常自然，就像外面的阳光，照在身上暖融融的。

“这是可以发出自然光的日光灯，它使室内的植物正常生长。”老者指着顶上的灯说。

大厅的中央是提供图书的场所，可是那里只有几排书柜。书柜左边的出口用于还书，右边的出口用于取书，没有服务人员，全部是自助服务。张三看到有的人把书归还后，十秒钟左右，书柜里吐出了他所借的书。

“这几排书柜能装多少书？为什么你说这里存放了全世界的书呢?”

“其实储存的还是数字，只是书柜有套快速生产书籍的设备，能在很短的时间把内容印制到纸上，这种纸也是特殊材料制作的，可以循环利用，想看哪本书，书要多大尺寸，都可以在‘云基’中设定，然后去书柜处领取就行。有了这样的书柜，我们就不用像以前那样伐木生产大量纸张去印制图书了。”

“你们善用科技，将自然简洁融合得真是巧妙。”

“有些喜欢看书的人，在这里长期住着，吃喝都很方便。困了就把椅子拉开，打开椅子里的帐篷，就成一张舒适的小床了，想洗澡了，可以去下面的室内游泳池。”

参观完图书馆，老者要带张三吃饭，张三没感觉饿，再看看时间，和皮皮七约定的时间快到了，于是向老者辞行。

“好吧，既然和同伴约好了时间，我就不留你了，我叫飞行器送你。”老者说。

老者把张三送到大门前的场地，一架飞行器停在左侧。

和老者告别后，张三上了飞行器。飞了一会儿，飞行器上的人工智能说：“前方有两人想乘飞行器，和你顺路，你愿意搭载他们吗？这是为你叫的专用飞行器，你有权允许或拒绝。”

张三说：“好的，让他们上来吧。”

飞行器降落下来，门打开了，上来一对母子，小男孩十岁左右，有着一双深邃的蓝色眼睛，令人印象深刻。

小孩对张三招招手，笑着说：“谢谢叔叔提供方便。”张三说不用客气。

小孩走过来，说：“叔叔您戴的眼镜挺好看的，是在哪买的？什么型号？”

张三说：“这是别人送给我的。”

小孩围着张三仔细看了看，又拉着张三的双手，愣了一下，然后兴奋地跳了起来，说：“叔叔，您是外星人，您一定是从仙女系过来的吧？”

回过头朝着身后喊道：“妈妈，叔叔是外星人，他们终于来了。”

小孩的妈妈走过来，说：“别胡说，叔叔哪里像外星人了？”

“他没有‘云基’，我拉着他的手要加他为好友都没反应，不信问叔叔。叔叔，您是外星人吗?”

看着小孩充满期待的眼神，张三实说：“不错，我是来自其他星球，不过不是仙女系的，和你们一样属于银河系。”

小孩的妈妈很吃惊，说：“你真的是外星人，真想不到，和我们长得真像啊！你们那里离我们远吗?”

“有几万光年吧。”

小孩有些失望，说：“您不是仙女系的，那您也不认识易心了。”

张三点点头，说：“我也是刚听你们这里的人谈起她，我们的文明还没有你们发达，比起仙女系的他们就更不如了。”

小孩好奇地问：“那您怎么到这里来的? 星际旅行我们还做不到哩。”

“是塞亚星人的飞船带我来的。”

“塞亚星人? 他们在哪里呢?”

“我不知道，只知道离这里挺远，不是你们要找的仙女系。”

“你们还有人来我们星球吗?”

“除了我，还有一个智能机器人，是塞亚星人制造的，它在飞船上。”

“从你们那里过来花费了多少时间?”

“很快，飞船可以穿越时空。”

小孩兴奋地说：“那不是可以去仙女系吗? 能带我去那里吗?”

小孩的妈妈说：“仙女星系那么大，你又不知道易心在哪。”

张三说：“你想去我也带不上你，那个飞船太小了，形状就跟你们的自行车差不多，只能坐一个人。”

小孩很失望，说：“唉，那又不知何时才能去仙女系了。”

张三问他：“去仙女星系就为了找易心吗?”

“是的，我有很多话想跟她说，可是以我们的科技，不知道什么时候才能去那里，这样的等待太漫长了。”

张三想了想，说："这样吧，我去那里找找看，有什么话你可以记录下来，我找到她后交给她。"

小孩跳了起来，欢呼着说："好，我马上记。"

小孩的妈妈说："那就有劳你了。你去仙女系碰碰运气吧，找不到就算了，不要太费心，这孩子，总想着去仙女系告诉易心这里发生的一切。"

飞行器停在了原来森林处的地铁口，三人一起下来。走到亭台里，小孩说他要写封信，已经在"云基"买了笔和信纸。

小孩的妈妈皱眉说："怎么用这么原始的方式呢？多麻烦呀。用记录纸，直接将视频和声音录在上面带去不是更好吗?"

"我还是觉得用书信好点，她来我们星球时，那个时代科技还很落后，都是用书信来传递消息的。"

天空传来咕咕的鸟叫声，小孩兴奋地说："我要的东西来了。"

一只小鸟飞到小孩面前，张开爪子，把笔和纸交给他后飞走了。

小孩专心致志伏在亭台的小桌上，铺开信纸写起来。

为了不影响他写信，张三和小孩的妈妈走远了些。

张三说："你们送货的效率真高啊，还是飞鸟来送，挺有趣的。"

小孩的妈妈说："货物总仓库建在地下，为方便人们收到所需的物品，在人群密集的区域，都会在空中建立子仓库，储备生活中常用的物品，配送时根据物品的大小安排配送员。大件物品一般由飞行器运输，小件物品就用小鸟或飞虫运输。你刚才看到的小鸟，其实是智能机器人，只是设计得像小鸟。动物们都在东半球安家了，在我们居住的地方，虽然也是绿荫成群，却很难看到小鸟了，于是就把一些运输的机器人设计成鸟的模样。"

"小孩多大了？今天没去学校吗?"

"他今年十岁，因为今天有点事，向学校请了一天假。没想到会遇到你，自易心之后的第二个外星人。而易心，以前的人们只是远距离见过，现在你跟我们面对面交流，他很激动。"

“我知道你们很多人都把她当神一样崇拜，可我没想到他年纪这么小，也是那么执着。”

“他是受他爸爸的影响，他爸爸是名宇航员，为着去仙女系找到易心这个共同的目标，他们长年累月都在太空研究更快的飞行技术，可在一次飞行中他爸爸不幸遇难了。”

“啊，他爸爸不在了，不好意思让你提起了伤心事。”

“那是四五年前的事了。刚离开那段时间确实不好过，感觉要崩溃了。孩子的爸爸曾答应等他年满六岁就带他去太空参观他们的宇航队。像他爸爸那样，孩子一直都憧憬着太空。他总盼着快快长大，盼呀盼，终于到六岁了，等着爸爸回来实现他的承诺，可等来的却是噩耗。他爸爸不能亲自带他去太空了，只能将他的太空经历通过‘云基’发给他，孩子体验之后，把心放在了太空。”

“要作为一名宇航员可不容易，虽说太空科研队非常缺人，可他们宁缺毋滥，都是从各个科研或学术团体中选拔最优秀的人，而每年大学生毕业后，能够被科研机构和学术团体录用的人不超过百分之十。在太空中，走得越远，危险就越大，但因为易心，那个让我们爱戴甚至像神一样去膜拜的外星人，许多人都奋不顾身。我们一定要找到她，表达感激之情。”

“孩子有这样的决心，相信一定可以实现梦想。”张三说。

“孩子学习很用功，特别爱钻研，立志要继承爸爸的事业，向更深远的太空探索，让我们走得更远，看得更广。”

“好了，我写好了。”小孩跑过来，把信交给张三，“您看这样写行吗?”

“这是你写给易心的信，我可以看吗?”张三说。

“这封信很重要，您看看有没有什么问题，要是有错别字或不合适的地方那就糟糕了，您得把把关，看完信，您也能体会我的心情，明白我为什么要送这封信了。”

听他这么说，张三接过信，看了起来。纸是蓝色的，上面显示的是黑色字迹：

易心，您好！

我叫星空，是伤叶星球一个十岁男孩。您一定还记得伤叶这颗行星吧。一百多年前，您如同天使降临，用无比强大的科技震慑住了我们这个弱小又愚昧的文明，要求我们在一百年内实现平等，把爱带给了我们，那是多么美妙的时刻啊！现在一百年过去了，您怎么就不来看看我们是否实现了您的愿望呢？他们有的说实现了，有的说没有。但无论如何，我们认识到以前的错误，正在努力改正。人权有了保障，生灵受到保护，自然处于和谐，世界变得美好。我想，您再来时，不会再像上次那样声色俱厉地警告我们了，而会帮助我们，帮助我们探索太空，帮助我们体会爱。在这两个方面，我们遇到了困难。您不来，我们就去找您。我们要向您表示感激，聆听您的教诲。为着这个崇高的目标，许多优秀的人才都义无反顾投入到浩瀚又充满危机的宇宙中。我的爸爸，他是一名宇航员，把生命献给了太空，还有很多很多这样奋不顾身的人，作为他们的亲人，也有人怀疑这样做的意义。可我只会化悲伤为力量，继承我爸爸未完成的事业，将我们的脚步向太空再延伸一点，让我们之间的距离再拉近一点。虽然目前太空探索进展还很慢，跨越星系遥不可及，不过我们不会放弃，即使这条道路需要用热血铺就才能完成。

如果说，女人的归宿是家庭，那男人的归宿就是太空。一个彰显爱和美，一个彰显智和勇。即使宇宙再大，我们也会找到您。

“写得很好。一个十岁孩子写出这么诚挚的信，如果易心看到，肯定会把她感动来的。”

小孩笑着说："叔叔在笑话我呢，这些文字只是有感而发罢了，谈不上好不好，反正我又不想当作家。只要没什么错误我就放心了。"

"你放心，只要她在仙女系，我就一定帮你把信送到。"

"不用太费心，叔叔的安全最重要，还有不能耽搁您的事，这封信能送到就送到，不能送到的话，总有一天我们会亲自送到的。"

张三把信小心翼翼折好，准备放入口袋。

小孩突然想起了什么，说："让我来折吧。"

灵巧的小手把信折成了一个飞鸟的形状。

"我们以前用飞鸟传递信息，所以就把它折成了这个形状。"

"折得真漂亮，易心收到信后，都舍不得拆开了。"张三赞叹道。

小孩腼腆一笑。

"好了，我们就在这里分别吧，我都迫不及待地想去见易心了。"

张三和他们挥手告别后，沿着原路向森林深处走去。

自行车仍然停在原来的地方，却没见到皮皮七。

张三摘下眼镜，放在车上。皮皮七从树上滚下来，跳到车篮里。

"你在树上干吗?"

"在这里等得有些闷，看到树上有小鸟，就和它们聊天了。它们和我一样都是智能机器人，不过没我聪明，都争着向我请教问题哩。"皮皮七哈哈大笑。

"这里的科技文明比起你们还有很大距离，不过我很庆幸来到了这里，我在这里找到了我们最需要的东西。先离开这里吧，我在路上把我的见闻说给你听。"

"你不说我也知道，你戴的眼镜为什么会有翻译功能？那都是我在给你翻译。"

张三跨上自行车，开启防护罩，踩着自行车踏板，冲向天空。

"你要去仙女系帮星空送信吗?"皮皮七问道。

“嗯，这封信很重要，我必须送去。再说我也很想见易心。”

“可你要考虑现在的条件啊，仙女系那么大，不知道具体地点怎么找呢？飞船再经过一次穿越后就只能常规飞行了，最大飞行速度只有光速的四分之一，这飞不了多远，会被困在太空中的。我是机器人，就是一堆数据，塞亚人启动我的备份，我就可以复活。可对于你们自然生命，一旦消逝就无法挽回。你还觉得这样做值得吗？”

“小时候，在夏夜的星空下，望着满天繁星，我总会想，那里有像我们这样的人吗？如果有，他们会是怎样的？会不会像神仙那样神通广大？要是他们能来就好了。有什么烦恼我都会向星星倾诉，仿佛它们能听到似的，我甚至认为，它们会来帮我解决烦恼。我觉得还有一个很重要的谜团没有解开，答案就在这茫茫宇宙中，就算不为送信，我也要去追寻。宇宙中，不是波澜壮阔的景象吸引着我，而是深藏的秘密吸引着我。很多年前，我以为通过内心的思索，就能解开这个秘密，后来觉得，这只是片面的探索，内外结合，相互印证，才能解开这个秘密。”

看到皮皮七有些不愿意，张三说：“不是让你听我的命令吗？我已经决定了，只要有一丝机会，就算有生命危险，也在所不惜。”

“可我们要去仙女系什么位置呢？”

“你知道那里哪些区域存在生命迹象吗？”

“我只知道恒星的位置，行星却无法确定。”

“那能不能分析一下，找一个最有可能存在生命的地区？”

“我分析的价值和猜测没什么区别了，我所知道的就一个星空图。”

张三面前出现一个椭圆形的星空图，里面有明有暗。

张三看着星空图，一脸茫然。

“你如果非要去那里的话，就凭感觉指定一个区域吧，你的感觉应该比我的分析靠谱，因为这是要寻找外星生命。也许生命之间有着神奇的联系。”

“那就凭感觉试一试吧，希望那里的生命能给我指示。”

张三闭上眼睛，伸出手指在星空图中慢慢移动。张三突然紧张起来，心跳加快，呼吸也有些急促了。

手指移动一会儿后突然停住，张三睁开眼睛，说：“就去这里。”

前面屏幕上出现目的地坐标，在一百三十五万光年之外。

皮皮七发出一声叹息，说：“那个区域恒星密集，能量特别大，存在行星的可能性极其低。”

张三说：“对于低级文明来说，可能不是个好的环境，可高级文明可以发展到什么程度，又有谁说得清呢。我是完全凭感觉指到那里的，若不能进行科学的分析，那就跟着感觉走吧。”

“那好吧，你坐好，飞船现在要穿越时空了。”

经过一段跳跃式的空间穿梭，飞船来到了仙女系。

这里很明亮，周围有很多恒星，发出各种光芒。看不到任何行星。

张三骑着自行车，漫无目的地在太空中行驶。

“在这艘飞船以常规飞行可以到达的区域范围内，我都探测不到有生命的迹象。”皮皮七说。

张三突然调整方向，向最耀眼的星空驶去。

“我还是不明白，你为什么要冒这么大的风险？你这段时间遇到了太多不可思议的事情，是不是以为来到仙女系也会有奇遇？”

“我总觉得易心就在身边，凭着感觉，我会找到她。”

“现在证明你的感觉不可靠了，我们被困在这里了，直到能量耗尽。真搞不懂你，你又不是小孩了，可做事还是这样没理性。”

“不是没理性，而是不能做什么都靠理性，否则的话，人生就显得有些枯燥乏味了。”

“可关键时刻失去理性会让人生提前结束。”

“你怎么知道没人来救我们，说不定他们就在旁边看着我们呢，只不过他们科技太发达，我们不知道而已。”

“这个时候你还有心情开玩笑。”

还真不是开玩笑。旁边现出一个少女，长得和地球人差不多，只是比地球上的人要高一点，张三在她面前就像个孩子。她的身材修长匀称，令张三吃惊的是她的长相，就像是把张三所有认识的女人的优点集于一体，显得异常亲切动人。她身披白色长袍，未携带任何工具装备，直立在太空中，和张三保持着相对静止的状态，微笑着向张三招手。

她是易心吗？她怎么可以就这样置身于太空中呢？也许她就是真正的仙女。

不过，在换一个角度仔细观察后，张三发现少女周围有一层圆圆的气泡，就像小时候吹的那种肥皂泡，将她包裹起来，看来气泡就是她的飞船。

皮皮七说过，文明越高级，工具越简单。她应该就是张三要寻找的高级文明。

“怎么样，还真被我找到了吧。”张三激动地对皮皮七说。

皮皮七说：“恐怕你会失望的，我觉得她不属于易心那个文明，不过我们的飞船隐身，她都能发现，说明她们的文明很强大，应该可以把你送回地球了。”

“她在招手让我过去，我去问问她吧。”

“嗯，即使她不属于易心那个文明，说不定也可以提供一些线索，重要的是让她帮忙把你送回地球。”

在张三点头示意后，气泡紧贴着防护罩，防护罩一打开，张三就被吸进气泡中。

增加一个人后，气泡变大了一些，形状也从原来的圆形变成了椭圆形，里面空气清新，微风拂面，温度湿度适宜，让张三感觉很舒适。

少女围着张三转了一圈，笑了起来。张三有些不好意思了。

“冒着生命危险来送信，这值得吗?”少女问道。

“嗯。”张三有些吃惊她怎么知道这些，不过想到她能这样在太空中出现，也就不觉得奇怪了。那她说不定懂我那里的语言。

果然，少女好像知道张三在想什么，说：“把眼镜收起来吧，我现在跟你说的就是你们那里的语言，不需要它翻译了。”

张三摘下眼镜，问：“你是谁? 你怎么会说我们那里的语言呢?”

“我是仙女系人，也是你在这见到的第一人，就叫我仙女一号吧。我刚才用眼睛扫描了你的大脑，对于你的语言、文化及一些经历都知道了。”

看到张三不好意思，仙女一号又说：“我只是随便扫描了一下，至于你不愿让人知道隐藏很深的事情，我还是不知道的，其实就算是仔细扫描你的大脑，对于你的体验，对我来说也是谜。”

张三嘘了口气，说：“这样的话交流就方便多了，你不需要问我什么问题了，我的问题你都知道了，你可以解答吧?”

“好吧，你冒着生命危险来这里寻找答案，我会认真回答你的问题。先说说你最关心的问题，你要寻找的易心，她其实叫安琪，说来话长，这里有她写的日记，你还是自己看吧，里面的字迹都已经翻译成你熟悉的文字了。”

纤手微抬，略一比画，一本全息投影的日记本呈现在张三面前，封面上是四个大字：安琪日记!

第二十一章　03: 00

你的舞
千变万化后
回到简单自然
如果世界也能这样该多好
一个人带着世界舞动
并非不自量力
也非痴心妄想
而是爱的神奇
你心中有爱
世界会因你而舞

我在院子里跳着那支熟悉的舞，唱着那首难忘的歌，心中一片空灵，整个人感觉就要飘起来。院里就我一人，显得很凄清。不过对我来说，这是一个好机会，要是有人在，是不会让我跳舞的，毕竟我的精力快要耗尽了。

三个月前，当我第一次跳这支舞，唱这首歌时，现场有许多观众。其实，说观众不太合适，他们都是满腔热血的参与者。那次的经历让我无比震撼，终生难忘。甚至让我觉得，只要跳这支舞，唱这首歌，就会吸引某种神秘力量的注意，进而达成我的愿望。

跳完后，我觉得很累了，走到一棵树旁边靠了起来。树长得小巧玲珑，从不开花，叶子五颜六色，就像花那么美丽。树和我同名，都叫安琪，并且我们长得也差不多高。

我问过爸爸妈妈为什么要给我取一棵树的名字，他们说因为安琪树美丽又珍贵，我就是家里的珍宝。他们说得像那么回事。我出生在一个充满爱的大家庭，爸爸妈妈视我为掌上明珠，周围的人都对我疼爱无比，大家夸我是一个人见人爱的小精灵。我住在一个城堡里，城堡周围是大片的庄园，我喜欢在庄园里玩耍，这里美景如画，花香四溢，漂亮的飞虫发出清脆悦耳的声音在园里翩翩起舞。我有时候也跟着它们一起跳舞，可惜我不能像它们那样飞翔，不然就可以飞出去看看外面的世界，即使遇到那些凶猛的野兽也不怕受到伤害了。

城堡里有慈祥的老师教我识字、画画、音乐等等，老师们经常称赞我聪明，什么事情一学就会，还能举一反三。我喜欢在园里画画，把园中的美景画出来贴在我休息的房间里，把房间装饰得美轮美奂。

爸爸妈妈很受人尊敬爱戴，每个人都呵护我，我要什么就有什么，感觉就是天堂也不过如此了，一切都是那么美好幸福，从未尝过伤心、忧愁的滋味。

城堡庄园虽然很美，可是待久了也觉得枯燥。有时站在城堡高处，向远方眺望，知道外面的世界很大。外面是什么样的呢？也是这么好玩吗？我想去外面看看，可向来对我疼爱有加的父母在这件事上是严厉禁止的。他们说是担心我受到伤害，因为外面有很凶猛的野兽，长着一排排锋利的尖牙专吃小孩子。

可是我渐渐不相信了。庄园里也有很多动物，不管是大的还是小的，都是那么温驯可爱，我和它们都成了好朋友。再说，即使有他们说的凶猛野兽，爸爸也可以保护我呀，都说他的本事大得很哩。

一个雨过天晴的午后，我又趴在城堡最高处眺望外面的世界。外面的景色也很美，不逊于城堡内，有空中花园，彩虹桥，各种房屋造型别致，我有许多亲戚就住在那里。他们有时来我家，只是从没带小孩过来。他们也说，为了安全，小孩必须待在家里，只有长大了才能出去。

唉，我今年才六岁，离长大还有十年，我实在不想等那么久了。

“安琪，你爸爸回来了，在花园里。”妈妈走过来说。

“我等会儿去见他，我想多看会儿。”

夕阳很美，余晖洒在远处的景色上，染成神秘色彩，吸引着我走出去。

“你爸爸带回了一件礼物，你从没见过，快去花园吧，他说这件礼物保证会让你大吃一惊的。”

“是什么礼物?”我跟着妈妈去往花园。

“我也不知道，你爸爸显得很神秘，非要你去了才肯拿出来呢。”

到了花园中央的亭子前，爸爸见我来了，放下手中正在看的书，从亭子出来，笑着说：“你能猜……”

突然，随着一声刺耳的尖叫，一个面目狰狞、满脸尖牙、浑身尖爪的巨大怪兽从旁边向我冲来。我吓呆了，不知所措，一动也不动。

妈妈反应很快，赶紧抱着我，往爸爸那边跑。爸爸掏出手枪，朝着怪兽开了几枪。可怪兽一点事都没有，只是减缓了速度，向我咆哮。

“这就是专门吃小孩的怪兽，它对我们没伤害，不要怕，我们要好好保护安琪。”爸爸对妈妈说。

爸爸妈妈把我护在中间。

怪兽围着我们转，怒瞪着我，像是找机会要吃我。

我不敢再看，浑身哆嗦，把脸埋在妈妈怀中，哭叫着：“快把它赶走呀!”

“好了，快停下来吧，看把孩子吓得。”妈妈说。

“别怕，这是假的，你爸爸带回一套投影设施，是宫廷秘密研发的技术，可以渲染出立体的效果，其实，你仔细观察，就能看出破绽。”妈妈移动我的身子让我看。

怪兽静止了，像一幅雕像。

是的，虽然图像很逼真，可是声音好像是从其他地方传出来的，而且怪兽从草地上奔跑过来时，一点脚印也没有。

“快撤走吧，这个玩笑开大了，安琪生气了。”爸爸对后面的工作人员说。是他们控制着机器，制造出怪兽的立体图像。

怪兽就在原地消失了。

虽然只是幻象，可我还是心有余悸，吓了好几天，经常做噩梦。妈妈为此没少埋怨爸爸，爸爸却说：“吓吓她，让她真实体验外面世界的可怕，打消去外面的念头，总比真去了外面被这样的怪兽吃了好。”

自那以后，很长一段时间，我都不敢登到高处向外面眺望了。我安心待在家，认真学习。爸爸给我请来了很多老师，每天要学的东西很多，我最喜欢学的就是唱歌跳舞了。

为什么外面会有专吃小孩的怪兽呢？那时的我一直想不明白。爸爸妈妈说，没长大就跑出去的小孩不听话，是坏孩子，所以会被吃。我不大相信。他们的意思是，小孩不能出去就是因为外面有吃孩子的怪兽，而怪兽吃孩子是因为孩子不听话跑出去了。这似乎并没有回答问题，只是在循环解释问题。

在我八岁生日那天早晨，爸爸妈妈像往常那样出去工作了，临走时说今天放我一天假，没有学习任务，晚上会邀请亲友们来为我庆祝生日。我听了没有一点兴奋和期待，像这样的聚会太多了，他们总能找到名目开联欢会来庆祝，让我觉得有些无聊了。一朵白云飘来，是云姨来了，她身着白色衣装，迈着轻盈的步伐，端着精美的早餐。我心情舒展开来。在这里，唯一还能令我感到新鲜的就是云姨做的食物了，我总是猜不到她下次会做什么，可不管做的是什么，都是那么精致可口。

和云姨吃完早餐，我们在庄园里玩了一会儿，云姨看我有些无精打采，就问我想不想去看看外面的世界。

我听了很兴奋，可是又有些担心。

“你是害怕外面专吃小孩的野兽吗?”

“所有人都是这么说的呀。”

云姨笑着说：“那是骗你的。你现在已经八岁了，有我陪着，去外面不会有事的。今天是你的生日，应该让你过得开心，我们不走远，就在附近逛逛，一会儿就回来。”

其实在我慢慢长大后，我也感觉那是骗人的，只是爸爸妈妈对我呵护备至，什么都顺从我，只有这件事没有商量余地，我也就没去计较这些了。在我内心深处，是希望出去的，哪怕就一天甚至一小时，我也会非常高兴。城堡庄园虽然美丽，不过和外面比起来还是显得太小了，我到处都玩遍了，而且这里没有其他孩子陪我玩。

“为什么要骗我呢?”

“在你出生不久，你爸爸请来国师给你预测吉凶。国师先是说了一番溢美之词，最后又说，天之骄子，极易遭妒，大吉也埋伏着大凶，特别嘱咐在你未成年时千万不能去外面的世界，否则后果不堪设想。”

“爸爸妈妈怎么能这么迷信呢？就因为这个不让我出去?”我感到不可思议。

“俗话说，关心则乱，那是他们太爱你了，不想让你受到一点伤害。”

“哦，那我们别走远，赶在爸爸妈妈回来之前回家，不然他们会很生气的。”

“嗯。对了，你妈妈告诉我，你昨天惹你爸爸不高兴了。”云姨边收拾东西边说。

“为什么呢？我觉得自己没做错事呀?”

“你有着得天独厚的条件，却没志向，这让他很不高兴。你爸爸就是在你这么大的时候确立了远大志向，并为之努力奋斗，终成世界第一人。你现在条件比他那时不知好多少，更应该树立伟大的理想呀。你长大了想干吗？”

“我也不知道，这个问题我还没仔细去想呢。”

“你爸爸对你期望很大，想让你像他那样从政，成为有史以来第一位女王，管全世界的人。”

我摇着头说：“我才不要呢。我不要像爸爸那样总是管着别人，小孩子需要管，难道长大懂事了也需要管吗？我觉得这是没必要的。如果非要选择的话，我想唱歌跳舞，因为我自己喜欢，也能给别人带来快乐。可你们又说这不是正业，我就不知道长大应该干吗了。”

云姨叹口气，“出生在这样的家庭，你想干吗都行，只是唱歌跳舞浪费了你的资质和资源，要是被你爸爸知道了，会更生气的。”

做自己喜欢做的事，怎么会是浪费呢？我心里嘀咕着。看来这个世界和我想的有很大区别，这样，我更应该去外面见识一番了。外面的世界很大，去外面会遇到许多新鲜事物，自己的认识也会更全面。

经过一番准备，云姨把我藏在一个箱子里，放在蒸汽驱动的车上，然后开着车，瞒过一道道守门的警卫，离开了城堡。

没多久，我听见一阵吵闹声，接着传来云姨的惊呼声，她暗示我躲在箱子里不要乱动。车子飞快行驶起来，车上听到的都是陌生人凶恶的声音。我有些害怕，在箱子里一动也不动。

过了好久，来到一个比较嘈杂的地方，车上的人跟别人发生了冲突，后来都下车在附近动起手来，我从箱子留下的缝隙中看到他们都没注意车上的情况，于是就打开箱子，偷偷下了车。

第一次看到外面的世界，我很兴奋，但又很失望甚至很悲伤。这里是一个小城区，房子显得有些破旧，街道又窄又脏，走了很久，都看不到一处亮眼的景色，和家里相比差得太远了。最令我难过的是，来来往往的行人都有些无精打采，面无表情，没有人唱歌，也没有人跳舞，他们吃的、穿的、住的都很差，不少人还干着非常吃力本该是机器干的笨重粗活。

外面的世界没有专吃小孩的凶猛野兽，但是有更吓人的东西，对我造成的伤害会更深。不过我仍然要去经历。

迎面驶来一辆车，坐在车首的中年人显得愁眉不展。看到我，眼睛一亮，马上下令让车停下来。他下车走到我面前，围着我看了一圈，赞道："啧啧啧，哪里来的小精灵，会跳舞吗？"

我笑着伸开手臂随便跳了下，中年人含笑说："很好，比我女儿还强，我女儿赌气跑回家了，我正发愁找不到人去舞剑山庄参加舞蹈比赛呢，在这里遇到你真是天意，是上天让你来代替我女儿。你叫什么名字？"

"我叫安琪，怎么称呼您呢？"

"大家都叫我冷先生，你可别这么叫。你如果代替我女儿参加舞蹈比赛，最好当我是你爸爸。"

"哦，那里为什么要举行舞蹈比赛呢？"

"通过舞蹈选拔可造之才，担起教化民众的重任。"

正好我喜欢跳舞，听他这么说，我就来了兴趣，想去试试。就说："我想跟您去，但又担心我的家人找不到我，这样吧，我在路上留下标识，好让他们知道我的行踪。"

"嗯。跟着我们能学到不少东西，相信你的家人会支持的。如果你被选上使者，你家人更会为你骄傲。因为你是代替我女儿参加会议，在外人面前，你要当我是你的爸爸，这对你的当选是有帮助的。"

看他期待兴奋的眼神，我更加坚定了自己的选择。就这样，我登上他的车，去往舞剑山庄。

对于他说的什么使者我倒没什么兴趣，就想跟着他们往东走，去东边多看看。我的家是在西边的都城，现在车向着东行驶，离家越来越远了。我发现，越往东走，离都城越远，人们就越是贫穷，生活越是艰难，路上还看到不少乞讨的人。我的心情越来越沉重，曾经美好的生活化作梦魇。

"你很少出门吧，外面的事物对你来说好像很新鲜，到处东看西看的。

不过，你怎么看起来不开心呢？”冷先生问道。

“我觉得这些人生活得太苦了，和我想的差太远了。”

冷先生听了，有些意外，“真没想到，你这么小，就有一颗慈悲之心。这些人还是好的，至少没在我们眼皮底下饿死。等我们去了舞剑山庄，你就有机会见识到真正受苦受难的人了。”

“为什么这么说呢？舞剑山庄是干什么的？”

“再过两天，就是舞剑山庄每年一度的述职大会。会上我们先要竞争使者，获得使者的身份后去天心山就可以见到赤脚汉了。他目前正在挑选继承人，如果被他选中，就可以领导我们这个组织，去帮助比你见到的这些还可怜的人。我看你很合适，应该就是赤脚汉要找的人。”

“赤脚汉是什么人呢？”

“贫民区是苦难人的聚集地，赤脚汉带领我们去帮他们。他是第一个深居那里从事教育事业的人。那里的人看他只有一个人，还啰里啰唆的，经常欺负他，甚至还打他呢。”

“那怎么办呢？”

“他就让别人打，直到被打得头破血流，不成人形，别人不忍心再打为止。”

“这怎么行呢？”

“所以后来我们就派人陪着他，他年纪大了，再让人打，怕是经不起了。派去的人不是帮他打架的，而是劝说想打他的人：你们就是不打他，他也很可怜了，何必去打呢？”

这么一说，我对赤脚汉和这个组织更好奇了，想多问问，可冷先生卖起关子来，“反正你去了那里就什么都知道了，何必听我啰唆呢？你亲身体验岂不更好。”

车行驶很快，一路上还遇到不少人去往舞剑山庄。两天时间，我们到达舞剑山庄。山庄陈旧又简朴，还没到门口，一位面目慈祥的老者率人出来迎接我们，给我们张罗食宿。

冷先生很高兴地把我介绍给众人，“这是我女儿安琪，这是山庄庄主风爷爷。”

风爷爷笑着抚摸我的额头，说：“好一个灵秀的孩子，看来，赤脚汉的愿望今年可以实现了。”

老者身后还有一个十岁左右的男孩，这是我第一次近距离看到的小孩，所以就多看了几眼。他的眼睛很大，眼珠是蓝色的，显得很深邃。他见我盯着他看，有些不好意思，低下了头。

“这是您孙子风灵吧，明天也参加使者的竞选吗？”冷先生指着风爷爷身后的小孩说。

风爷爷点点头，说：“灵儿，快过来，见见你冷伯伯。”风爷爷把小男孩拉出来。

小男孩很腼腆，小声说：“冷伯伯，一路辛苦了，爷爷经常提起您，要我向您学习。”

冷先生笑了起来，“这孩子真会说话。”

“这孩子在家待久了，我本想让他去外面再历练一段时间，可是赤脚汉等不及了，指定要他参加这届使者选拔，但愿别辜负他的期望。”

“赤脚汉对这届使者的选拔很重视，这届竞选者资质强于往届，应该会有他满意的人选。”冷先生说。

“但愿吧，唉，他是世上最可怜的人，应该给他一些安慰了。”

参会人员先是被带到前厅，两三百人在这里讨论一年来的工作情况，分享经验。主持人先宣读了各人在过去一年中取得的成绩，冷先生培养号召了五百一十五名志愿者投身教育工作。成绩达到要求的有近百人，按规定这些人可以推荐一名候选人参与使者竞选。这些候选人，绝大部分都是他们的亲人，因为使者身份很重要，将会在组织中担任重要职务甚至继承人，身份来历必须清白可靠。

候选人有七八十人，个个都很年轻，看起来不到二十岁，有男有女，男的分到北厅测试剑术，女的则在南厅较量舞蹈。

剑术包括文试和武试，文试是对剑道的诠释和理解，武试就是将墙壁上的剑招模仿着使出来。风灵不负众望，在北厅的剑术比赛中获得了第一。

冷先生带我来到南厅时，舞蹈比赛已经开始了。屋梁上挂着一幅幅女子跳舞的画像，女子身材曼妙，各种飘逸的舞姿将人体美展现到了极致，令人惊叹不已。

按照规定，候选人要模仿画中的女子跳舞，由五名评委根据完成情况打分。

轮到我上场了。我穿好舞衣，正要起舞，突然山庄总管跑过来，说："且慢，这个候选人不符合规定。冷先生，我们查清楚了，这个小女孩不是你的女儿，并且来历不明，不能参加使者的竞选。"

冷先生说："我可以为她担保，她的身份绝对可靠。"

"那也不行，破坏规矩，我们担不起这个责任。再说，使者的身份不容一丝马虎。"总管的态度很坚决，"小女孩，快下来吧，这里的事情和你无关，你家在哪？我们派人送你回家。"

我走下舞台，回到冷先生身边，说："我还不想回家，我可以跟着你们去见赤脚汉吗？"

总管说："不行，不想回家就让你在山庄住几天。"

这时，一名信使进来，将一张纸条交给总管，说："赤脚汉对这一届使者很关注，让人时刻飞信向他汇报这里的情况，他对这个小女孩很欣赏，现在有了指示，务必要你们把她带去天心山。"

总管说："既然赤脚汉这么说，那她就用不着参加选拔赛了，我们已经选好了八名使者，加上她，正好符合人数。明天早上六点，我们准时出发去天心山见赤脚汉。"

午后，在山庄后面的树林里，风灵过来对我说："你怎么一个人在这里？在想心事吗？”

“嗯，我以前都在家待着，这是我第一次出门，短短几天我经历了很多事情，我感觉自己一下子就读懂了这个世界，并且将我原来的许多想法都推翻了。”

“别胡思乱想了，你才多大，才走多少路，就说这么老气横秋的话。”

“这个组织很伟大，不过力量还是太小了。现在我才知道，世界上苦难的人那么多，为什么去关心去拯救他们的人那么少呢？那些身在福中的人，他们的心就不会痛吗？”

“也有心痛的，只是无力改变罢了。”

改变世界，我不能，听云姨说爸爸管着全世界的人，他应该能的。可是又一想，贫民区存在那么多年，爸爸都没管，如果有办法他肯定会管的，他是不是也没办法呢？我的心开始沉重起来。

风灵指着前面笔直挺拔的大树说：“你的名字有些奇怪，居然和这树同名。”

“这也是安琪树吗？可我见到的安琪树都很矮小啊。”

“这种树有两种形态，一是野外到处生长的参天大树，生命力很强大，几乎占到天下树木的三分之一；一是室内精心培育的小树，长得很美丽，非常稀少，生命比较脆弱。同一种树居然有两种完全不同的形态和性质，大自然真是神奇。”

“哦，原来是这样的，我以前没出来过，看到的安琪树就一种。”

“你父母给你取名安琪，我猜是希望你像小树那么美丽珍贵，又希望你像大树那般生命力顽强。”

“也许是吧。你的剑术很高明呀，在那么多人中脱颖而出，真了不起。”

“唉，为了让长辈们顺心，我不得不卖力练呀。我其实很矛盾，我真正的追求和长辈对我的期望完全不同。我从小就被严格教育，身负重任。我看到那些受苦受难的人也很难过，可是不认为能够改变什么，只是顺从长辈们的意愿而已。我向往天空甚至宇宙，我总觉得太空中会有更聪明的人，不存在这样的问题。我真希望自己的一生就在宇宙中到处飘荡，跳出这些问题。”

我托着腮帮，喃喃地说：“要是有外星人就好了，可以帮我们解决这些问题。”

“一定有的。”风灵捡起安琪树下的一片落叶，折成小鸟形状，用力掷出，在风的吹拂下，小鸟在空中盘旋飞了好久。

来山庄的第二天，是赤脚汉约见我们的日子。清晨，我们九名使者，五女四男，在风爷爷及相关人员的带领下，朝着舞剑山庄十公里外的天心山进发。

天心山非常宽广，一眼望不到尽头，山坡陡峭险恶，像一道天然的屏障将大地隔断。山间只有一条路可以通向半山腰，那条路由赤脚汉多年前带领成员修筑而成。

我们乘着车来到山腰的分岔口，风爷爷让使者都下车，指着旁边的山洞说：“这就是天心洞了，使者们经过此山洞去赤脚汉那里，其他的人都跟我走另一条路。”

我不明白为什么要这么安排，难道洞里会有玄机不成？正好九个山洞口，我们每个人选好一个洞口进去。

洞中散发着一阵熏香味，让人有点迷醉。一排排小灯，将里面照得很明亮。越往前走，香味越浓，洞壁上画着一幅幅画。画很奇怪，初看起来不知道画的是什么，可在吸引人的注意多看会儿后，画中的线条开始舞动交叉，成为一幅流动的影像，感觉整个人被拉了进去。

早晨，爸爸妈妈指着地图，告诉我，这里是世界之巅，长着一棵摇福树，百年开一次花。花开满时，只要小孩子爬上去摇一摇，花朵就会撒满全世界，给世上的人带来福气。今年就是花开之时，他们想让我去。

我很乐意，在向父母辞别后，一路上欢呼雀跃，想着定要摇着那棵树不可。

路上，我遇到一个和我差不多大的小女孩，她说她出生于贫民区，无依无靠，到处乞讨，我很同情她，在帮助了她之后，继续向着世界之巅进发。

终于，我到了山脚下，找到了通往世界之巅的路，一路上有五道关口，非常考验通行者的智慧。

第一道关口我很快就通过了，第二道关口要难点，也没难倒我。在通过第三关时，小女孩总是浮现在我眼前。她是个活泼可爱的孩子，以后呢？虽然我把所有的财物都给了她，可这不够呀！我转过身子，往回奔去。我找到那个小女孩，把她带回家，让父母收留她，她很快就融入了我们的家庭。

听说我要去给这个世界祈福，小女孩也要跟我去，多一个人就多份力量，再说，她也非常聪明，父母就同意了。

我们来到通往世界之巅的一道道关口，小女孩自告奋勇，凭着机智很快就通关了，到了最后一关，她说：这道关口有些特别，需要用意念打开这道门，我担心一个人的意念不够，让我们一起来吧。

于是，她牵着我的手，我们同心合意，想着把最后那道门打开。

终于，门开了，摇福树已然在望，我们激动不已。

突然，山壁间的树枝伸出来，缠住小女孩，将她卷入洪流中，而对面开满鲜花的摇福树，也很快枯萎，百年难得的机遇就此错失。

为什么会这样？这都怪我。不似我的文静，她充满活泼，将大家的注意力都吸引了，爸爸妈妈也更疼爱她了。而且，我们两个兴趣也不同，我喜欢的东西她不感兴趣，她喜欢的东西我有些受不了。比如，她经常含着草吹各种声音，我觉得很难听，可她就爱吹。还有她的一些生活习惯，也让我难以忍受……虽然我克制自己没表露什么，可是，在内心深处，已经对她产生了偏见，使得这次任务失败，令她也深陷危难。

怀着悲痛愧疚的心情，我纵身一跃，向着这世上最深的洞中落去，一直跌落到这个星球的最中心。沉闷的感觉让我透不过气来，但这里，正是炼心的好地方，因为只有在这里，我和世上一切都等距离，不会对任何人有偏见了。在消除偏见后，剧烈的悲伤笼罩而来，我看到：穷苦的人，富贵的人，善良的人，邪恶的人，乐观的人，悲观的人……在他们的一生中，各有各的樊笼，各有各的不幸。

我闭上眼睛，不再去看。这不是逃避，而是更深地体验这些悲伤。悲伤越深，力量越大，我要想办法去改变它。

我双腿发软，倒在地上，一会儿，有人走进来，扶着我出了山洞。

其他使者都出来了，每个人看起来都不好受，像是经历了一场苦战，有的冷汗淋淋，有的脸色苍白，还有的神情显得有些痴。

在前面的草坪上，一群人坐着商量事情，见到我们来了，都站起来欢迎，风灵告诉我，最左边靠后衣着朴素、胡须苍白、面似童颜的老者，就是赤脚汉了。

他就像个小孩，捏着一根草，偷偷地掏前面一个老人的耳朵，前面的老人头都没回，说："赤脚汉，别闹了，就知道是你，小辈们都来了，让他们看着不像话啊。"

刚见面，我就对他充满好感，他是那么平易近人，不像爸爸，什么场合都要处在最中间，太讲规矩。

赤脚汉笑呵呵地一一跟我们握手，说："今天我很高兴，这次来的使者让我很满意，我们的事情终于后继有人了。"

有的人在握完手后还抱了抱他，年纪轻的使者甚至还牵着他的胡须，说："爷爷的胡子太长了，头发却没有了，唉，该长的不长，真可怜。"

在没见到他时，听别人在背后谈到他，都是极为尊敬，可是见到他，他们之间又变得相当随和，没有任何拘束，根据年龄长幼来称呼。小的叫他爷爷，大点的叫他叔叔伯伯，和他差不多大小的以兄弟相称。

一阵寒暄后，赤脚汉说：“你们都坐过来点，我想讲往事。”

“快快快，都围过来，赤脚汉要讲往事了，机会罕见呢。”旁边的老人带头鼓掌说。

大家都围着赤脚汉坐在草坪上。赤脚汉望着山崖边，笑了起来，似一个睿智的老人，仿佛看透世界一切，而后又变成一个孩子般纯真的笑，仿佛又对这个世界充满着强烈的好奇心。

三十六年前，在中部地区，很多显眼的地方张贴着恨天居士具名的告示，承认自己是造成多起留有“恨”字悬案的责任人，定于9月9日在小悠岛接受受害者的审判，听从发落。

这张告示犹如晴天霹雳，多年的悬案终于要水落石出了。小悠岛顿时成为世上的焦点，许多人都赶赴而去。受害者被请上了岛，看热闹的人留在岸边驻扎的大棚里，时刻关注小岛中传来的消息。

看到这么多人受害，大家都很吃惊。当岛上的人群中出现财势滔天的老爷子和德高望重的老先生时，就更震惊了。居然连老爷子都受害了，可为什么还有老先生呢？他德艺双馨，一生育人无数，极受尊敬啊！恨天居士又是谁？怎么要去害这样的人又害得了这些人呢？

9月9日，在小悠岛的大厅，待众人到齐后，一个美得令人只敢偷看的姑娘走上台前，面对众人，跪了下来，流着泪说：“我是恨天居士，我向你们道歉，是我害了你们。”

众人都很吃惊，看着她那副楚楚可怜的样子，大家心中不忍，叫她站起来。

“这些事是你干的?”众人都不相信。

一个小女孩端着笔和纸走到恨天居士面前，恨天居士跪着写了一个“恨”字，展示给大家看。

和作案现场留下的“恨”字笔迹完全相同。这下大家相信了，可也更吃惊了。

“是你一个人干的吗？天之痕有没有帮你？”老爷子问道。

“没有。是我一个人以不同身份实施的。我出生在贫民区，从小受尽折磨，好不容易跑了出来，到处流浪。为了保护自己，我不敢露出真面目，经常扮作乞丐。大家好像把乞丐都不当回事，没什么戒心，因此我能听到许多实话，明白许多事情的真相。我喜欢往热闹的地方钻，让自己获取丰富的人生经历。虽没读过书，识字不多，可在外流浪十几年，使我对这个世界有了很多认识，这也是我得以千变万化的基础。就因为我变化无常，扮什么像什么，犯了许多案，别人都找不到作案者。”

“我们和你都不认识，你为什么要这么做呢？”

恨天居士不回答，低着头流着泪。

“总之是我不好，千错万错都是我的错，如果你们不肯原谅我，我愿意接受你们的处罚，你们也可以把我交给检察官，让法来制裁我。”

人群中有人喊道：“我们原谅你就是了，你快起来吧。”

恨天居士站起来，从衣袖中掏出一个本子，说：“这是谅解备忘录，如果有人原谅我，就请在上面签名吧。”

老爷子接过谅解备忘录，说：“事情很复杂，有的人只是被作弄，有的人受到很大伤害，让我们商量一下吧，明天告诉你结果。”

恨天居士向众人鞠了个躬，黯然离去。

众人炸开了窝……

第二天，恨天居士来了，老爷子捧着谅解备忘录交给她，如释重负，说：“所有人都签名了，多亏了老先生，苦口婆心，让大家明白宽恕之道。”

老先生说：“不敢当，大家也是看老爷子的面子，现在好了，化戾气为祥和，这是最好的结局。”

恨天居士面无表情，收好谅解备忘录后，脸上突然现出怨恨之色，浑身仿佛笼罩着一层煞气，咬牙切齿地说：“我恨你们，我多么希望你们之中有人能有所不同，懂得变化，不会中我安排的圈套，可你们就是那么固执，一成不变。世界因为你们而成为一潭死水。你们要是去变化，我的那些计策还能奏效吗？我用得着下跪流泪道歉吗？”

众人又吃惊了，恨天居士这是在干吗？现在知道恨天居士捉弄他们的原因了，可这个原因也太奇怪了。固守本分，遵守秩序不是天经地义的吗？为什么要去变呢？变来变去是不成熟的表现啊。

“我们现在过得很好，没必要改变啊。”有人不解。

“没有变化就谈不上过得好不好，因为不知道什么是好。”恨天居士说。

恨天居士指着一位中年书生说：“你们文人呀，写了点东西，就沾沾自喜，互相吹捧，就连最重要的反思都抛到九霄云外了，你想想，要是那时你做出让我预料不到的行为，就不会中计而受到无谓的损失了。”

中年书生低头抱拳说：“姑娘说得是，这个缺点我们要深刻检讨。”

“这也不是什么缺点，不是说这样不好，而是你们都这样，就令人乏味了。其实，我关注的不是你们的优点或缺点，而是你们的变化。”

她又指着老先生说：“做老师的首要条件是大度包容，可你呢，容不下学生们新的思想和见解，固执己见，亏你还当了这么多年的老师。”

“你也容不下别人一成不变的生活方式，没资格去说别人。”见她这么说德高望重的老先生，有一名老者终于忍不住了，指责她。

恨天居士笑着说：“所以我没资格当老师也不会当老师。我只要你们去变，但不会教你们如何去变。你们如果不变，那些计策还能在你们身上发挥作用，让你们再次痛苦。”

这下犯下众怒了。不过大家都比较克制，最多也只是将气愤显现在脸上。

老爷子先是平息大家的火气，然后对恨天居士说：“每个人都不可能是完人，需要不断改进，你让我们去变化是有道理。可考虑到环境因素，不是想变就可以变的。”

恨天居士流泪了，哽咽着说：“这就非常令人伤心了，你们总是说环境是这样的，没有办法，可环境不是我们造成的吗？我们仿佛会陷入这无休无止的循环，真的毫无办法了吗？"

她这样又令人不忍。一群青年说："我们听你的，你想让我们怎么变我们就怎么变，即使你领导我们建立新的世界秩序和规则，我们也誓死相从。"

"我只希望你们去变，至于要变成怎样，我不知道，那是你们的自由，我不能干涉，每个人都要试着去独立思考，我不能代替你们想。其实变得多了，你们自然就知道应该变成什么样的人了。我也没想过去改变世界秩序和规则，如果人没变化，秩序和规则再怎么变也没用，秩序和规则不会让人有真正变化。"

"我们实在不知道如何去变化呀，有你变化就行了。"有人说。

"那不够，世界不只有我，是我们大家组成了这个世界，需要大家都去变化，世界才会可爱。"

说着走进人群，对一位青年说："通知来开会，你怎么带根绳子？是用来绑我的吗？"

青年有些紧张，结结巴巴地说："不，不，不是的。"

"能不能借我用一下？"

接过青年递来的绳子，恨天居士将其抛起，挂在大厅的横梁上，打了个结，说："你们往两边让一下行吗？"

众人让了让，把中间空出来。

众人再次吃惊，恨天居士不是跃上绳的，而是以优美的姿势飞舞着上去的。

恨天居士脚踩绳子在大厅荡起秋千来，欢呼着："飞起来啰飞起来啰"。一下变成了个天真烂漫的小姑娘，用稚嫩又清脆的声音唱道，"如果地上太窄，我就飞上天空；如果绳子太紧，我就化作清风；如果世界太闷，我就疯狂舞动；变化多端的我，挣脱一切樊笼。"

绳子荡开的幅度缓起来，恨天居士现在是坐在绳子上，脸庞无比娇艳，变成一个魅力无限的成熟妇人，用酥软人心的声音说："你们在我面前来来往往，我能看到每个人的表情，这让我的心起伏不定。我可以了解每一个人，可每一个人对我来说也是永远的谜。"

绳子慢慢静止下来，恨天居士的神情变得庄重起来，面部变得松弛，眼神露出慈祥睿智的光芒，一下又变成饱经世故的老人，用沧桑低沉的声音说："现在，我看到的人，都静止了。随着老去，我们终会静止。我在最该变化时变过，静止就只是表象了。"

恨天居士走了，大厅里很安静。老爷子突然站起来，朝向东边，叫了声"邪门"，然后转向另一边，叫了声"邪门"……对着四个方位，叫了四声邪门。

有人说："老爷子什么世面没见过，居然一下子发出这么多感慨。具体说说看，是哪些邪门?"

老爷子摸着胡须，说："我从没被人这么算计过，算计我的还是个年轻姑娘，这很邪门；来到这里，发现居然有这么多人中过恨天居士的圈套，这也很邪门；而恨天居士这么做，是因为我们没有变化，这算什么理由？这更邪门。"

老先生说："人做事总会有个目的，可我看不出她这么做的目的。她说是因为没有变化而导致的恨，这很难让人相信。"

"老爷子刚才说了三个邪门，还有第四个邪门呢?"有人问道。

"这个不着急说。我这一生，什么样的人没见过，恨天居士算是刷新了我对人的认知。一般来说，成年人都有固定的行为模式和行事准则。她呢，就像个小孩子，任性而为，再加上她智深如海，洞悉世情，千变万化，谁也奈何不了她。"

"是啊，虽说她这次道歉了，可说不准哪天兴起，又在世上制造轩然大波呢。"有人忧虑地说。

“小孩子长大了就好了。怎么让这个小孩长大呢？那就是成家。一个女人成了家，生儿育女后，就不会有这些稀奇古怪的想法，做这些令人匪夷所思的事了。”老爷子笑眯眯地说。

“她会成家吗？谁又有那么大的本事娶得了她呢？”一位落寞青年喃喃地说。

“她不是提倡变化吗？从单身到成家，是人生中很重要的变化，她应该考虑啊。我们可以提出建议，如果她有那个打算，我们就多待几天，给她张罗张罗，如果她不同意，我们就按原定计划明天离开小岛。”老爷子说。

老先生说：“这也好，虽不敢说天下英才毕集于此，但我们这些人，至少可以联系到十之七八。如果恨天居士有成家的打算，应该可以找到如意郎君。”

“我有个儿子，才貌都不错，上门提亲的人不知多少，其中还有宫廷世家的人，可他都拒绝了。为此还被女子权益联合会控告过，说他瞧不起女性。现在年纪也不小，还从没找过对象。我以为他对女人不感兴趣，可他听说恨天居士后，正发疯似的赶来。这就是我说的第四个邪门。”老爷子笑呵呵地说。

“这哪是邪门？这正是缘分啊！贵公子莫非是人称世界第一美男的思雨公子。”

老爷子笑着说：“世界第一美男是大家的谬赞，他的容貌和恨天居士还是不能比的。”

“比得上其他人就行了，比不过恨天居士又有什么关系呢？恨天居士总不能嫁给镜子吧。而且，他文采极其出众，听说他参加过宫廷应试，一举夺魁，可最后不知为什么放弃了。”

“他只是想印证所学。他听说天下的才子为了功名全力以赴，每三年一次的宫廷应试是才子们竞争最为激烈的地方，所以就去试试，没想到得了第一名。他无心功名，就放弃了。宫廷觉得有损颜面，说他的报名程序不合规定，取消他的成绩。因此，他又获得了个‘假状元真才子’的称号。”

“真不愧人中龙凤。为何这些年他音讯全无了呢？”

“为避免纠缠，也怕女子权益联合会找他麻烦，他躲起来了。至于躲在哪？现在说出来也无妨。他男扮女装，去了女子权益联合会，在里面还谋了个职位，为女子平等摇旗呐喊，可起劲了。”

众人都笑了起来。

有人说道：“我还是觉得恨天居士不会成家，她的想法太古怪了，比那些出世的人还要怪。”

落寞青年说：“这不是怪，是真正的智慧。对于普通人来说，名利是很难看破的，真正看破名利的人，被视作圣贤。其实，这个世界上，还有比名利更难看破的东西，那就是施加影响。不管合不合适，和自己相不相干，总要以自己思维去评判甚至指导别人。看吧，圣贤们著书立说，告诉我们应该如何如何，可那真的适合我们每个人吗？恨天居士让我们变，却从不说如何去变，这是极为可贵的。就凭这点，她胜过古往今来所有圣贤。”

老爷子猛地一拍大腿，赞道：“说得好，淡泊名利算不上什么，淡泊好为人师那就真正了不起，恨天居士不愧是奇女子。这位兄弟此番话非常有见地，请问如何称呼？”

落寞青年似乎不愿透露自己的名字，说：“刚才听你们谈到思雨公子参加宫廷应试，其实那次应试我也参加过，只是结果和他相比，有天壤之别。三轮应试，我在首轮就出局了，你们叫我‘落榜生’就行了。”

老先生说：“我也觉得恨天居士的想法超越了时代。从小到大，我们被教育要有固定的人格，要树立稳定的三观，这样才值得信任。可恨天居士反转了这一切，她说不仅缺点要去变，优点也要变。如果世界上的人都去变化，那世界将会是怎样的呢？”

“落榜生”说：“她本可以号召许多信徒，给人灌输自己的想法，发挥强大的影响力，实现各种目的，可她并没有这么做。这个世界是存在很多问题，需要改变，可如何去变，她交给我们自己决定，她说她和我们一样，都是普通人，她无权建议大家应该怎么改变。我的看法是，听她的，去改变，怎么变？自己定。”

一位中年人讪笑着对“落榜生”说：“看兄弟你之前情形，似乎被恨天居士伤害得很深，可昨天恨天居士拿来谅解备忘录时，你二话没说，第一个在上面签字，兄弟对恨天居士极有好感吧。”

这话把“落榜生”说得一愣，有些不好意思，摊开双手，说道：“爱美之心人皆有之，你要这么说，我也没办法。”

有人跟老爷子说：“我看思雨公子和恨天居士是天造地设的一对。就像这位兄弟说的，爱美之心人皆有之。世界第一美男，对任何女人都是有吸引力的。”

“落榜生”泼冷水，“那是针对我们这些俗人说的，至于恨天居士，就不能以我们的看法去推测了。”

老爷子说：“我要郑重声明，如果恨天居士同意招选夫君，大家不管是为自己还是为亲友作打算，都要正大光明，公平竞争。”

大家纷纷附和。“落榜生”说：“这是当然，再说了，在恨天居士面前玩花样，怕不是个傻子。”

第二天早晨，恨天居士来了，老爷子向她提招亲的事。

恨天居士莞尔一笑，说：“好啊，小女子的终身大事就拜托你们了，你们有合适的人选吗？”

“你想嫁给什么样的人呢？”

恨天居士想了想，说：“我一生最多结一次婚，因此，我要好好考虑一下应该嫁给什么样的人。给我五天时间吧，五天后你们把有意参加招亲的人请到这座岛上，到时我会公布测试方法，谁通过了测试，我就嫁给谁。”

有人问道：“如果多人通过了你的测试，那你嫁给谁呢？”

“嫁给我觉得表现最好的那一个。”

一位老者小心翼翼地问道：“如果我通过了你的测试，可以让你嫁给我儿子吗？”

“不可以，我只嫁给通过测试的人。”

一个中年人说：“我有一个儿子，今年十二岁，天资聪颖，如果他通过你的测试，你也会嫁给他吗？”

恨天居士说：“我会等他长大到法定结婚年龄，如果那时他愿意娶我的话，我就嫁给他。”

先前还只是小岛及周边地区空前热闹，现在是城区直至整个中部地区空前热闹了。恨天居士测试选夫的消息到处疯传，四面八方的人纷纷赶来。为了使招亲有序进行，由老爷子、老先生、“落榜生”等九人牵头成立了一个招亲委员会，专门负责这次招亲活动。虽然恨天居士对参加测试的人没提什么要求，不过委员会为了不唐突佳人，对报名资格进行了限制，年龄须在十岁以上四十岁以下且未婚。

多名女子找到招亲委员会，说是女子权益联合会派来的，也要报名参加这次活动。老先生认为简直是胡闹，不肯同意。可她们说只是参与，不会和男人争恨天居士，她们只想争口气，证明女子并不比男子差。“落榜生”不懂就问：你们为什么要多此一举呢？你们不知道世上有恨天居士吗？你们怎么还存有这种想法呢？可她们不听，就是要参加。后来恨天居士知道了，同意她们参加。她说希望这次测试不仅仅是她个人的一次招亲活动，还是一次关于人的可期待性的挖掘和检验。

回到房间，案上搁着一张请柬。小岛总管进来对我说：“这是恨天居士让恨莲送来的，担心别人请不动你，她亲自邀请你参加测试。”

“恨天居士给其他人送过请柬吗？”

“我问过恨莲，她也不清楚。”

“好了，你忙去吧。”

总管哦了一声，可没有动，似乎还有话说。

“公子，别怪我多嘴，你一定要重视这次测试，不要错此机缘。我看得出，自从恨天居士来了之后，公子对视若生命的剑道，也热情大减。这个世界，也只有公子配得上恨天居士。”

我没说话，挥手示意总管离去。心想：可是在恨天居士心里，没有配不配的概念啊！

第二十二章　04: 00

抚摸着手中的请柬，看着眼前的烛光，我的思绪飘回到一个月前。那时，我对剑道有了新的体会，感觉前面有一片宽阔的天地，深深地吸引着我，可就是无法突破。

一个阳光明媚的清晨，我在小悠岛后院散步，在一片花丛中，遇到一个十岁左右的小女孩，对我说：“您怎么不练剑呢？我想看您练剑呀。”

“谁说我会剑术?”

“恨天居士。她认为，人的本性应该是善变的，如果一个人在某项技艺上造诣很深，要么为了谋生，要么极有天赋或耐心，前者令人怜，后者令人敬。您的剑技超群，她很敬佩。”

“恨天居士怎么知道我住在这里?”我很吃惊。隐姓埋名住在这个四面环水的小岛，就是宫廷密探，也不知道。

小女孩笑着说：“恨天居士无所不知，不用吃惊。”

“知道我的名字，你还没说你的名字呢?”

“别急，我一家的名字都可以说给您听。我叫恨莲，我姐姐叫恨樱，我妈妈叫恨兰，我外婆叫恨梅，我们都跟着恨天居士。跟着恨天居士的人，由恨天居士重新取名，名字都是花名，前面再加一个恨字。因为恨天居士觉得世界上，花朵是最美妙的，可她连花也恨，说明她的恨意是多么强大。”

“那你恨花吗？”

“不恨，不过迟早也会恨的，就像家人那样。”

“为什么这么说呢？”

“我们本来都喜欢花，也种花。我种的是莲花，姐姐种樱花，妈妈种兰花，外婆种梅花。可是有一天，坏人将她们的花都毁坏了，她们先是恨那些坏人。可是重新种植的花，再也没以前那样美了，她们就开始恨花了。我的莲花因为种植在室内而幸免于难，它们长得非常好，我很喜欢。可总有一天，随着花朵蔓延，室内容纳不下，只能移植到室外，也会被毁坏的。”

“你是你，她们虽是你的家人，可没人规定你要像她们那样，万一你的莲花被毁坏了，你还可以种其他花，你看，我在这个小岛上种了各种各样的花，你喜欢都可以拿去种。”

“真的？不过我目前还不需要。姐姐现在还不知道怎么办，妈妈开始种其他花了，她们也许需要。”

“她们也在这里吗？”

“这里风景很美，她们都在岛上散心，说不定您会遇到她们。虫儿过来了，要教我飞翔，再见。”说完，恨莲追着一只飞虫去了。

中午时分，岛上总管告诉我，一群青年在岛上密谋大事，问我要不要去看看。我想起恨莲说过她姐姐，就向着总管说的地方走去。在树林边的草丛中，一个十五六岁的女孩向一群青年说着什么，看她洁白的衣服上点缀着朵朵樱花，我就知道她是恨樱了。

发现我之后，恨樱让青年们都散去了。

打过招呼后，恨樱问我："你来这里多久了？"

"有一会儿，我不明白你为什么要这么做，这些事都与你无关。"

恨樱愁眉不展，说："唉，我妈妈病了，病得不轻，我要想办法救她，我们刚才在这里议论的事情，你都要装作不知道，不要辜负我一番孝心。好了，我要找个地方躲起来，你别向别人透露我的行踪。"

说完，恨樱钻进草丛中，躲起来了。

下午，岛上突然聚集了很多人，据说是有人要向道德委员会发起挑战，要求其撤销一些荒唐的民风习俗判定。

原来是恨樱先前召集的一些青年，他们都是道德委员会成员亲属，正集体向道德委员会成员抗议。让我意外的是，恨兰也是道德委员会成员。

"爸爸，你要这么干，我会很痛苦，只好借酒浇愁了，你要知道，酒一喝多，我就管不住自己的嘴巴了，什么事都有可能说出来。"

"叔叔，没想到你也有份，你要不撤销那些荒唐的判定，我只好一生都看不起你了。"

"你们想想，就因为你们那些教条，破坏了多少人的幸福，有的人被父母逼婚，有的人被口水淹死，有的人被陋规终身监禁。"

……

"你们怎么知道这些事的？"

"是樱樱告诉我们的。"

"她怎么知道的？我们来这都没多久，这些事我都不知道。"恨兰疑惑地说。

"你既然不知道，为什么要去掺和呢？"

"唉，你们这些孩子，怎么能明白大人们的事呢？"

"我们明不明白不重要，只要樱樱明白就行，我们只听她的。"

"你们都上她的当了，她最爱挑拨是非，蛊惑人心了。"

“阿姨，后来的一些事，你也参与了，因为你是樱樱的妈妈，我们不好说你什么，你要再说她的坏话，别怪我们翻脸不认人，她知道你不待见她，可她一直都想救你。”

“救我？你们别听她胡说。”

委员会成员商量后，对恨兰说：“现在事情弄成这样，我们不得不撤销那些判定了。”

恨兰尖叫道：“这怎么行呢？这成何体统？权威决不能被打倒，更不能让几个孩子打倒，你们放心，只要我找到我女儿，就有办法让她服服帖帖。”

“樱樱知道你会找她，已经躲起来了，你找不到她了。”

“这样吧，我们给你一天时间，一天之内，如果能消除刚才的影响，那就最好，否则，我们只有撤销那些判定了。”委员会成员说。

恨兰走到我跟前，问我：“这位公子，可知我女儿下落？”

我说：“我中午见过她，不知道她现在何处。他们都同意撤销判定了，你又何必如此执着呢？”

“这已经不是撤销判定的问题了，不是我不让步，而是时光只能前行，不能倒流。”

说完，恨兰急匆匆去找恨樱了。

傍晚，夕阳西下，我来到后山，那里有一条小河流。有一位六十多岁的老婆婆在山壁上画画，她画的是环绕小岛的湖水，在夕阳的照射下，五光十色。

“您一定是恨梅吧，恨兰和恨樱是怎么回事呢？”

“让公子见笑了，恨兰和恨樱她们需要自救，我们说再多也没用。我也曾种过花，那些花都早已凋谢，我也很难受。不过到了这个年纪，更喜欢画花了。”

说完，恨梅挥舞着双手，极快地在石壁上画出一条条曲线，很快，湖水不见了，只见各种各样的花朵，有的含苞待放，有的绽放盛开，有的娇艳欲滴，有的洁白无瑕……颜料的香味发散开来，使人感觉置身在花丛中。

“世界总会有残缺，但人有无穷无尽的可能性，重要的是我们不应该拘泥于形式，您不种花了，心中却开遍这美丽的花。”

恨梅走过来，说：“公子也是，入世三年，巅峰时刻甘于归隐，在这小岛构建了自己的世界，特别是在剑术上，相信获得了无与伦比的体验。”

“嗯，可是，有得就有失，在剑道上，我也有很大的苦恼。”

“公子可以去见见恨天居士，说不定她可以解决你剑术上的问题。”

“请问我如何才能见到她呢?”

“明天下午两点，你去小城南区的23号民宅，就可以见到恨天居士了。”

和恨天居士不同，我不恨花，我恨迟到。当我来到她们暂住的民宅时，比约定的时间提前半小时。

大厅里，八名女子围着一个桌子吃饭，其中恨莲、恨樱、恨兰、恨梅以前见过，她们都穿着白衣，其他四位女子都穿着黑衣。我感觉到，这些人里，没有一个是恨天居士。

见我来了，她们都站起来向我打招呼。听说我吃过饭了，恨莲就叫人给我端茶。

一个老妪给我泡了杯茶后，又回到大厅旁的厢房，坐在灶前，继续吃她的午餐。她吃的是草，眼中流露出无比的悲伤。

“恨天居士，我们又见面了。”我走过来对她说。

老妪说：“为什么说又见面了呢?”

“易容改变不了你的眼神，这种眼神很符合恨天居士，昨天和我见面的恨梅也是这种眼神，但在桌前吃饭的恨梅却没有，先前的恨梅是你扮的吧。”

老妪点了点头。

恨莲说：“不仅是梅婆婆，恨天居士还扮演了我们所有的人，你昨天见到的都是她。”

“哦，”我愣了一下，“这倒是没想到，我只留意过恨梅的眼神。”

“恨天居士的易容术骗不了你，看来你还真不简单哩。”恨莲说。

“我奇怪的是，你吃草居然那么自然，一点都看不出是演的。”

恨莲开心地说：“原来你也会看错，恨天居士从小到大，吃的都是草，习惯成自然，你怎么可以说她是演的呢？”

我惊讶地问：“你为什么吃草呢？”

恨天居士垂下了头，恨莲又说：“恨天居士不合常理的行为只有一个原因，那就是恨，以后不要再问为什么了。”

恨天居士横了恨莲一眼，吓得恨莲直吐舌头。

恨天居士对我说：“我想借用你的小岛开个会，你能答应吗？”

“在其他地方开不行吗？我真不希望别人打扰。”

“会上我邀请了我曾得罪过的人，我怕他们群情激愤，不给我解释或赎罪的机会。在你那里，我的安全有保障。”

“好吧，不过你要答应我一件事。”

“好的。”恨天居士进了房间。

恨莲急得快哭了，“你还没说什么事，她也没问就答应了。要是你让她以后不再吃草，那她不后悔死呀。你要她做的事，千万别为难她啊。”

我说：“别担心，她知道我要她答应什么事。”

一位绝世美人从房间里走出来，那熟悉的眼神，充满哀怨悲伤的眼神，我知道她就是恨天居士。

“原来你想看她的真面目。”恨莲笑嘻嘻地说。

我说：“我还是不明白你为什么要在我那里开会，你刚才说的理由并不成立，没人会伤害这样一个美人。”

恨天居士摇摇头，说：“为了保护自己，我都是将自己的美隐藏，这种美易让人侵犯，算不上是真正的美。”

很快，她们收拾好行李，跟着我来到小悠岛。在东边的院子住下后，恨天居士广发告示，将大家召到小岛上来开会。

这天晚上，星光灿烂，清风拂面，静极思动，我带着剑来到屋后的广场。恨天居士比我早来，她就在我常练剑的地方，跳起舞来。

她的舞，简单又优美，飘逸又空灵，令人如痴如醉。

我呆住了，好久才回过神来，说："你的舞跳得真好，谁教你的?"

她笑着说："没人教我跳舞，是我自己摸索着练的。有时候，在星光璀璨的夜晚，我一边跳舞一边回味着那些丰富的经历并不断反思，舞就自然而然跳成这样了。其实我跳得并不好。"

"那怎么样才叫好呢?"

她想了想，露出空洞的眼神，说："我不知道，因为我还没有那样的经历。我心胸狭窄，充满怨恨，在跳舞方面，我也许有些天赋，却不能到达巅峰了。要是能跳出自己满意的舞，我的一生也就无憾了。"

"你是来练剑的吗？怎么不练了呢?"看我要走，她问道。

我看了看手中的剑，一言不发。

她好似明白我心里的想法，说："跳舞能让我明白许多道理，更重要的是让我获得某种无法言说的体验。相信练剑也会给你带来很特别的体验。如果是体验，那就是独一无二的。"

"好一个独一无二，说得好，是我误入执念了。如此睿智的人，可为什么眼神总是充满着悲伤呢，难道这世上还有困扰你的事吗?"

恨天居士又舞了起来，这次的舞，显得有些沉重了。她说："一个人一生的经历只有短短的几十年，可是我感觉内心深处烙印着几千年甚至更长久的历史，这些历史很模糊，没有具体的事件，只带给我悲伤怨恨的感觉，这种感觉令我无法自拔。漫长的时光带来的是无边无际的苦海，世界没什么变化，所谓的进步只是目光短浅的自欺欺人，如何让世界发生真正的变化呢？这是个难题，从来没人解决这个问题，甚至从理论上都得不到解决。”

她想的东西太遥远，我也不知道如何回答。只是举起手中的剑，随着她舞了起来……

回想往事，心中思绪万千。于是一个人离开小岛，到城镇中心逛逛。这是座小城，平时并不热闹，现在，来了许多人，到处都在做简易的房子或大棚，城区一下扩大了好几倍。

人多嘴杂，可谈论的话题只有一个，那就是恨天居士测试选夫。城墙边的茶馆里，坐满了人，边喝茶边谈论这方面的事。

“‘满城风’，你消息最灵通，你说说看，对参加测试的考生，恨天居士如何选择呢？”

“满城风”说：“这个嘛，现在谁也不知道。只知道不会考虑财富和名望。当招亲委员会把初步邀请名单给恨天居士看时，恨天居士说名单中有钱有名的人太多了，而名利是身外物，她不在乎。她建议范围扩大点，让更多有意向的人来参加测试。”

“是吗？那我们也可以去报名参加了。”

“满城风”说：“当然。这个消息相当令人振奋，名利乃身外之物，这句话不知有多少人说过多少次了，可恨天居士说出来就不一样。这不，正准备参加测试的谷洲首富梅茨将所有财产都捐了出去，说，既然恨天居士不在乎这个，那还留着干什么。他父亲气得病倒在床，大骂他浑蛋笨蛋，说你要捐也得等成功了再捐啊，哪有你这般急性的，像你这样，就是拯救了世界，恨天居士也不会嫁你。”

“梅茨可不笨，他精明得很呢。不舍哪有得？舍的多才能得的多，现在不少人看好他，真要成了也是段佳话呀。”

这时，城里有名的大厨也来茶馆了。

“‘铁板烧’，听说你也去报名了，你一个厨子，浑身油腻腻的，也不怕人笑话。”

“我有手艺啊，方圆百里，谁不知道我的厨艺高明，听说只要技艺高明，就有可能通过恨天居士的测试。”

“恨天居士可是吃草的，真要嫁给你，让你也吃草你受得了吗？你那张馋嘴比你的厨艺还有名呢。”

“铁板烧”笑哈哈地说：“要是恨天居士嫁给我，别说是吃草，就是吃亏也行啊。”

“哎呀，‘小不点’，连你也去报名了，别人报名都有一技之长，你似乎一无所有啊！”

“我并非一无所有，我和恨天居士有一样共同的东西，那就是缘分。恨天居士小时候乞讨过，而我遇到乞丐，多少都会施舍点。我觉得恨天居士用这种公开招亲的方式，是在寻找当初好心施舍她的那个小男孩，也就是我。报名时，我让登记人员特意把这点记上去了。”

“好吧，就算像你说的，你娶了恨天居士，天之痕会放过你吗？你这副身板，天之痕一个眼神就能杀死你。”

“哼，恨天居士把那么多人玩弄于股掌之间，神通广大，我要是娶了她，还会在乎天之痕吗？”

“大家猜猜看，谁会通过恨天居士的测试呢？”茶馆当家说。

“当然是天之痕。我刚从赌场过来，绝大多数人押天之痕。知情人说他们已经私定终身了。”茶馆中央一名青衣人说。

“那恨天居士为什么要公开招亲呢？”有人问道。

“让世上的英才都去给自己的夫君当陪衬，当炮灰呀。”青衣人笑呵呵。

茶馆当家走过来，严肃地问：“这位老兄，你说这话有何依据？”

“明眼人一看就明白，恨天居士公开身份时，为什么会选择天之痕那里，显然他们早就好上了。”

“原来这只是你胡乱猜测。”茶馆当家收走青衣人的茶水，用冰冷的语气说，“你还是走吧，本店不做你的生意。”

青衣人先是疑惑，继而愤怒，袖子一甩，说："老子才不稀罕这破地方呢，城里茶馆多的是，老子要找个好点的地方喝茶。"

茶馆当家说："我劝你还是走得远远的，你诬蔑恨天居士，很快就会传遍全城，在这城里，别说喝不上茶，就是饭你也吃不到。"

"老子不信那个邪。"桌子一拍，青衣人扬长而去。

"赌场又有新动向了。"茶馆新来的顾客说，"开始天之痕占据绝大优势，可思雨公子一进城，就引发大规模骚动，赌场的盘口又变了。思雨公子不愧是世界第一美男，再加上文采出众，有着极强的竞争力，押他的人越来越多了。还有，现在赌场还可以押恨天居士会测试哪方面的技艺。有消息传出，恨天居士会测试人的技艺，至于是什么技艺，就不清楚了，因此赌场列举了许多技艺，供人下注。"

"现在的女人，一般比较欣赏剑术、绘画、音乐方面的技艺。"

"可恨天居士不是一般的女人啊!"

"我猜测，恨天居士不会局限于测试某项技艺，而是看谁在技艺上取得的成就最高。"

"对，我觉得这种说法很合理。"

"那应该是天之痕胜出。在他出道的三年间，天下没有人能在他手下坚持三招，以剑术而论，其他人难望其项背。"

"其实天之痕的成就并非最高。在他见识了恨天居士的舞艺后说过，如果人的技艺巅峰在屋檐的话，他的剑术刚上台阶，恨天居士的舞艺已达大梁。"

"话虽如此，可这不影响天之痕通过测试呀，难不成恨天居士嫁给自己?"

"现在许多人都利用恨天居士招亲来打赌，其实恨天居士通过测试选夫又何尝不是一场豪赌呢？如果通过测试的人，性格和她不合，导致婚姻出现危机甚至惨淡收场，岂非不妙，现实中这样的情况也不少，许多才子佳人被认为是天作之合，可婚姻一团糟。”

“老先生有过这样的顾虑，他建议恨天居士对通过测试的人，先以朋友身份交往，相互了解觉得合适后，再谈婚论嫁。恨天居士说不用，她自己善于变化，会变得让自己的夫君满意，而通过她测试的人，也一定是她满意的对象。”

“哦，恨天居士居然如此自信，通过她测试的人，就是适合终身为伴的人，那她的测试方式就很耐人寻味了。”

出岛本想散散心，可现在的心情越来越复杂。在回小悠岛的路上，我做了决定：如果自己通过了测试，那就再入俗世，去尝试恨天居士所说的变化；如果是别人通过测试呢？那我就把小悠岛送给她做嫁妆，然后另找地方归隐。

回到小岛，我又来到后山的石壁前，恨天居士的画还在。可是当我走近想去抚摸那些花朵时，花朵却不见了。我看到的是一个个人，有男有女，有老有幼，有悲有喜……在上百幅人的肖像画中，仿佛穷尽了世界上所有的人，他们神态各异，极为传神，注视着这些表情，仿佛就能看到他们一生中的经历。再退到远处观看时，仍是一朵朵令人惬意的花朵。我呆住了。

测试在岛上东广场举行，早上八点开始。恨天居士先前画了一张图，让招亲委员会按照图上的情形在这里预先进行了布置。

不到八点钟，参加测试的人全部到齐，男有五百名，女有五十名。大家在露天的空地上席地而坐，每人前面只有一张小桌子，至于测试需要用到的工具，由大家自备。

“那幅画怎么会在这里？”有人指着考场左前方的一幅画说道，“那不是恨天居士给委员会的画吗？让委员会按此画布置考场，现在这幅画怎么挂到这里来了？”

那是一幅写实画，画里下半部分是一个小岛的场地上，几百人席地而坐，盯着前面的画，陷入沉思。上半部分是一个女子，背对着大家，望着前面的风景。

待众人到齐后，恨天居士来了。她走到考场前方，指着那幅画，平静地说："此画仅供参考，我希望你们用最擅长的方式说明自己体会到了什么或表达内心的感受。如果谁的说明或表达让我感觉到他是懂爱的，谁就通过了这次测试。测试时间为半天，现在开始。"说完，她就像画中的那样，背对着大家，看着远处的风景。

有人要给她搬椅子，她指着画说："不用了，我是自作自受，谁让我画的自己是站着的呢。"

众人都莫名其妙，议论纷纷。后面有人叫道："太远了看不清楚画。"工作人员示意可以去前面看，但要保持安静。前面的人说："不用看画了，画的就是此时此景，一点不差，我们都在画中。"

恨天居士希望我们从这幅画中看到什么呢？画很简单又很特别，怎么从这幅画中去理解爱呢？

那时，有山有水，有花有草，在朝阳的照射下，焕发出盎然生机，万物显得如此和谐静谧。更美妙的是，一位绝世佳人立于小岛边，给这美景增添了神来之笔。

受此感染，大家心中激发起无比的热爱之情，一个个灵感闪现，获得了无与伦比的高峰体验。那时，流传着这样一句话：技艺的巅峰通向爱。考生们都试着展现出最高技艺。

在那静止的画中，我看到了循环，无穷无尽的循环。虽然里面的风景和人物都很美，可我体会到了丝丝绝望。闭目沉思良久，我站起来，拔出剑，对着桌子，画出几朵剑花。桌子上现出一式剑招，悲情剑法终于完成！这时，测试时间也到了。

工作人员开始收拾清理考场，将所有考生的作品放在广场旁边的展厅里，供恨天居士评阅。

恨天居士进去大略看了会儿，然后出来对考生们说：“这些作品我要细细体会，至少需要三天时间，你们可以先回家，如果有谁通过了这次测试，我就按报名册上的地址去找他。”说完，她就迫不及待去展厅欣赏那些作品了。

不少人欢呼起来。想想吧，几天后，梦中女神找上门来，对你说：你通过了测试，我想嫁给你，这不是一个梦。多么美妙的人生啊！只是，以恨天居士的性情，找到你时，说不定会扮作一个小孩子或者老太太先跟你开个玩笑呢。可那又有什么关系呢？

话虽如此，可大家谁也不愿离开，都希望第一时间知道结果。等待的日子，不知谁提出了一个建议，说不管结果如何，这里都给大家带来了美好难忘的时光，我们为什么不把这座小岛建设得更美呢？建议获得了响应，在征得我的同意后，大家开始行动了。由于人才济济，工程进展相当顺利，小岛每天都在变样。

岛上工程没给恨天居士带来丝毫影响，这几天，她不眠不休，一个人待在展厅，完全沉浸在那些作品中。

三天后，恨天居士从展厅里出来，露出疲倦的笑容。大家早就在广场集合，等着她宣布结果。她说：“我心中充满怨恨，自称恨天居士，现在想找个懂爱的人作为终身伴侣，可遗憾的是，没有一名考生让我觉得他是懂爱的。你们作品中显示出的技艺和才能让我叹服。我在这些作品中看到了变化，这非常重要，这表示你们都有变化的潜能，要是你们的人，也像这些作品富有灵气和变化，那该多好啊！”

不少人松了口气。这群考生中，有的不修边幅显得无比邋遢，有的相貌丑陋显得异常衰老，要是这样的人通过了测试，对于那些内心极其敏感的文人，不异于世界末日。有人因为错失良机摇头叹气，痛心不已。也有人心中存有异议，认为自己的作品很精彩，领悟了爱，希望有个说法。恨天居士交由委员会处理。委员会在征求考生们的意见后，将考生带入展厅，公开了所有的作品。

不愧是当世才杰，作品千奇百怪，将各人的才艺展现得淋漓尽致。有考生作画，有的作曲，有的制作雕像等。就是书写的答卷，体裁也是万千，有诗歌，有话剧，有箴言，有食谱，有的人用简洁优美的公式概括世界的奥秘……总之，形形色色，各种各样的答案都有。为了脱颖而出，在那一个风景绝佳的地方，大家都将自己的才能技艺发挥到了极致，诞生了许多杰出的作品。更不可思议的是，这些作品都是在半天内完成的。

公开所有的作品后，大家都没话说了，那些自以为答得精彩的人，在看了别人的作品后，才知道人外有人，天外有天。没有一个能符合恨天居士的要求，这样恨天居士就不用出嫁了，这样的结果对大家来说也是安慰。只是大家都有一个疑问：究竟怎样的答案才能让恨天居士满意呢？恨天居士没有回答这个问题。

此事惊动了远在天边的执政中心，宫廷学者专门发表文章评论此次测试：一个人是否懂爱，不是看他如何诠释爱，而是看他如何受其影响。如果懂爱，就会撕心裂肺，继而瘫痪如泥，直至陷入痴狂，谈何其他呢？想通过爱来达到某个目的，正说明不懂爱。因此，那次测试没人通过是合理的。这样看来，爱也许是一声永恒的叹息。

我把宫廷学者的评论给恨天居士看，恨天居士只是笑了笑，不置可否。

宫廷学者给我的感觉是挺高明，他们把道理说得很透彻，可又有什么用呢？就像那次测试，只有深入骨髓的体验才可贵啊。

由于事先约定，考生对自己创作的作品只有署名权，其他权利归委员会所有，委员会原打算利用作品的展览收入给恨天居士做嫁妆。展厅开放后，引起了许多人的兴趣，越来越多的人到此旅游，来感受爱。小岛成为当时最负盛名的旅游场所，每天的门票及相关收入远超预期。那次测试后，走了一些人，但更多的人留了下来，他们说愿意去变化，可恨天居士又不说变成什么样的人，他们就跟着恨天居士，希望变得让恨天居士不再恨他们。恨天居士选出一部分人经营这片旅游区，号召其余的人去引导更多的人去变化，同时也在大量培养老师，她觉得合格的老师。

没多久，她说要带我去一个地方。她没说具体的地名，我也没问。快到了，才知道，她带我去的地方是贫民区。对于贫民区，她很矛盾。她在那里有着惨痛的经历，曾发誓决不回去。可是现在，她又想着去帮助那里的人。

“知道我为什么吃草吗？说起来也许很可笑，就像一个赌气离家出走的小孩，到了外面，可以吃到各种好东西了，却偏不吃，也要像家里人那样吃草，越吃就越恨他们。”

“以前也许是这个原因，现在不是了，现在是因为爱。”我说。

“贫民区的人，他们也是人，可活得不像人，以前，我在那里的时候，这令我痛恨，现在，我不在那里了，又令我可怜。我想将工作重点放在贫民区，那里的人最缺乏变化，那里最需要改变。”她说。

贫民区被天心山隔断，唯一的出口由政府派兵看守着，外人进入需要办理相关证件，恨天居士以前是从那里偷跑出来的，办理出入证件有些麻烦，比较费时。本来，有许多其他方法可以进去，最方便的就是随便冒充别人的身份，可她坚持这次回来不能破坏规矩。

在等待的那段时间，我们来到了天心山。那时候的山腰，鲜花似锦，绿草茵茵，清泉淙淙，她很喜欢，说想在这里静一静，等证件办好了再去贫民区。

在天心山的日子，她经常待在山洞里，在壁上画画，用一种特殊的颜料，这样可以保存很长时间。

“我识字不多，不善于用文字表达，我喜欢画画，对我来说，画画能表达更多东西。洞中的花香有迷醉作用，闻到这种花香的人看到洞壁上的画，会深受影响，如何摆脱就看他的智慧和胸怀。”

听她说得很认真，我就去试了一下，本来看似普通的画，在有了花香的影响后，变得有魔力起来，不断发生变化，让人深陷其中，不能自拔。很多问题我们只是没有去想，真要想时，才发现就是一个无底深渊。

她用指尖对着我的耳垂一弹，我才从幻象中摆脱出来。我大汗淋漓，心有余悸，对她更加敬佩了，可是又有一种无法言说的忧伤笼罩着我。

看到她的画有这样的效果，她很高兴，越画越起劲。耗费巨大心血和精力，在九个山洞留下她的画。

画完后，她看起来老了十多岁，不过变得轻松了许多。登上山顶，望着贫民区，说："小时候，拼着命都想离开那里，现在想回去，可近在眼前，却难以跨越，通行证还不知能不能批下来。可不可以从这山顶利用绳缆下山去贫民区呢？"

"这可不行，下面都是强酸池，形成了天然屏障，不然，政府会在这里设立禁区的。"我说。

"我预计我的通行证批不下来，我只能飞回去了。"她张开手臂笑着说。

"如果真的批不下来，你就留在这里，指导我们在贫民区的行动。"

她皱了下眉头，迟疑地说："老实说，我真不知道如何指导。我只知道他们现在这样是不适合的，应该去变，可是我又怎能把自己的想法强加于人呢，只能盼望他们变得多了，自然而然知道应该怎样去度过自己的一生了。可他们都无法理解，总是说我不去指导他们如何去变。我也知道，我的想法过于理想了。现在，我做了变通，培养了许多老师去推动别人，不是把他们推向某个固定目的地，而是推动能让他们一直变起来。至于变化成什么样子，就不是我们该管的事了。因此，有一点必须要坚守，我们一定要控制和反思那股推力。教导传授的东西要自己反思的同时，也要接受别人的反驳，而且还可能被驳倒。现在的情形是，不怕人们不够热心，就怕人们过于武断。"

"好了，你终于舍得告诉人们怎么变了，尽管非常慎重。那我呢，我要怎么变呢？"

“要去推动别人，自己就该积极动起来呀，站在山巅，只能成为标本。”

我笑着又问她：“你想看到怎样的世界和怎样的人呢?”

“活得自然，活得和别人不一样，那就是美好的一生，如果每个人都如此，那就是美好的世界。”

果然，不出恨天居士所料，她的出入申请被直接驳回，组织其他人的申请也没音信。

不知谁发现了我们的行踪，许多人赶来这座山，说是仰慕恨天居士，特来拜访。看他们的打扮，来自各行各业。他们分布在山上各处，议论着关于恨天居士的话题。

恨天居士忧虑地说：“山雨欲来风满楼，我感觉这次的事情没那么简单，一股强大的力量笼罩而来。无论发生什么事，为了新建的组织，你都要好好活着，在你年老力不从心时，再找个合适的人传承下去。”

看着她的脸庞，我紧握手中的剑，心想，就算千军万马，我也能让你毫发无伤。

有人想方设法，借着我和恨天居士的名义，把本在小悠岛的组织成员都调来了。后来的事情越变越复杂，暗流涌动。已能确定，这是政府的精心策划，暗中派人在这里制造矛盾，造成民事冲突，趁机不留痕迹将我们一网打尽，使我们的组织就此瓦解。

尽管我们遵照恨天居士的要求万般忍让，可对方居心不良且有备而来，事情愈演愈烈，场面已经无法控制，大战一触即发。我想去找恨天居士，我有把握带她安全离去，至于其他人，恐怕凶多吉少了。

这时，一声叹息从山洞里传来，恨天居士走了出来。她又变得年轻起来，比我以前见到的任何时候都美丽。她未着衣物，身上披着一串串花环，发丝上缠着一片片绿叶，所有的人都看呆了。

她眼神悲凉，伸开双臂，舒展着身子，跳起舞来。似一个精灵，跳出了世界上从没见到的姿态，无论何种姿态，无一不美，无一不妙。我仿佛看到：

流落在外的人，在走投无路的那一刻，遇到好心人的收养；

陷入绝境的人，在阳光照射的那一刻，知道心灵总有扇窗；

苦大仇深的人，在花朵绽放的那一刻，胸怀变得无比坦荡；

……

是的，这个世界，存在许多问题，有些还令人非常绝望，可看到眼前这样的舞动，又能给人带来无穷的安慰和希望，让最悲观的人，也觉得世界仍然是美好的。每个人都屏住呼吸，一动也不动，体验着一生中最美妙最激动的时刻。

万物静止，世界凝固，衬托着她一个人的舞动。在张弛有度，急缓交加的节奏中，她的舞渐渐变得有些停滞，好像一个人背负着沉重的压力。

突然，她身子一倾，落下山崖。

我的心如被万箭刺穿，身子冲了过去……

身上的花环被风吹散，在空中到处飘，一朵迎面飞来，我接住捧在手心，跪在了地上，把花放在胸口，哭了起来，手像铁锹一样在山石中乱刨，像要把大地的心挖开。

一会儿，我止住了哭泣，再想起恨天居士时，她退去了所有光环，我所想的，不是她的美，不是她的慧，而是她的悲。她的一生，无论是因为恨还是因为爱，都被悲伤笼罩着。她懂爱，觉得世上无不可怜之人，其实她才是世上最可怜的人。

我想起了恨天居士画在石壁上的那些人，他们千奇百怪，神态各异，但不管是悲是喜，是哭是笑，让我觉得都是真真实实的人，让我感觉到，人是多么渺小，多么可怜。

我深深地体会到了这种永恒的悲伤，眼泪又流了下来，这次流下的泪水很烫很烫，直到灼痛我的脸庞。

我浑身无力，像一摊烂泥，倒在草丛中，身心都在颤抖。

不知什么时候，有人将我扶起来，山上的人走了一些，留下的都坐在草地上发呆。

组织壮大了很多，政府部门对组织的管理也宽松起来。组织正式成立，名字也有了，是我取的，叫“伤心天使”。恨天居士曾经说过：“悲天悯人，希望苍天保佑，世界上的人能变成应该如此的人，达成一个应该如此的世界。”这个名字，相信她是最理解的。

组织的事情理顺后，在一个秋高气爽的早晨，我手持通行证，经过城门，来到贫民区——恨天居士的故乡，那里滋生了她的恨，也唤回了她的爱。

我把鞋子脱下来，赤着脚走在这片土地上，心中格外静谧美好。我跪下来，匍匐着趴在地上，让胸膛紧贴大地，感觉大地传来微弱的跳动。我笑了起来，恨天居士还在，只是换了一种存在方式，我能感受到她的存在。

有人问我：“你是谁?”我想了会儿，答不上来。

“这里很多人都没名字的，你来了，就跟我们一样，随便有个称呼就行了，就叫你赤脚汉吧。”

于是，这个名字陪了我几十年，现在我很苍老了，他们也叫我赤脚汉。

我学着恨天居士的样子，跳舞给他们看。再美妙的舞姿，我一个男人跳起来，显得不伦不类，甚至丑态百出，这把他们逗得哈哈大笑。

曾经的天之痕剑客不存在了，取而代之的是一位变化无常、启人心智、帮人改变的赤脚先生。

这些年，我赤着脚，走遍了这里的每一寸土地。我采取恨天居士提出的教育方式，不拘泥于形式，灵活多变，寓教于乐，培养他们认识这个世界的兴趣。

我想让他们觉得，宇宙很大，我们绝不会局限于这一隅；

我想让他们觉得，星星很多，我们绝不会长期处于黑暗；

我想让他们觉得，世界上最强大的不是权力和武力，而是爱；

我想让他们觉得，人最神奇的不是存在，而是爱……

赤脚汉说完，我已哭成了一个泪人，其他人的神情都很悲伤。赤脚汉拍着我的肩膀，给我擦拭泪水。

“我年纪大了，渐感力不从心。今天是恨天居士的忌日，每年这个日子我都会在这里挑选合适的人，将这份责任承担下去，以了却我的心愿。”看了看周围的人，赤脚汉接着说，“关于往事，我从没提过，今天讲出来，是因为有人比我更适合带领这个组织，我可以放心交给她了。”

旁边身穿蓝衣的老人很疑惑，说：“可是，这批使者没有一个走出山洞，都不符合呀。”

赤脚汉摇摇头，看着我，爱抚着我的额头，笑着说：“这么多年，终于让我等到了，真是天选之子，由你来带领这个组织，终有一天会让这些人脱离苦海，获得做人的基本权利。”

蓝衣老人吃惊地说：“是她吗？可是她，她也太小了，能当此重任吗?”

赤脚汉坚定地说：“能，正是不二人选，比我合适多了。对于天心洞中的考验，她表现得很优秀，这份智慧和胸襟无人能及。”

蓝衣老人摇着头说：“那是因为她太小不懂事，壁上的画对她没影响罢了。越是人生阅历丰富的人，越是能在画上解读更多的东西，就越是容易入迷。再说，她也没顺利走出洞呀。”

赤脚汉说：“你看到的只是表面现象，然后根据常理来判断。她并不是不懂事，而是太懂事，所以我才对她抱着那么大的期望。通不通过不重要，而是要看人怎么走。”

我说：“谢谢您的垂爱，可我不能接受。”

“是怕担子太重吗？别担心，会有很多人帮你。”

我说：“这个组织让我的心很温暖，我非常愿意为之效劳，可是我有自己的苦衷，不能留下来。”

赤脚汉说：“什么苦衷？说出来，看我们能不能解决。”

我摇摇头，默不作声。

赤脚汉很失望，颓然坐倒，竟然哭了起来，弄得我不知所措，望着其他人，发现他们对他的行为并不意外，有少数几个人对我怒目相向。

赤脚汉擦了下眼泪，说：“天赐机缘，让我有幸遇见你，我还以为是恨天居士的安排，所以将这个组织的前因后果都说了出来。可你居然不同意，我不明白，从你在山洞里的表现，可以看出你非常愿意帮助世上受苦受难的人，可为什么？为什么要跟我开这种玩笑呢？”

我很难过，可不知道该如何解释，只是流泪。

一名灰衣老者说：“领导这个组织是你几生修来的福分，你真是不知好歹。”

赤脚汉很快就释然了，摆摆手，说：“算了吧，安琪虽然年幼，却深具慧根，资质不凡，命中会安排更加重要的事情给她，我们就不要勉强了，你们费点心思，继续寻找合适的继承人吧。”

灰衣老者说：“好，我听你的不勉强，不过你说她会承担更重要的事情，我却不信，就算是公启贝，他做的事也比不上咱们。”

赤脚汉摇着头说：“也不能这么说，各人所处的立场不同，无法比较。”

蓝衣老者说：“听说你曾跟公启贝打过交道，他是个怎样的人？”

赤脚汉说：“我们就遇到过一次，那是二十年前，他还是个小青年，我们切磋过剑技，不相上下。”

“二十年前，你剑术大成，他居然能和你打成平手，这怎么可能？”旁边的人不敢相信。

赤脚汉说：“学无止境，哪有什么大成。公启贝在担任最高执政官前，被称为天下第一英雄，就是因为他的剑技，其实他的文采也很出众，只是被他的武艺掩盖了。否则，他也不会在十几年间，从一名士兵做到最高执政官。”

蓝衣老人说：“除了这个小女孩之外，其他使者都不合适吗？这批使者资质，大家都认为强于往届。”

赤脚汉想了想说："这批使者确实不错，不过从洞中考验来看，还需要继续磨炼。这样吧，我还能支撑一段时间，你们再去选一批人吧，下次来时，把这批也带来，可以分批安排进行洞中的考验，不用限定使者名额了。争取下届能找到合适的继承人。"

这时，不远处传来车辆轰隆隆的声音。是云姨来了，她换了服饰，很罕见地穿着黑色紧身衣，看起来有些陌生了。她的车后面还跟着好几辆车。

她见到我，笑着说："安琪，终于找到你了，出来这么多天，都快急死我们了，快跟我回去吧。"

我向众人介绍："这是我家的云姨，我们在城里失散了，现在我要跟她回去了。"

说完，我向他们挥手告别。

风灵说："等等，你还有件事没做呢。"

"什么事?"

"在舞剑山庄，轮到你跳舞时被打断了，冷伯伯说因为你会跳舞才带你来的，你总要跳给我们看一下吧。"

其他人也附和着说："是啊，冷先生说你的舞跳得好，就跳支舞留作纪念吧。"

我看着云姨，云姨点了点头。

我走到山崖边的那棵大树下，舞动着身子，边跳边唱：

你的舞
千变万化后
回到简单自然
如果世界也能这样该多好
一个人带着世界舞动
并非不自量力

也非痴心妄想

而是爱的神奇

你心中有爱

世界会因你而舞

第二十三章　05: 00

歌唱完了，舞也跳完了，众人都欢呼着鼓起掌来。

赤脚汉站在那一动也不动，仿佛呆住了。

我突然觉得很累，身子就要倒下去。云姨赶紧过来扶着我上车，和他们打过招呼后，车朝着下山的路驶去。

“刚才为什么不答应赤脚汉呢？看得出你很想加入他们。”云姨问我。

“我是想答应可我又不能答应。我心里很矛盾，他们的工作很伟大，我愿意为之付出一切，可是看赤脚汉的情况，一旦找到继承人，他就会跳入曾经埋葬恨天居士的强酸池，这是他期盼的结局，可我怎么忍心呢？再说，我们之间的事还没处理好。云姨，我都知道了。在您带我外出时，我就知道您别有用心，只是我太想去外面，所以还是跟你出去了，可为什么出了城你就丢下我了呢?”

“半路上遇到歹徒，发生了冲突，我去召集以前部落的人了。知道我不怀好意，那你为什么不留在赤脚汉那里?”

“我不想你们为了我发生冲突。我知道您带了很多人，不带我走是决不罢休的。再说，您要是对我怀有恶意，那应该是我父母做了对不起您的事。”

云姨悲愤地说：“十五年前，你爸爸率领大军侵略我们的部落，害得我家破人亡，六岁的女儿惨死。为了复仇，我费尽千辛万苦，学得一手好厨艺，被招入宫廷，经过层层考核选拔，终于在你家当上了厨娘。我本想杀死你爸爸为我女儿报仇，可是看到你出世，全家人视你为掌上明珠，于是改变了复仇方法。我要当着你爸爸的面杀死你，让他活着忍受巨大伤痛。我联系到了原部落的残余部队，获得了首领的支持。我现在带你去和他们会合，你爸爸已经接到通知，很快也会赶过去的。”

原来是因为仇恨，和我猜测的差不多，我问云姨：“首领为什么会跟您合作呢?”

“他要用你逼你爸爸答应他的要求。”

“那他就要保证我活着，可您是想在我爸爸面前杀死我，你们的目的是冲突的呀。”

“他先逼你爸爸签订一个协议，把你交还你爸爸后，其他的事他就不管了，让我自己去报仇。在他的势力范围，即使放了你，我再抓住你也很容易。”

我想了想，感觉事情有些不对劲，对云姨说：“您要小心首领，我觉得他是在利用您，不会达成您报仇的心愿。首领要用我跟爸爸换取利益，他需要我活着，否则即使爸爸答应了他的条件，也不会遵守了。您如果要报仇，回去就要装糊涂，假装迎合首领，让他放松警惕，再找机会。”

“为什么你要帮我报仇呢?”

“出门一趟，我对这个世界很伤心，不如让您杀死平息您心中的怨恨，只是我死了，爸爸妈妈不知道会有多难过，我又……唉，希望时间能快点冲淡他们的悲伤。对了，我有件事想问您，以前我以为世界都和家里一样，这次出来才发现自己大错特错。许多人连最基本的生存都无法保障，难道爸爸不知道外面的情况吗？为什么爸爸没去改变这种状况呢？您不是说他是这个世界上权力最大的人吗？天下的百姓都是他的子民，他为什么不管他们呢?”

云姨大笑起来:“世界上的不公就是以他为首的权贵阶层造成的,你还指望他去改变?”

我如遭雷击,如果爸爸是罪魁祸首,那我怎么做也弥补不了他的罪过。可是我心中也存着侥幸,他是一个很讲道理很慈祥的人,如果见到贫民区的那些人,肯定也会像我这样难受,毕竟我们是父女,身上流着相同的血。

云姨看了我一眼,说:“不信的话你去问问他。”

“我当然要问他,只是现在还没见到他,如果见到他了,在您报仇之前,能不能让我把这个问题向他问清楚。”

“行,我倒要看看他如何回答你这个问题。”

话虽如此,可我对爸爸越来越没信心了,特别是想到自己的家那么大,家里收藏着数不清的奇珍异宝,爸爸对造成这样的现实要负责任。现在的问题是,我能影响他进而去改变这个世界吗?只怕我没那个机会了,因为我化解不了云姨心中的仇恨。

想了许久,我对云姨说:“要不这样吧,我们去个别人找不到的地方,我当您的女儿,反正我从小也是您带大的。这样,爸爸见不到我,会很伤心,这也可以平息您的怨恨。”

“不行。”云姨语气很坚决。

车行得越来越急,不到一天时间,就到达将台城。在那里,首领率着大队人马亲自在门口迎接,他对云姨和我都很客气。

“已经通知公启贝了,他明天上午到。”首领说。

回到临时公馆,云姨不知去哪了,我被单独带到一个小房间,由卫士在门前团团守护着。

第二天一大早,我被带出房间。来到一个大厅里,首领坐在中间,另有两名随从站在两侧。

见我来了，首领笑着迎过来，把我带到他身旁的椅子上坐下来，说：“你爸爸就快来了，等他签了协议，你就可以跟他回家了。”

果然，没多久，厅外有人吆喝：“有客到！”

爸爸来了。他看到我，笑着说：“出来玩够了吧，家里人都很想念你，该跟我回去了吧。”

我正想问爸爸那个问题，可首领迫不及待叫人把协议拿给爸爸，爸爸坐在大厅右侧，翻开协议看起来。

突然，云姨拿着枪从后面屏风处冲到我身边，把我抱着退到左侧墙边。

对这突如其来的变故，首领慌了神，着急地说：“你，你不要乱来，不是说好的吗，要以大局为重。”

云姨没有理他，用枪指着我的脑袋，对爸爸说：“因你对我部落的侵略，使我女儿惨死，现在是你还债的时候了。”

爸爸叹了口气，背着双手，镇定地说：“战争不伤及妇幼，你女儿的死是场意外，不过我还是要负主要责任，对于以前的事我很抱歉，无力挽回，你现在要报仇，我就在你面前，你应该对我开枪，你杀了安琪，是能带给我巨大伤痛，但你心里难道不痛苦吗？她从出生就是你帮忙照顾，你也爱安琪，作为一个女人，真杀了她，只怕对你的伤害会更深更久。”

云姨垂下头，看着我的眼睛，眼里流露出爱恨交织的神情，拿枪的手颤抖起来，慢慢开始下垂。

“砰”的一声，枪响了。云姨惨叫一声，倒在血泊中。是首领示意埋伏在大厅阁楼暗处警卫开的枪。

我流着泪蹲下去，云姨用怨恨的眼光盯着爸爸，又用复杂的眼神看着我。我用发抖的双手捧着她的脸庞，颤声叫着：“云姨！”她闭上了双眼。

爸爸说：“割让土地的事我做不了主，其他条件我都可以答应你。”

首领说：“你是最高执政官，为了这么可爱的宝贝女儿，会有办法的。”

爸爸想了想，说：“我要回去跟委员会的成员商量一下。”

首领说：“那就快去吧，女儿我先帮你照顾着，等你在协议上盖了大印，再接她回去吧。”

爸爸对我说：“我先回去了，你放心，我会带你回家的。”

我木然地说：“以前在家的时候，以为世界是那么美好，看到花园里的动物死亡，我很难过，知道人也有那么一天，我很害怕，不明白人为什么要死；现在从家出来，一路上所见所闻，令我很伤心，对于死我已经不在乎了，我不明白为什么要生在这样的世界。”

“别胡思乱想了，外面的世界没家好，以后就待在家里。再说，外面的世界也在变化，会慢慢变好的，你要有希望。”

“爸爸，把云姨也带回去吧，她也是我们家的一员，要将她好好安葬在花园里。”

“好吧。”临走时，爸爸指着我对首领说：“你想当王，就要善待她。”

首领笑呵呵地说：“那是一定，只要协议签署，我们就是你的属国，从今往后，她都是我们最尊敬的公主。”

爸爸走后，首领派人把我带到了一个大的院子，我受到了优待，可以自由活动，只是不能出城。

这几天我都在房间里待着，哪也不想去，什么也不想吃，身体越来越虚弱，这让首领很着急，弄了不少补品混在食物中，想方设法让我吃下。

五天后，爸爸来了，带着签署好的协议交给了首领。首领捧着协议，笑得合不拢嘴。

走的时候，首领隆重欢送我们。我扯了下他的衣角，对他说：“您要的东西已经得到了，您以后要做个明君，爱民如子，不然得到的东西也会很快失去的。”

首领一呆，说：“你不恨我了吗？”

我摇着头说：“我心中没有恨，只有伤。”

到了车上，我将自己在外面的见闻告诉了爸爸，然后问他知道这些情况吗。

爸爸说他知道，知道得比我全面详细得多。

“那为什么不去改变这一切呢？为什么不去拯救那些受苦受难的人呢？”

“这不是我造成的，它是由人类整体及历史环境决定的，我也没办法。事实上，在我上任以来，我也力所能及帮助他们，特别是对赤脚汉组织的包容，在以前历史时期，这样的组织是不可能如此发展的。”

“不管是不是您造成的，您都有责任去改变这些呀，您的权力不是很大吗？权贵阶层不都被您管听您的话吗？怎么就不能让他们去帮助有困难的人呢？”

爸爸说：“这个世界和你想的不一样，权力来源于掠夺和谎言，而不是施舍和真诚。我如果勉强权贵阶层都去施舍，帮助贫困大众的话，我会失去权力的。”

“这不是施舍，而是赎罪。”我发出近乎绝望的呼喊。

爸爸的回答令我很伤心，虽然我曾认为爸爸也没办法而心里难过，但是现在爸爸说出来，我才知道心有多痛。

“您也说过割让土地的事做不了主，那为什么还能把协议签回来？”我问道。

“那是有条件的，我们打算利用这次机会消灭这批残余反抗分子。”

“那不是违背承诺了吗？”

“当然不是。我们不会自己动手，而是让他的人民推翻他。我们会跟他合作，比如控制药品和生活必需品的供应，帮他掠夺那片土地上的财富，剥削他的子民，这样用不了多久，他的政权就会被推翻，然后我们再扶植听话的人去治理那片地区。这招并不新鲜，可就是屡试不爽。”

两天后，我们到家了。妈妈带着家里其他人在门口欢迎我们。

看到我，妈妈把我搂在怀里，热泪盈眶，说：“我的心肝宝贝，在外面受苦了。”

家里没什么变化，可给我的感觉不一样了。以前认为和外面的世界比起来，家太小了，现在从外面回来，又觉得家太大了，太奢华太浪费了。

我先去云姨的墓地边待了一会儿，是她带我出去，让我认识了外面的世界，爸爸笃信国师的预言，对此耿耿于怀。可我很庆幸走出去，我宁愿直面现实，尽管这会令我伤心。出门一趟，让我明白了许多事情，发现了许多问题，现在我要好好想想，怎么去解决那些问题。

想着想着，我又流泪了，这点和爸爸完全不同。爸爸就不流泪，别说是我，就是青梅竹马的妈妈，也从没见过他流泪。妈妈对我说，英雄无泪，你爸爸是天下第一英雄，当然不会流泪了。

我不以为然，他对这个世界苦难的人既没尽心也没尽力，哪称得上英雄呢？

回家没多久，我身感不适，请了许多医生来诊断，都检查不出原因。

这天乌云密布，我也是愁云笼罩，总想着外面的经历，应该为这个世界做点什么，可怎么做呢？下午，天气越变越糟，狂风暴雨呼啸而来。晚餐是按我的要求，在一个小房间吃的，就爸爸妈妈和我三人。

像这样的天气，还有很多人没有家可以遮风避雨。可为什么人要住那么大的房子呢？像这样的小房间，拉近了我们一家的距离，不是显得更温馨吗？

我对爸爸说："我去了天心山，那是贫民区交界处，知道了贫民区的情况，我很伤心，您说自己不能改变这个世界，那能不能改善一下他们的生存状况呢？就是给他们带点安慰或希望也行啊！"

爸爸说："我会去努力的，这需要时间。"

"要多久？"

"要想有实质性的改变，我这一代是不行了。我可以为你创造条件，等你当了最高执政官，争取做一些实质性的改变。"

"我不想当什么官，我希望世界没有官。我听说，世界上每年生产的生活资料能维持全世界所有人的温饱还有余，现在的问题就是资源分配不均，只需要重新分配一下就行了。”

“重新分配资源是不可能的，那需要战争。每次战争都打着公平分配的旗帜，可战争结束后没多久，资源还是会掌握在少数人手中。这是个千古难题，只有靠神来解决，人是解决不了的，因为人的欲望是根深蒂固的。资源再丰富也是有限的，人的欲望无限。世界是由人决定的，这个世界让你觉得很不美好，就是因为人的劣根性无法消除。”

“人固然有很多劣根性，可是人也有爱，这是希望。通过爱，人可以成为神。”

“你说的那是理想的情形，现实情况是，爱太微弱了，从古至今都是如此。”妈妈说，“就说你云姨吧，我们把她当一家人，当年你爸爸服从军令参加战争，使她失去女儿，她找你爸爸报仇还情有可原，可她居然想杀你，人心是多么险恶。”

“云姨只是说得很严重，她不会杀我的。”

“那是从你的角度看，我当时也在旁边，在我看来，要不是警卫杀死了她，她会开枪的，你没体会过恨，不知道恨的可怕。”爸爸说。

“是的，你心中只有爱，将一切想得太美好了，可现实世界不是这样的。”妈妈说。

爸爸说：“这个世上没什么好人，就算是贫民区的人，一旦他们掌权，只会比现在的权贵阶层更残暴。”

“你们总是说外面有很多坏人，但我出去见到的那些人，让我很敬佩很感动，由于力量所限，他们取得的效果还达不到我的期望，可他们都在为此奉献一生。”

“这只能说是天意，让你遇到了‘伤心天使’。那个组织在赤脚汉的带领下，确实为苦难的人谋利益。可我不认为他们就是好人，要不是恨天居士，他们不过是一群只顾自己感受的自私之徒。”爸爸说。

“你们老是说人这不好那不好，为什么你们对我这么好呢?”

“我们是一家人，应该相亲相爱呀。”妈妈说。

“那为什么大家不能把世界上的人都当成一家人呢?”

“你把世界想得太美好了。”妈妈说。

“世界就应该是这样的。”

爸爸叹口气说：“世界不是你想的那个样子而是现在这个样子，不是我，也不是以我为首的权贵阶层决定的，而是人的本性决定的。别说现在我没办法改变，就是改变了，也只是暂时的，因为没人能改变人的本性，几千年的历史就是铁证!”

我说：“人也有反思，也会反思。”

爸爸说：“那是在地位卑下或是受到挫折时才会反思，一旦位高权重，可以呼风唤雨，你看他还反不反思。再说，即便有反思，人也不会真正吸取教训。”

爸爸又说：“其实都觉得爱很伟大，可为什么世界如此缺乏呢？除了人的劣根性外，还有一个重要原因，就是人的差别也非常大，包括性格、生存环境、出身、文化等差别，让人形成了牢固的阶层壁垒，突破阶层的交流沟通变得几乎不可能，一些自认为高贵的阶层都不拿其他阶层当人看，还能指望他们做什么呢？我也曾同情贫民区的人，可当我去过贫民区后，同情心就淡化了，他们更可恨，人的劣根性在那里暴露无遗。我嘱咐过贫民区的管理者，若是发现善良朴实的人，可以脱离贫民区并安排合适的工作，可这些年来，这样的人屈指可数。”

“那是因为没给他们改变的机会呀，在那样的环境下，为了生存，人们不得不变得残忍冷酷。”

爸爸突然笑了起来，说：“我说不过你了，正反你都有理。我的意思是，人与人之间的差别会导致人不会沟通，同情心也就淡化了。人心都是肉长的，看到不平的事会愤怒，看到苦难的人会怜悯，可是，随着人与人的差别越来越大，这种怜悯很难深入内心并转化为持之以恒的行动了。事物都有正反两面，从另一个角度看，这种差别也并非坏事，各有各的快乐，平民阶层没条件体会权贵阶层把酒言欢的快乐，权贵阶层也体会不了平民阶层比别人多收几斤粮食的快乐。就拿贫民区的人来说吧，他们过得比你想象的要好得多，因为他们要求简单，再说现在劳动时间有所缩短，还有假日，在假日里，每人都能吃顿他们梦寐以求的晚餐。因此，你没必要为他们难过。”

“这想起来更令人心酸。他们本应该有更多生存的保障和权益，应该体验更丰富的生活。人生不能重来，每个人都只有一生，为什么差别如此大呢？我并不是反对差别，可我接受不了生活资料上的差别，有的人为生计劳累一生，吃着草甚至饿死，有的人铺张浪费甚至穷奢极欲。这个世界太令人悲哀了。”

妈妈说：“这个世界和你想象的差得太远，为什么呢？那是因为坏人多呀，只是有一些规则让人们不能将恶行暴露出来，使这个世界不至于太混乱。如果大家都像你这样，不需要全部，就算有一半人像你这样，这个世界自然就会变得很美好了。”

“我不想再跟你们争辩人的好坏，我心里没有好人坏人，我看到有的人吃着草，活得不像个人，我很伤心，我只想让他们过得好一点，至于你们说的人性中的邪恶、贪婪、愚昧等劣根性，即使存在，也不能减少我对他们的怜悯，甚至会让我更怜悯。”

爸爸站起来，走到窗户边，说：“在我看来，目前这个世界秩序第一，我必须保持理智遵守并维护这个世界的现实法则。可是你谈到了自己的体验，那种伤心的体验，我知道说什么道理都没用了。我只能答应你，如果有任何方法可以减轻你的痛苦，只要是我能做到的，我都会去做。”

“那就把城堡和庄园及家里所有的财产卖了，捐给急需的人吧。”

妈妈说：“那怎么行？那我们住哪？我们可以每年把收入的一部分捐

给他们。”

这已经是绝望之下的一丝安慰了，可这点安慰都得不到理解，我感觉和这个世界如此遥远，伏在桌上哭了起来。

我哭着说：“你们能体会我的心情吗？我的心就在贫民区，我希望自己就出生在那里，而不是这种奢华的城堡，那样我的心要好受得多。在这个地方，我以后都不会快乐了。”

爸爸伸出手掌，抚摸着我的脑袋，说：“好吧，就听你的，都捐了吧，我们可以搬去宫里。”

爸爸说到做到，变卖了所有的家财——包括他最喜欢的古玩奇珍，全部捐给了“伤心天使”，专门用于资助贫困儿童。我没想到自己的想法——他认为不成熟的想法，他会如此重视，看来我向他提的要求“重新分配资源，人人有饭吃，人人有书念”，他并没有敷衍我，他是真的无能为力。

我不理解的是，那些权贵阶层占有那么多资源，生生世世都用不完，为什么就不去帮助那些吃不上饭的同伴呢？这是天经地义的事呀，虽然他们有很多道理，可违背天经地义的事，再多的理由都显得无比荒谬。就像河中的水往低处流一样，人也应该向身处困难的同伴伸出援手，给予关爱。为什么他们不这么想呢？我搞不懂了，我总以为人同此心，心同此理。我感觉周围的人都是那么和蔼可亲，对我那么好，什么好吃的好玩的都给了我，可我不需要啊。那些贫民区的人，他们正需要食物，需要关爱，可除了赤脚汉他们，为什么没人理呢？这个世界怎么啦？是病了吗？像我这样病了吗？希望不要，我感觉自己快要死了。爸爸找了许多医生，都治不了我的病。如果这个世界病了，怎么把它治好呢？爸爸说这是个难题，没人能真正改变这个世界，即使是最有权力的人。我还太小，许多事情还不知道，不是让富有的人帮助穷苦的人就可以解决问题。这个世界不仅有贫困，还有仇恨、欲望和愚昧。许多人都吃不上饭了，也要千方百计去制造武器相互仇杀，这些仇恨都很难化解……

爸爸说了很多问题，都不容易解决，可我觉得都可以用爱来解决。他认为我想简单了，我认为世界本该是简单的，就像自然规律一样，是人们搞复杂了。只要世界充满爱，什么问题都可以迎刃而解。可是爸爸又说，将人们心中的爱都唤醒，恐怕连神也做不到哩。

有虫儿飞到我身旁翩翩起舞，是想和我一起跳舞吗？我没心情呀，还是想讨我欢心，让我笑起来，可我已经不是以前那个安琪了。

我的病情变得严重起来，妈妈每天都向神祷告，可我的病丝毫不见好转。

上次出去只有十多天，可给我的感觉像是经历了一生。虽然给我带来无比的悲痛，却让我了解更真实更全面的世界，还是很值得的。只是上次走过的路太短了，哪比得上我的那些老师啊，他们都周游过整个世界。我应该再去外面看看，即使不能改变这个世界，也要记住这个世界。

这天，我跟爸爸说："爸爸，我想去外面，想去多看看这个世界。"

"你身体不大好，还是在家多休息吧，我可以叫人把这个世界拍成图片给你看。"

"我不仅是看，更重要的是去体验。我的病，连最好的医生都束手无策，不会好了，您就当是我临终前的最后一个愿望吧，虽然我的生命会很短暂，可是能把这个世界尽收眼底，也就少一个遗憾了。"

"快别这样说，你的病目前只是了解不够，并不会危及你的生命。生命的旅程，你才刚刚开始，后面漫长而又精彩的路还等着你去发现去体验呢。再说了，像你这么善良可爱的孩子，即使是最邪恶的魔鬼，也不忍心夺走你的生命。"

"那就满足我这个愿望吧，让我出去散散心，也许病就好了。"

爸爸想了会儿，说："好吧，不过为了你的安全，我要找人好好准备一下。这个世界上的土地我都踏遍过，那是在我年轻执行任务时走过的，和你现在旅游的心态大不相同。我很想陪你一起去看这个世界，可是我有自己的职责，抽不出那么多时间，就让你妈妈跟你一起去吧。你要早点回来，不要让我太牵挂。”

“嗯，不要劳师动众，越简单越好。”

三天后，宫殿的广场上出现了一个直径几十米的大气球，气球下面连着一个巨大木台，台上是用轻质材料做成的小房间。

“这座热气球原本用于探测天气，我让工程师进行了改良。为了你的安全，想让你来一场空中旅行。这座气球各种材料都是特制的，经过了严格的安全检测，气球很结实，里外总共有三层。外面风大时，你最好待在房里，房里安装了望远镜，你可以看到外面各种风景。”

“爸爸，您想得真周到，谢谢您。”

“生活用品及物资燃料都已经备好了，若途中短缺，会有军方的驿站给你们提供。答应我，为了你的安全，你一定要听从指挥待在空中。乘上热气球，一个月内可以环游世界，一个月内你一定要回来。”

“嗯。”

我和妈妈去房间又带了一些东西，在和爸爸告别后，妈妈扶着我登上了热气球。

随着总管的一声喝令：起航！热气球慢慢升上天空，向东边飞去。

在空中，可以看到完整的都城，中间的宫殿气势磅礴，宫殿周围的大片建筑全部金碧辉煌，雄伟壮观，奇花异草点缀其间，看起来很美，可我的心很沉重，这些都是权贵阶层的产业，建造这么多的豪华建筑不知道耗费了多少劳动人民的血汗哩。

气球越飞越高，方圆百里一览无余。绿色的树林散布成美丽的叶子形状，只是现在叶子残破不堪，陪同我的哈克达老师说是因为战争和滥伐，森林被大面积破坏了。

看着这残破的叶子，我心中无比伤感，流下泪来。

这么大的一片森林，多少动物居住在这里，就这么被破坏了，多么悲哀。希望以后的人们能弥补这些创伤。

驾驶着热气球的金叔叔说：“战乱频繁，人的生命都视如草芥，还会在乎这些花草树木和动物吗?”

我说：“只有灾难来临，才会让他们悔改。如果他们不悔改，灾难迟早会降临。为了自身的健康，人与自然也要和谐相处，如果和谐相处，我相信许多疾病就不存在了，特别是一些无法根治的慢性疾病。”

一阵大风吹来，我踉跄几步，差点被吹倒，哈克达老师赶紧扶住了我。

哈克达老师叹口气：“你看你，弱不禁风的，应该多补充营养，可为什么只吃素呢?”

“我其实喜欢吃肉，可当我知道这些肉是伤害一个个生命而来的，就吃不下去了。要是不伤害生命也能吃到肉那就好了。”

“这怎么可能呢?”金叔叔说。

“既然肉和泥土都是物质，为什么就不能相互转化呢？只是我们科技不发达，不能认清物质的更深层结构，发现不了两者之间的关系。我相信如果从本质上知道了造成肉和土不同的原因，并能打破两者之间的差异，就可以把土做成肉了，真到那一天，我们都能吃到放心的肉了。”

看到他们露出疑惑的眼神，我继续说道：“就拿安琪这种树来说吧，以前人们一直认为野外那种参天大树和室内培育的小树是两个品种，因为它们外形差异太大了，可是植物学家们通过显微镜看清了它们的内在结构后，认定它们是同一种树，现在正在研究两者之间的相互改造呢。我觉得肉和土也是一样的，只要显微镜看得更深更细，会发现它们都是由同一个东西组成的，现象是多样的，本质是简单的，只是看到现象很容易，认清本质却很困难。”

“孩子，把土变成肉是魔法，那是想象，现实中是不可行的。”金叔叔说。

“在天上飞以前也被认为是魔法，可我们现在不就在天上飞吗？这就是智慧的力量呀。”

“可惜现在的人不重视智慧，越来越缺乏智慧了。”哈克达老师说。

“嗯，看看下面，这是孕育我们的星球，是我们共同的母亲，可我们把她伤成这样，多么不智啊！如果不悔改，不去治理修复，早晚会受到惩罚的。”

“破坏容易，治理就难了，以前不是没人尝试过，可都失败了。这项工程远比想象的要艰巨和复杂。”哈克达老师说。

“人们只顾着眼前的利益，如果都去追求物质利益，就是生产再多的物资也是不够的，如果人们的追求多元化，那就好了。这需要自由和包容，特别是教育的自由和包容。”

“说到教育，下面正好是所学校，规模还挺大，有近千个孩子在这里接受初等教育。”金叔叔说。

听说是学校，我来了精神。“我很想和其他的孩子一起学习知识，交流心得，可我没有这样的经历。”我说。

“由于相信国师的预言，你父亲不敢送你去外面的学校读书。在你小时候，他请了最好的老师来教育你，等你长大后直接送你去最好的学院深造，想把你培养成这个世界上最有智慧的人。”哈克达老师说。

“可是那些老师教给我的知识都过滤了，我学不到真实的历史，也认识不了真实的世界。”

“学校又何尝不一样呢？”哈克达老师说，“虽然你没进学校，可你比他们优秀多了，你父亲对你抱那么大的期望也是情有可原。许多东西不需要教你就想到了，而且有自己的主见和判断，不会被不合理的观念所影响，尽管这些观念占据着主流。”

“金叔叔，请把气球降低点，我想把他们读书的情形看得更清楚一点。”

嗯，现在看得很清楚了，通过护栏边的望远镜，我能看到他们脸上的神情。

许多学生在学校并不开心，一副无精打采的样子，更别说求知若渴了，只有下课的铃声才能让他们回过神来，和我想象的差距太大了。是我们的教育出了问题吗？

“老师，这些孩子在学校学的是什么内容？”

“这里是初等教育，学的内容较少，就三门课程，一是语言，一是算术，一是品德。”

“这也太少了。”我觉得不可思议。

“在中等教育和高等教育，课程才会逐渐增多，还可以根据自己将要从事的职业选择课程。”

“启蒙教育很重要，为什么不能给孩子们自由呢？”

“如果自由了，他们还会来学校吗？他们还会去学习吗？再说，要在这个世界生存，必须学习有用的知识。”金叔叔说。

“当然会，人天生就有好奇心，认识这个世界是人的本能，只是现在学习的不是他们想学的东西，他们就缺乏热情了。”

“那你希望的教育应该是怎样的呢？”哈克达老师问。

“第一要是自由的，第二要是广泛的，第三要是批判的。”

“可是，如果学的东西用不上，在世界上就难以谋生计，生存都很困难了。”哈克达老师说。

“嗯，这是个问题，但这不是教育的问题，而是社会的问题。如果还是坚持这样功利化的教育，世界就太单调了，人的智慧不能真正发挥利用，就很难有实质性的进步。世界发展太慢，难以认识这个星球外的环境，也许宇宙中有我们觉察不到的巨大灾难正在逼近，到时没能力去防范，这是很危险的。”

我接着说：“如果人为自己的兴趣而学，学起来会很轻松，可以选择自己有优势的领域去钻研，这样不但能快速带动科技的发展，更重要的是，人的意识会提高，只要越来越多的人受到这样的教育，那就可以让这个世界改变，变得自由和谐多样了。教育的灵魂就是自由和包容。因为所有的知识都是可以质疑批判的，是有可能被驳倒甚至被推翻的，这样就造成百花争放的效果，拓宽人的眼界和思想，让人觉得这个世界是如此的丰富多彩。”

“可学习知识，懂得太多就好吗？比如说你，你要是像从前那样在城堡花园里开开心心多好，现在就是因为出了城堡，知道得太多才伤心啊！”哈克达老师说。

“可我并不后悔呀，我很庆幸能真实认识这个世界。人生识字忧患始。作为人，追求知识，认识这个世界甚至整个宇宙都是他的本分和责任，至少要给他们这样的选择，至于在这个过程中所产生的痛苦，那是他们应该承担的，并且这些痛苦可以促使他们去改变，想方设法去克服化解。”

说完，我咳嗽起来，脸色苍白，浑身无力，被妈妈抱到床上躺着。

“安琪，还是回去吧，你现在病情恶化，先回去休息一阵，等病好点了再出来看。”妈妈说。

可我还是坚持想把这个世界看完，我感觉这是最后一次机会了，我和这个世界越来越远，远得就要不属于它了。

我跟妈妈说：“我只是受了点风寒，不碍事的，我以后就待在房间了。如果现在就回去，我挂念着未完成的旅行，病情说不定会加重的。”

妈妈听我这么说，就没再劝了。

傍晚，越过山岭，热气球带着我们飞到了贫民区。那是一块大盆地，世界三分之一的人被限制在那里，男的开采矿物能源，女的种植作物，所有的劳动成果都不属于他们，他们只能吃那种到处疯长的野草，维持基本的身体机能。

如果自己出生在那里就好了，就不会像现在这么痛苦了。可是，将心比心，会有别人为此心痛的，因此，还是要让世界没有贫困，没有饥饿，没有剥削压迫，大家都幸福地生活，这样就谁也不会伤心了。可怎么做呢？

气球飞得很高，高得看到下面一片模糊，芸芸众生，小得都看不见了。可真的看不见了吗？

夜晚，星光璀璨，我躺在床上，望着天上的星空，想着地下的人们，他们一生都浑浑噩噩地活着，和这星空的距离是那么遥远。

比邻星像一个大圆盘悬挂在天空中，它是和我们这颗星球相隔最近的行星，就是在白天也能看得到。有学者说，它比我们的星球还大点，只是环境太恶劣，不适合生命生存。可这只是表面，内部说不定有外星人呢。就算那里没有外星人，在这满天繁星中，总会有外星人吧，他们要是过来帮助一下这里的弱者就好了。如果他们太忙没工夫教我们的话，可以吓唬吓唬我们，逼我们自己去改变。我们就像是不听话的孩子，需要比我们厉害的外星人管教一下了。如果不能唤醒心中的爱，至少逼我们停止剥削压迫，让大家都能享受基本的生存条件和教育机会，使得每个人的一生过得充实快乐。

“啊……”我用尽全身的力气叫了起来。

妈妈冲进来，吓得不知所措，以为我的病情加重了，痛得厉害。

“妈妈，别担心，我没事，刚才是心中难过，就叫起来，后来越叫越大声，想引起外星人的注意，把他们吸引过来，救救这些受苦受难的民众。如果声音大，说不定他们就能听到了。”

“即使真的有外星人，你又不知道他们是善良还是邪恶，如果是邪恶的，来了不是自招大祸吗？”

“我总觉得行善是应该的，是不需要理由的，而作恶是需要理由的。宇宙太大了，如果外星人能来这里，说明他们的科技非常发达，我们这么落后，哪有他们稀罕的东西呢？自然也就没有作恶的理由了。”

“是你太善良，把别人想得太好了。你说他们科技高度发达，我相信，说他们没理由对我们作恶，也有一定道理，可是他们凭什么要管我们的闲事呢？他们要是那么发达，也许根本不屑于和我们交流了。”

我陷入沉思。

是啊，就像这个星球上的人们，阶层壁垒牢固，富人根本不顾穷人的死活，那些科技远比我们发达的外星人，怎么会来管我们的事呢？这让我很悲哀。

人，包括这个宇宙中各种外星人，存不存在一种东西，不会因为资源的多少、科技的强弱而共同享有，它能将宇宙中的生命都连接起来呢？

伤心之余，我强烈地感觉到，有的，那种东西就是爱，是人之为人甚至生命之为生命最本质的属性。

窗外，伴随着一阵欢快的叫声，一群鸟儿从旁边飞过。这些鸟儿，或者其他动物，都不及人聪明强大，可只要我们心中有爱，就觉得自己和这些生命是平等的，乐意与它们和谐相处，甚至与它们交流。

只要外星人心中有爱，他们会来帮助我们的，我心中获得了一丝安慰。可另外一个声音对我说：够了，这是我们的问题，这些问题也是我们自己造成的，凭什么总想着让外星人来帮忙呢？难道我们自己就真的没办法解决吗？

让我想想，飘浮在夜空中，在微风的吹拂下，在星光的照耀下，让我好好想想。

妈妈端着一碗药走进来，说有静心宁神、帮助睡眠的功效，要喂给我喝。

我喝了两口，说：“妈妈，我想现在就回去，麻烦您去跟工作人员说一下，请他们立即返航。”

妈妈高兴地说：“好，好，早就应该回家了，免得让你爸爸牵肠挂肚。”

“我也想早点见到爸爸，您让工作人员加快速度。对了，我带的那袋叶芽糖，您也拿过来吧，现在正好派上用场。”

一会儿，妈妈提着一个袋子进来。我把袋子打开，取出一粒糖来，剥开糖衣，里面的糖是绿色的，就像一片树叶。

叶子有两瓣，我轻轻掰开，一瓣放在妈妈嘴里，一瓣放在自己嘴里。一股清香的气味散发出来，淡淡的甜味，清凉的感觉。这是我最喜欢的糖，那一丝丝清甜的味道需要静下心才能慢慢体会得到。

“你带这么多糖干什么？旅途中又不见你吃。”

“出发时我也不知道用来干什么，可能只是因为喜欢，就带上了吧。现在我知道了。”

我抓起一把糖，打开窗户，撒向空中。

一颗颗叶芽糖如同一片片叶子，随风荡漾，轻飘飘地落到地下。

“我想请下面的人吃糖。”我拍着手，笑着对妈妈说，“让我们一起把这些糖都撒下去吧。”

一大袋叶芽糖被我和妈妈全部撒向这片土地。

第二天，当他们醒来捡到这些叶芽糖时，应该会给他们一点惊喜吧。贫民区的人啊，已经受过太多的苦难，应该让他们尝到甜头了。

能让他们看到希望吗？

无论如何，我都要试试。爸爸说过，为了我可以付出一切，可有些事他也无能为力。虽然是最高执政官，但若没有权贵阶层的支持，他将孤掌难鸣。资源的开发、生活资料的生产速度远远比不上贪欲的膨胀，若要对这些穷苦大众进行实质性的拯救，势必要损害权贵阶层的利益，即便这些利益是不当得利，也是无法撼动的。可是，如果强大的外星人来临，以他们的生命相威胁，不就可以逼他们屈服了吗？问题是没有外星人来啊，我就是叫破了喉咙也没用。就算他们来了，他们会按我的意愿行事吗？既然如此，那就只好假冒外星人了。人们现在对外星人传得神乎其神，也许可以利用外星人完成不可能的事。我想起两年前被怪兽投影惊吓的情形，现在这样的图像技术应该更发达了，能不能制造外星人的投影，把这个世界上的人吓住呢？那样的话，就可以给他们提要求，特别是那些权贵阶层。提什么要求呢？我首先想到的是让世上的人都有饭吃。我听人说过，我们这颗星球得天独厚，人们只需少量劳作，就凭大自然的恩赐，也能保证每个人基本的食物，可每天还有那么多人吃草甚至饿死，多么讽刺呀！这样一想，觉得这个要求太低了。人的智慧无穷，他们本可以把这个世界变得很美好。那让世界充满爱呢？这是我想要的世界，可是爸爸说太难了，连神也做不到，又怎能去要求还不懂事的人呢？对了，让他们去实现平等吧。尽管“人人生而平等”的说法提了许多年，可现实中呢？也许正是因为太缺乏所以才提得多。而且平等是个可遇而不可求的目标，当你觉得快要实现时，仔细一想，其实还差那么一点，就让这个星球上的人持续为之努力吧。当然，就算是初步的平等实现了，那也不错，至少人们不会为基本的生存受苦受累，那样就有精力和心情去做自己想做的事了。

归心似箭，终于到家了。热气球在宫殿的广场降落，爸爸和一群人正等着接我们。下了气球，我拉着爸爸的手，边走边说：“这个世界我还没看完就提前回来了，在旅途中我想起了一件事，要跟您商量。”

爸爸说：“别急，我们先回家吧，回家再说。”

把爸爸单独带到家里的会客室，我关上门，郑重地说：“我想让您帮忙做一件很重要的事。”

爸爸说：“嗯，只要我办得到，我都会去办的。”

“我想让您挑选合适的人，利用投影技术，在城市广场制造出一场能够以假乱真的幻象，这场幻象就是外星人来到我们的星球，在展现出令人震撼的力量后，逼迫我们去改变，不然就毁灭我们这颗星球。”

“你想让外星人逼我们做什么？是要重新分配资源吗？”

“是要平等，让所有人平等，不管是穷人还是富人，是好人还是坏人，做到真正意义上的平等。”

爸爸想了想说：“这可不是件容易的事。”

“我一直求您救救受苦受难的民众，可您说这样的事您一个人无力改变，其他权贵阶层是不会同意的，如果威胁毁灭这个世界，他们为了自己或者后代的性命，应该会屈服于外星人的警告。”

看爸爸还在迟疑，我跪下来，流着泪说：“我代表这个世界千千万万的民众来求您，为了他们甚至是您的平等，求您执行我提出的计划，哪怕成功的希望很小，也要试一试。”

爸爸赶紧把我扶起来。我急忙说：“我代表的是全体民众，您扶我站起来，就表示答应给他们平等的权利了。”

爸爸说：“真是难为你这片苦心，我不是不答应，而是在认真考虑你的计划。我很了解那些权贵阶层，光凭这一手吓不倒他们，要想让他们放弃自己的利益，除非真刀实枪架在他们脖子上。”

我说：“让世间人人平等，其实并不一定非要损害他们的既得利益。这是一个艰巨漫长的过程，可以先从教育开始，营造宽松自由的环境，给人们更多选择的空间。我相信人并不都是贪恋权势富贵的，问题是他们能不能有选择的机会，世界能不能多样化。”

爸爸叹了一口气，抚摸着我的头说：“如果是成人提出这样的计划，我会认为是场儿戏，但现在是一个八岁的小女孩跟我说这些，我看到了希望，仿佛是神在给我做指示，我感觉会有奇迹出现。你在家好好休息养病，我马上去安排，尽快实现你的想法。前段时间你看多了世间的悲惨，伤心不已，现在你的想法会改变这一切，你要怀着希望好好活下去，你会看到世界是你想看到的样子。”

爸爸忙去了，他是真心想去改变了。我感到一阵欣慰，一个孩子的想法，他，这个世界的最高执政官，能这么看重这么着急，他变了。尽管他还不是我心目中的英雄，可是我越来越敬重他了。心中的欣慰很快过去，我又开始忧虑起来，虽然现在的图像技术发展很快，能达到以假乱真的程度，可这是要骗全世界的人呀，会不会被人发现破绽呢？最重要的是，如何去实现平等？他们知道吗？会不会又像历史上的几次改革那样不了了之呢？爸爸感觉会有奇迹出现，唉，我也只能希望出现奇迹了。

计划在紧锣密鼓中实施，我的身体越来越虚弱，不知道还能不能看到计划实施的那一天了。他们会把外星人做成什么样的呢？如果他们比我们聪明，那脑袋应该很大吧，不过脑袋太大又不好看了。这些应该不重要吧，能把所有不知情的人吓住才是关键。

时间一天天过去，爸爸很少回家，为了这个计划，他日夜奔波。这件事情进行得很秘密，尽量让很少的人参与其中，资源的调配和工作的协调都需要他亲力亲为。他想让我快点看到计划成功，这样我的病就能快点好起来。他说，我的病是心病，是因为在外面看到了不应该看的东西，如果那些东西不存在了，病自然就好了。

虽然现在有了希望，可忧虑还是占据太多的时间。等待的日子，我变得烦躁起来。这个世界令我很伤心，如果有可能改变，我会不惜一切，如果无能为力，我对这个世界也不会留恋。

第二十四章　06: 00

3333年3月3日，是一个值得纪念的日子。那时离我环游世界回家快两个月了，由于身体原因，那天很早我就睡了。睡梦中感觉很吵，醒了几次，外面显得无比热闹。深夜再一次醒来时，看到爸爸坐在床边，脸上露出疲倦的笑容。

“计划在今天傍晚实施了，非常成功，没人怀疑这是一次人为的策划。

各大媒体加急报道了这个前所未有的重大消息，明天全世界都会知道外星人对我们的警告了。我们执政委员会连夜召开了紧急会议，达成初步意见，同意进行实质性改革，关于侧重点及具体步骤还需要后议。你看，报纸上写得很详细。”

爸爸把《世界日报》递给我，这是一份加急印制的专刊，整份报纸都是关于这件事的报道及评论。首页是一张图片，一个戴着白玉面罩的小女孩悬空站在叶子形的飞行器上，用手指着被她分裂又还原的比邻星，警告这个世界必须在一百年内实现平等。

“这个小女孩是指我吗?”

“是的，这是你想的办法，对这个世界的告诫应该由你来说。只是这件事要永远保密，你只能蒙着脸做个无名英雄了。”

“这些不重要，再说，您不也一样吗？历史上那些执政者，只要不是赤裸裸地压迫人民，都会被歌功颂德甚至奉若神明。您比他们的贡献大得多，也不会有人知道了。”

“哦，是吗?”爸爸笑了，“别人知不知道没关系，你知道就行了。对了，我听说之前你听到别人说我是英雄，你并不认同，我就不服气了，这个世界上看不起我的竟然是我的女儿。那么，现在我问你，我是你心目中的英雄吗?”

我摇了摇头，说：“我没有看不起您呀？我对英雄没什么概念，只是感觉英雄不应该是这样的，至于究竟应该怎么样，我也说不出来。反正您是我最敬重的人。”

第二天一大早，妈妈跑过来兴奋地说：“安琪，真的来外星人了，你的呼唤显灵了，把善良的外星人叫来了。”

我笑着说：“妈妈，我知道这件事了。这不是我的呼唤，是爱的呼唤，因为世界有爱，才值得外星人来帮助我们。”

妈妈似乎还不知道这个秘密，看来爸爸的保密工作做得不错。作为家人，我本不该向她隐瞒，可是一想到这个秘密关系着千千万万的人，少一个人知道就多一丝成功的希望，我就打消了向她吐露实情的念头。

这些天，全世界的人都在谈论外星人的事，对她强大的科技佩服得五体投地。不少人把她当神膜拜，希望可以获得像她那样神奇的力量。

可令我失望的是，他们对平等不怎么关心，谈论得非常少。他们怎么能这样呢——关注手段，忽视目的。虽然计划的前部分很成功，但我非常担心，担心历史重演——实质被形式掩盖，然后形式在短暂的喧哗中也烟消云散。

我越想越不安，想找爸爸商量，可他这几天都不在家，我又不方便出去，只好托别人去找他。

很快，爸爸回来了，我把自己担心的事告诉了他。

爸爸笑着说："没关系，普通民众关不关心不影响这个计划的实施，我这几天就是和他们讨论具体的事宜，召开了许多会议，终于达成了一系列重要措施，你看。"

我接过爸爸递来的文件，一张张认真看完了。文件里提得最多的是针对教育的改革。

爸爸说："你非常重视教育，想看到人人有书读，人人可以读自由的书，我们就从教育改革开始，再逐步配套实施经济和政治改革，至于能不能在一百年内实现平等，那就要看民众学得怎么样了。"

我倒在爸爸怀里，笑了起来，我看到了希望。

身体越来越差，心情却越来越好。以外星人的警告为名，在爸爸的带领下，改革进行得比较顺利。世上的资源大力向教育领域倾斜，包括贫民区在内的越来越多穷孩子进了学校。并且学校也在大力整改完善，不仅各种硬件软件设施配置齐全，更重要的是学校的氛围变得宽松、包容、自由。在学校里，学生们能够学到的知识越来越丰富，他们可以自由选择哪方面的知识进行深入研究。而且只要学得精深扎实，不论学的是什么专业，每月都能领到生活津贴，免除他们生计之忧……

知识就是力量，知识也是希望，愿他们把握机会，好好学习，把人的智慧和善良发扬光大，将这个世界变得越来越美好，让人与人之间实现真正的平等，过自己过想过的生活，幸福一生！

晚上，躺在床上，看着窗外的星光，我感觉身体轻飘飘的，灵魂像要出窍。前段时间心中思绪万千，现在渐渐理出了个头绪，心情很平静了。想对这个世界说点什么，尽管他们看不到我写的日记了。为了将世人蒙在鼓里，我反复叮嘱爸爸，所有和这次行动有关的资料都要被销毁，不能留下任何蛛丝马迹，并且参与行动的人也要许下誓言，终生不向任何人透露这个秘密。我写的日记当然也不能保留。在我死后，它将和我的遗体一起投入五彩缤纷的焚尸炉中，化为灰烬，回归尘土。可把心里的想法整理清楚记下来，给自己看看也好。现在手开始不听使唤，也不知道还能写多少了。

首先我要感谢这个世界，感谢这个世界的人，包括带我走出家门的云姨，让我了解了真正的世界。

在了解这个世界后，我最关心的是人。作为人，应该怎样去度过他的一生呢？教育无疑是非常重要的。

每个人都是独一无二的，如果世界适合每个人的成长，那就该是多样化的。这样的世界，不应该有崇拜。崇拜总是和愚昧、压迫相联系，要打破崇拜，需要自由、宽松、批判的教育环境。世界的多样化建立在教育的多样化上。在教育中，要积极引导人的好奇心，培养人的兴趣爱好，激发他们的创造热情，让每个人都能获得自己感兴趣的技能或知识。这样的技能或知识，可以得到别人的欣赏，却得不到别人的崇拜。这才是教育应该达成的结果。受到这种教育的人，自然就获得包容性。

而我们现在很缺乏包容了，人们对和自己不同的文化思想、行为习惯、生活方式存在排斥和偏见，难以交流，造成壁垒，使得世界充满冷漠。就算是为了自己，我们也需要这种包容性。有了包容性，交流就会显得自然平等，这样就能获得更丰富的体验，令自己的一生过得多姿多彩。

为了建设呵护这个世界，我们需要劳动。现在许多人厌恶劳动，把劳动当作负担，很大原因是我们的劳动果实被剥削，如果世界上没有剥削，每个人都把世界当作自己的家，相信大家都能从劳动中获得乐趣了。

现在的世界，改变是如此困难。总有人说，事情没那么简单。其实事情就是那么简单，是我们搞复杂了。把简单的事情搞复杂，然后把别人套进去，被视为是种智慧，是种成熟。人们为了自己的野心或欲望，把很简单的问题复杂化，然后再慢慢改进，说需要一个长期的过程。时间已经不多了，这样下去文明发展太慢，自保能力太弱，在灾难来临时就会无计可施，只能坐以待毙。这是很不智的。

我希望通过教育，使人们获得真正的智慧。但是，许多问题仍然是智慧解决不了的。智慧为我们创造工具，是种手段，不是目的。作为整体的人类应该怎样发展呢？这个问题，我们要在爱中去体会。

很多时候，我会流泪，为人的一生太过渺小伤心流泪，但又会为爱泪中带笑。有人说，爱是弱者的呻吟，只有弱者才需要爱，强者只需要权。可要是有了爱，谁强谁弱还说不定呢。我们感受不到爱的强大也许是因为我们走错了路，还很落后。

我希望人的内心充满爱，可是，爱无止境，悲伤永恒。心中有爱的人又会很伤心，总是“体验”着别人的痛苦，这种伤心和爱一样深不见底，无法摆脱，我的心里又矛盾了。

爱是希望，也是绝望。我陷入无穷无尽的悲伤之中……

爸爸，云姨是带着对您的仇恨离开的，我要找到她，化解你们之间的仇恨。对于其他怀着怨恨或悲伤离开这个世界的人，我也会用爱去化解。对于活着的人，您要像爱我一样去爱他们，这样，就可以减轻我的负担，让我少操劳了。还有，像爱我一样去爱世界上的人，您会发现，世界上还有许多的我呢。

——安琪临终遗言，公启贝含泪代记

日记看完，眼前的投影渐渐消去，张三内心深感震撼，无以言表。仙女一号流着泪说：“日记中的每个字我都熟记于心了，可是每看一遍，还是非常感动。”

看张三不作声，仙女一号就说：“还是恢复到正常的交流吧，我刚才扫描的是你以前的大脑，也许现在你又有了新的想法，再说，总是扫描你的大脑，对你显得不尊重。”

“你去过伤叶吗?”张三问道。

“没有。”

“那你怎么会有安琪日记呢？你们的科技能让信息传播突破光速吗?”

“信息自然传播速度不会超过光速，如果我们主动搜索的话，有办法快速获取信息。遗憾的是，我们知道伤叶上发生的事时已经晚了。尽管安琪的计划已经开始奏效，不过爱无止境，她还是深怀悲痛忧郁的心情离开了那个世界。不然的话我们会破例去那颗星球，去挽救她的生命，毕竟我们对爱也存着敬畏之心。”

张三说：“一个因爱而亡的人，你们又如何救得了她呢?”

仙女一号想了想，垂下头，悲伤地说：“你说得很对，我们确实不能真正救得了她。”

张三安慰道：“这也许是造物主的安排，她就是天使，是爱的化身，降临那个世界是为了帮助那里的人们，使命完成后就回去了，回到了真正的天堂。”

“但愿如此吧，”女神眉头舒展开来，“虽然我们都没有这方面的信仰，不过听你这么说，我心中倒是很宽慰。”

“既然你们也敬畏爱，为什么不去帮助我们这些低等文明呢？凭你们的科技，很容易改变我们的世界。”

仙女一号露出无奈的笑容，说：“我们虽然敬畏爱，可我们也缺乏爱。再说，既然爱有这么大的力量，如果你们那里存在爱，迟早会克服重重艰难险阻，化解所有罪恶，这之间的过程可能会很痛苦，不过爱本身就包含着痛。如果你们那里爱不存在了，那也没存在的必要了。”

“所以，我们只能靠自己了。”

“宇宙中高等文明一般不会去关心低等文明，更不会主动找他们交流，低等文明找不到参照值，自以为科技发展很不错，骄傲自满，在欲望的满足上浪费了大量精力，在野蛮愚昧状态停留时间太长，错过了科技发展的好时期，最后在宇宙大灾难来临时毫无办法，文明全部灭亡时，才后悔莫及。”

“那你们再发展下去会到什么阶段呢？宇宙中有比你们更高级的文明吗？他们又是怎样的呢？”

“据我们所知，宇宙中生命进化到最高形式是合众为一，并且物质与意识也实现了统一。”

“那是不是永不灭亡，如神一般的存在呢？”

“比我们好点，不用躲避宇宙大灾难，但也受制于自然规律，宇宙中存在自然规律失效或者根本就不存在自然规律的区间，那里就是他们的坟墓。再说，如果自然规律改变，当然，我也不知道它会不会改变，这只是我的假设，比如某个物理学常量稍有变动，他们也只能听天由命，无可奈何。因此，他们也不能高枕无忧，我相信他们也在积极探索这宇宙更深的奥秘。对于从何而来，去向何方的问题，相信他们知道得并不比我们多多少。”

“对于宇宙的认识，我们的文明所走的方向有什么问题吗？”

“在对宇宙的认识上，我们经历过五次颠覆式的变革，至于你们的文明，从我刚才在你大脑获取的信息来看，还只经历过一次。有些应用很成熟的知识，你们只知其然不知其所以然，不能解释背后的原因，还有很长的路要走。”

“你能解释背后的原因吗?”

“我不能，我们的知识走的是另一条路，这使得我们认识事物的方式有所不同。在我们的知识领域，你们的问题不存在。也许，你们要开辟新的知识领域。”

仙女一号用手一挥，在她旁边出现一张床的全息图像，是用竹子做的，就像张三小时候在夏夜乘凉的那种，全息图像看起来那么真实，真实得让人想躺上去看着这满天星辰。

正在张三疑惑仙女一号的行为时，她却躺在凉床上，望着天上的星星。

“你以前也像我这样躺着看星星吧，你那时有什么感受?”

“悲喜交加。为人的渺小而悲叹，又为人的可能性无比巨大而激动欣喜。”

仙女一号用手虚空一划，面前出现一个全景视频，那是一个满天繁星的夜晚，一群人躺在凉席上，望着天上的星星愉快地聊着，有的充满欢乐，有的充满期待，有的在深思。

“这是若干年前，我们的祖先在凉席上仰望星空的场景，那时他们的许多疑问，我们现在都解决了，现在我们在星空中到处遨游，也会产生许多新的疑问，不知道什么时候才能解决呢。”

张三突然想起了什么，说：“既然你们不关注弱小文明，那怎么会知道伤叶上的事情呢？这里和伤叶相隔百万光年，信息传播没那么快吧?”

仙女一号手捧胸口，露出陶醉的笑容，说：“因为爱啊。宇宙中有一种很神奇的作用，它有实体效应，却不受自然规律的限制，能瞬间穿越整个时空。它没有方向性，但感受到的人却知道它来自何方。它是因为爱而产生的。我们很早就掌握了时空弯曲技术，能够高效地储存并运用恒星的能量，可以在宇宙中四处遨游。不过宇宙中也有让我们头疼的大灾难，比如伽马射线暴，对此我们只能想方设法去躲避。不久前，我们原来所在的星系中央发生过一次伽马射线暴，经过模拟预测，我们发现处于危险地带，于是计划全体迁移，飞往另一个星系。新的星系既要能躲避灾难，又要方便获取巨大能量，按照这样的要求我们规划好了最优路线。就在这时，我们心中感到一股强烈的震动，悲痛之感油然而生，是爱发出的信号。经过搜索，我们发现了安琪日记，并知道了他们星球的存在。在我们原来的迁移路线中，会和那颗星球擦肩而过，最近处不到一光年，这会给他们带来巨大灾难，时空弯曲效应会让那颗行星变成人间炼狱，以他们的科技无法预防，一切生命都将灭绝。尽管会大费周折，我们还是一致同意更改了路线。我们在乎的不是生命，而是爱。安琪的爱，令我们敬仰惊叹。即使我们的科技再发达，力量再强大，爱也能让我们震撼，甚至让我们柔弱得掉下泪来。”

“真是太神奇了，为什么会这样呢?”

仙女一号摇着头说：“既然无法纳入我们已知的自然规律范畴，那原理肯定在我们认知之外了。我们以前和你们一样，并不能直接感应爱，只知道它很伟大，并未觉得特别神奇。因为这种奇怪的现象，使我们认识到爱的独特性，后来，我们发现它竟然可以不遵守这个宇宙最深层次的定律，且是唯一不受定律限制的存在。”

“为什么我们就不能直接感应到这种效应呢？是因为我们的技术不够吗?”张三说。

“嗯，有技术方面的原因。其实我们进化到这样的程度，已经不能算是真正的自然人了，因为我们身体里植入了许多功能各异的人造物。比如，我们的眼睛就已经改造过了，看起来和你的没区别，其实有很多扫描功能。我们身体里也有许多类似的装置，像引力波，我们就可以感觉出来，而以你们的科技，探测引力波都很吃力。从物理强度来看，爱传递出来的信号比引力波还微弱得多，以你们的技术，也就不能感应到了。”

仙女一号朝张三一笑，接着说：“存在是最重要的，能不能感应倒没关系。虽然你们文明程度不高，可你们也有爱，也可能产生令我们惊叹的奇迹。就像安琪，一个八岁的孩子，身处那样一个落后的星球，发出的爱那么令人震撼，在宇宙中不受任何阻碍永远回荡着，仿佛书写着生命最终的奥秘！”

“我就知道会是这样的！”想象终于得到印证，并且是最期待的证实，一生中最大的问题已经完美解决，脑海中灵光频频闪现，张三欢呼着跳了起来。

一跳之下，张三居然飞了起来，冲破气泡，进入太空深处。

“原来你全都明白了。”仙女一号突然激动起来，绽开的笑容中泛起点点泪花，就像个小孩子，欢快地跳着，向张三挥舞双手。

张三看着仙女一号，大小没什么变化，看起来还在眼前，可是，一念之际，张三已处宇宙边缘。

整个宇宙就在眼前，像小时候玩过的玻璃球。心与天融在一起，宇宙中的一切都能看到或者说是感知到，包括黑洞、暗物质、暗能量、多维空间等。身心化作一团意识，宇宙中的一切，无不在体验之中。

终于，张三又看到了自己的世界，真正美好的世界。存在过的东西就会一直存在，只是存在的方式可能超出原来的体验范畴。现在的张三，体验着一切，他的世界当然就会出现。那里多了一个人，就是他的女儿，她在里面随心所欲，无忧无虑。那个世界没有灾难，将会是她最好的归宿。

又看到那片熟悉的绿叶，在伤叶西半球，现在正是夜晚，盼着送信的小男孩睡得很香甜，今天在学校又学到了不少新知识，和同学老师们的交流让他的见识又增长了不少。噢，他还挂念着那封信，应该怎么告诉他呢？嘘，还是别吵醒他，让他在梦中体验吧。

念头一转，银河系另一端的蓝色地球出现在眼前。

北美洲自由女神像下，吸引着世界各处的人在那里参观留念。一名青年指着神像说，为什么你要站那么高呢？那样谁能触摸到你呢？触摸是王道，象征往边靠。

南美洲复活节岛，不计其数的巨大石雕人像或卧于山野荒坡，或躺倒在海边。其中有几十尊竖立在海边的人工平台上，面对大海，昂首远视。

大洋洲悉尼歌剧院里，关于历史的歌剧正在排演，舞台上人来人往，用歌声和表演再现那远逝的时光和人们。

欧洲普罗旺斯，是世界闻名的薰衣草故乡。在畅饮葡萄酒后，骑士们不拘形迹，有的借酒吟诗，有的即兴舞剑，给草丛增添无限风采。

非洲大裂谷，五只猎豹并排着站在树底，后腿弯曲，歪着身躯，随着树上一声鸟叫，猎豹们像离弦的箭冲了出去，矫健的身躯在空中划出一道道优美的曲线……

南极洲冰川带，三只企鹅耷拉着头，围成一个小圆圈，嘴里叫个不停。一只说，发生什么事啦？一觉醒来，怎么只剩三只企鹅了？另一只说，是啊，不可能就我们三个呀？这变化也太大了吧。第三只说，那我们到底是醒着还是睡着?

亚洲万里长城上，古老的城墙两边排着鼓，成千上万的人聚在上面。男人们在两边敲着鼓，女人们在中间跳着舞。此起彼伏的鼓声，响彻云霄。在鼓声中，蜿蜒起伏的城墙也随着人群开始舞动，最后化作一条龙，腾空而起，飞向太空。

终于，张三明白，这是个梦。张三浑身难受，想睁开眼睛，可眼皮不听使唤，怎么也睁不开。

挣扎了一会儿，张三停了下来。既然这个梦如此美妙，为什么要睁开眼睛醒过来呢？可这是个梦吗？张三又怀疑起来。张三希望这不是个梦，希望自己不要醒过来。

鼓声越来越密集，张三的心也随着节奏越跳越快，仿佛要跳出胸膛，张三感到一阵窒息。

终于，鼓声开始缓和起来，张三的心也跟着平静下来。静下心后，隐隐约约听到远处传来空灵之声：生即体验，死即永恒，爱即存在……

在一声低沉的鼓声发出后，所有的声音戛然而止，陷入一片寂静和黑暗中。

“叮叮叮……”七点的闹钟响个不停……